KB165391

우리 흩어진 날들

우리 흩어진 날들

초판 1쇄 발행 2010년 5월 20일
초판 2쇄 발행 2010년 6월 10일

지은이 강한나
펴낸이 한익수
펴낸곳 도서출판 큰나무
디자인 씨디자인
등록 1993년 11월 30일(제5-396호)
주소 410-360 경기도 고양시 일산동구 백석동 1455-4, 1층
전화 (031) 903-1845 (대표)
팩스 (031) 903-1854

이메일 btreepub@chol.com
홈페이지 www.bigtreepub.co.kr

값 16,800 원
ISBN 978-89-7891-260-0 03810

우리 흩어진 날들

빈티지 감성 여행에세이, 일본

오사카 | 고베 | 나라 | 히로시마 | 나가사키 | 교토 | 도쿄

글 · 사진 강한나

큰나무

Prologue

사랑하고 싶지 않았습니다.
다시는 열렬히 사랑하고 싶지 않았습니다.
가슴 한가운데 사랑이란 못을 박고,
추스르며 다독이는 과정이 징글징글했습니다.
끝이 보이지 않는 선상에서 백만 번쯤 나를 양보하고 버려가며 가슴속 사랑을 또 한 번 품어낼 자신이 없었습니다.

하지만, 또 사랑을 하고야 말았습니다.
마음 가득 생각의 기둥이 하나로 집중되면서,
어떤 수를 쓰더라도 이미 늦었다는 것을 직감했습니다.
힘들 거 뻔히 알면서도 안간힘으로 용기를 모으고 싶어졌습니다.
그렇게 두 번째 사랑을 하게 됐습니다.
빈티지 일본 감성 여행에세이 〈우리 흩어진 날들〉.

〈우리 흩어진 날들〉은 도쿄뿐 아니라 오사카, 고베, 나라, 히로시마, 나가사키, 교토 등이 함께 합니다. 2006년부터 2010년까지, 4년 동안 일본에서의 제 발자국을 차근차근 담았습니다. 또한 '빈티지 감성 에세이'란 새로운 장르를 도입했습니다. 이는 일본의 낡고 오래된 것들을 카메라에 차곡차곡 담아내며, 번뇌와 희망, 꿈과 인생, 마음 깊이 넣어뒀던 내 낡은 사랑과의 만남을 가졌기 때문입니다. 좀 더 좋은 사진을 담기 위해, 좋은 글을 탄생시키기 위해 봄, 여름, 가을, 겨울 가리지 않고 일본으로 달려가곤 했던 제 간절한 소망과 정성이 이 안에 고스란히 담겨 있습니다.

두 번째 사랑을 시작하며 전 더 많이 성숙해질 수 있었습니다.

첫 번째 사랑처럼 서툴고 어수룩한 마음으로 정신없이 분주했던 건 아니지만, 내 모든 감정의 실오라기를 벗겨 내느라 가슴으로 이 책을 품고 울고 웃어야만 했습니다.

무심코 책을 펼쳐든 당신.
당신에게 이 책은 어떤 표정으로 기억될지 궁금합니다.

이 책을 다 읽는 동안,
소박하고 수수한 일본을 행여 모르셔도 괜찮습니다.
낡고 초라하지만 멋스러운 일본을 모르셔도 괜찮습니다.
오랜 전통을 지켜내느라 분주하게 바빴을 일본을 모르셔도 상관없습니다.
가난해도 부끄럽지 않고, 오래돼도 당당할 수 있는 일본을 모르셔도 상관없습니다.
또한 파노라마처럼 이어지는 낡은 풍경을 바라보면서도 과거 속 자신과 조우하지 않아도 괜찮습니다.

다만 제가 유일하게 당신께 바라는 게 있다면, 이 책을 읽는 동안 만큼은 당신 마음이 평온해졌으면 좋겠습니다.
낡고 오래된 풍경 앞에선 마음이 겸허해지는지라, 당신이 이 안에 머무는 시간 만큼은 마음껏 쉬다 갔으면 좋겠습니다.

어떤 표정의 당신이어도 다 좋습니다. 두 번째 제 사랑은 당신이 부담 갖지 않고 자유롭게 뛰어놀다 가기만을 기대하고 있으니까요.

차례

Tokyo. Japan . Osaka-Gobe-Nara-Chugoku-Nagasaki-Kyoto-
COMET 4
FLIGHT

2막. 낡은 고베神戸

3막. 낡은 나라

4막. 낡은 주고쿠

–히로시마, 미야지마, 구라시키

Nagasaki-Kyoto-Tokyo. Japan. Osaka-Gobe-Nara-Chugoku-
COMET 4
FLIGHT

5막. 낡은 나가사키

6막. 낡은 교토京都

마지막. 낡은 도쿄東京

에필로그

낡은 오사카

#01

행운아

정면을 응시했다.
고개를 세게 흔들고 다시 정면을 응시했다.
모든 게 낯설다.
오사카였다. 수많은 인파 속 난 오사카 한복판에 와 있었다.

엊그제 간사이로 향하는 비행기표를 아무런 계획 없이 끊었던 게 이 혼란의 원인이다. 몇 차례 고갯짓을 힘껏 해봤는데도 꿈속에 있는 것처럼 몽롱하다.

'익숙한 일본이잖아.
이번엔 일본의 낡고 오래된 것들을 만나기만 하면 돼.'

날 다독여봤지만, 사실 난 가끔 나조차도 감당 안 될 만큼 용감해질 때가 있다. 아찔한 기운이 몰려왔다. 지금 내 손에 들려 있는 건, 호텔 위치를 대충 알려주는 요상한 그림이 달랑 한 장. 뭔가 하나라도 어긋나기 시작하면 난 당황과 황당의 선(線)상에서 휘청거릴 게 분명했다.

삐질 땀을 흘려가며 호텔 방에 입성하고 나서야 한껏 긴장된 안면근육이 살아나기 시작했다. 웃음이 났다. 깃털같이 가벼운 내 웃음엔 안도의 한숨이 섞여 있었으리…. 그러고 보면 난 참 운이 좋은 여행자다. 아무런 계획 없이 지도를 펼쳐두고 무작정 찍은 곳이 여기 오사카 난바難波 지역. 교토와 고베, 나라를 넘나들기엔 왠지 이곳이 좋아 보였을 뿐이었다. 그런데 이게 웬 횡재! 난바는 서민들의 흔적이 고스란히 남아 있는 오래된 상점가인데다, 케케묵은 이 호텔방은 낡은 일본을 찾아 한국에서 건너온 주도면밀한 탐정의 선택처럼 아주 그럴싸해 보였다.

'자, 어디 한 번 시작해보라고!'

나를 감싸고 있던 낡은 냄새가 내게 말을 걸어오고 있었다. 앞으로 아주 그럴싸한 나날이 이어질 거라고 소곤소곤 내 귀를 살랑이며.

#02

おげんきですか

오겡끼데스까

잘 지냈나요? 일본.

밝고 환하게 인사하고 싶었는데, 그러지 못해 미안합니다.
인사하는 제 마음이 마냥 반갑지만은 않은가 봅니다.
기억이, 추억이, 그렇게 함께한 시간들이 겹겹이 겹쳐 가슴 끝자락이 아립니다. 때론 미치도록 행복했고, 때론 숨도 못 쉴 만큼 외로웠던 일본에서의 1분 1초★.
그 찰나가 시간이 되고, 하루가 되어
Y=X의 1차 방정식 직선처럼 촘촘히 메워진 모든 시간이 떠오릅니다.

감정 꾹꾹 눌러가며 인사하겠습니다.
옛사랑과의 조우처럼, 아주 조심스럽게.

おげんきですか 오겡끼데스까.

★ 저자는 과거 도쿄에 있는 세계 최대 규모의 일본 민간기상센터에서 기상캐스터로 활동했으며, 당시의 경험을 토대로 날씨 따라 도쿄여행 에세이집을 출간했다.

OSAKA-NAMBA
17:00
大阪

#03

비록 볼품없는 817호라지만

비록 볼품없는 817호라지만,
딱 이만큼의 방에 살고 싶단 생각을 했어.

가진 게 많으면 내 삶은 한층 윤택해질 테고,
넓은 집에 살다 보면 내 몸은 한결 편해질 테고,
새것을 얻다 보면 내 생활이 더 간편해지겠지만,
많이 가질수록 욕심은 넘쳐나는 거더라.
넓어질수록 공허한 마음이 따라 커지고,
새것을 얻었다 한들 또 다른 새것을 쫓아가기 바빠.

몸을 한껏 죄어가며 817호 호텔방 문을 열고 들어왔어.
입구부터 맞닥뜨리는 옷장과 화장실.
왼쪽 벽엔 반신 거울이 날 보며 인사하고 있고,
그 벽을 타고 내려오는 허름한 헤어드라이기가 아슬아슬해 보여.

거기다 한 사람 겨우 서 있을 수 있는 비좁은 공간엔
왼쪽에 화장대와 조그만 냉장고,
오른쪽에 늙은 침대 하나 덩그러니 있어.
다락방에 올라온 것 같은 구석진 창문 너머론
건물과 건물 사이 햇살 한 줌 겨우 내리쬐고 있는, 그런 방.

책을 읽으려면
좁디좁은 공간 사이로 의자를 한껏 빼내야 앉을 수 있겠지.
창문 커튼을 젖히고 싶다면
침대에 올라가 몸을 앞으로 반쯤 기울여야 가능할 테고.
침대에 누워 고개를 왼쪽 오른쪽으로 돌려보니
방의 모든 풍경이 한눈에 보일 정도로 엄청나게 작아.

그럼에도 불구하고
이 방이 세상 그 어떤 방보다 마음에 들었던 이유는
지금까지의 내 삶엔 불필요한 것들이 너무 많았기 때문일 거야.
쓸모없는 잡동사니와 오갈 데 없는 잔여물, 거추장스런 욕심들….
돌이켜 생각해보면 이 불필요한 것들로 내 하루하루는 참 버거웠어.

괜한 걱정과 오해에 쏟아낸 에너지만도 1,000,000L.
필요 없는 일을 하느라 보낸 시간은 700,000분.

낡고 볼품없어 보이는 817호 호텔방에서 난 진리를 깨닫게 됐어.
침대 하나. 책상 하나. 오래된 TV 하나. 벽 거울 하나. 화장실 하나.
제자리에 자리 잡은 이 최소한의 것들로
우린 참 편해질 수 있었을 텐데….

넘치는 건 모자라느니만 못하다는 옛말이 맞지.
넘치는 건 뭐든 위태롭고 불안해져.
그것이 사람이든, 사물이든, 사랑이든 간에.

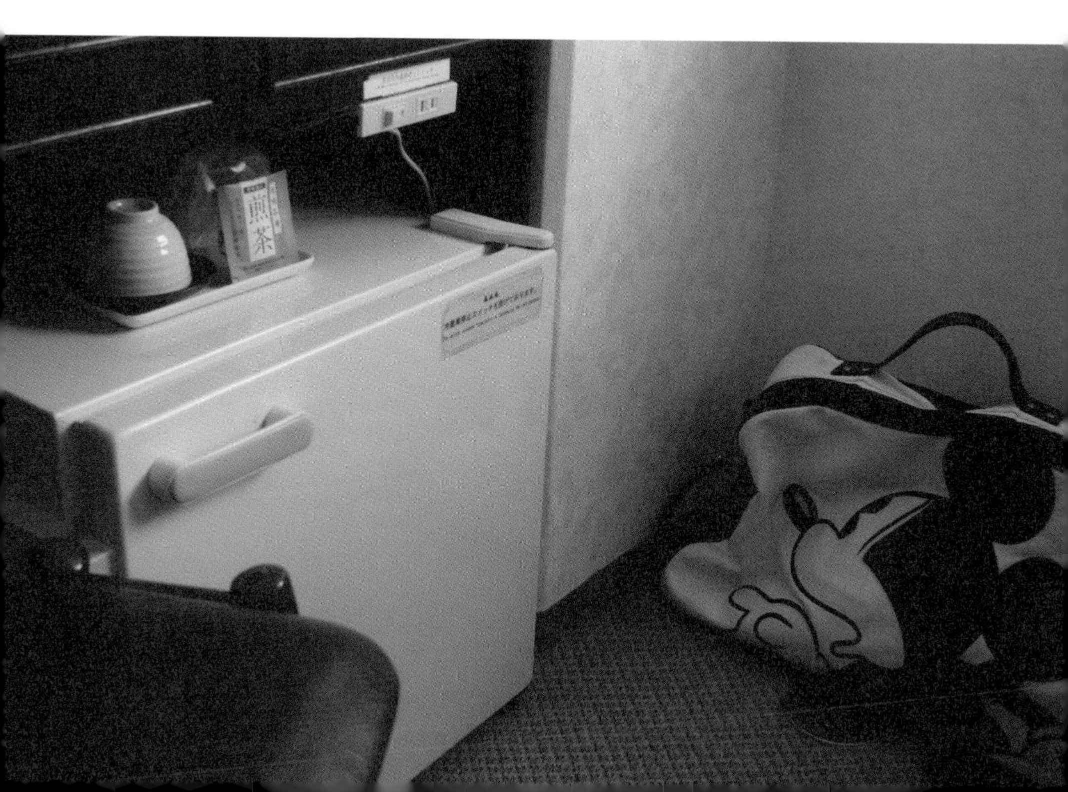

#04

나는 오사카인大阪人 입니다

어느 하루, 명동 한복판이었다.
우왕좌왕하던 이방인이 눈에 들어왔다.
도움을 주고 싶었다.

"あの, 日本人ですか." 일본인이세요?
"あ! 大阪人です." 아! 오사카인입니다.

일본어를 할 줄 안다는 의사표시를 했더니, 그는 예상치 못한 답변을 한다.

'뭐야?! 오사카는 일본이 아닌가 뭐? 희한한 사람일세.'

오사카를 여행하며 문득 그가 떠올랐다.
그리고 동시에 그의 대답은 잘못된 게 아니라 좀 더 정확한 의사표현을 하고 싶었던 거구나, 깨달았다.

같은 모양의 글자만 사용하고 있을 뿐, 오사카는 도쿄와 아예 다른 나라였다. 거리를 스쳐가는 사람들의 표정도, 알싸하게 번지는 도시 분위기도, 하늘 허공에 떠도는 공기까지도.

「역사와 유행이 함께 공존하는 자유로운 도시, 오사카大阪」
이게 오사카를 알리는 수식어다.

그러나 사실 말이 좋아 '공존'이지, 따지고 보면 어느 것 하나 특출하지 못한 '만년 2등의 도시'란 말 아닌가. 도쿄만큼의 엄청난 스케일과 최첨단 속도를 욕심낼 수도 없는데다, 일본 역사 최고의 간사이 지방에서도 교토만큼의 고풍스런 분위기를 따라잡을 수 없는 곳이 오사카니 말이다. 그러나 반대로 생각해보면 오사카에선 도쿄만큼 억척스럽게 페달 밟아가며 살 필요도 없고, 교토만큼 전통과 규율을 지키기 위해 완벽을 기할 이유도 없다. 이것이야말로 1등은 절대 가질 수 없는 2등만의 특권인 것이다.

그래서일까. 난 오사카 사람들의 자유로움 속에 묻어나는 예스러움이 금세 마음에 들었다.
도쿄가 유리 상자에 담긴 예쁜 도시라면, 오사카는 초록빛 잔디 위를 마음껏 뛰놀아도 되는 초원 위의 도시였다. 거리를 걸으며 드문드문 눈에 띄는 유적지에 신이 나고, 인정미 넘치는 독특한 사투리; 간사이벤西弁 도 들을수록 정겹다. 오랜 세월 사랑받아온 오사카인의 개그 역시 내 눈과 귀에 활력을 불어넣어 준다.

나는 지금, 수많은 오사카인과 함께 숨을 공유하며 걷고 있다.
어쩌면 그때 그는 내게 도쿄도, 교토도, 오키나와도, 삿포로도 아닌, 자신이 오사카인임을 자랑스레 알리고 싶었던 건지도 모르겠다.
행여 이 길 끝에서 나 당신을 발견하게 된다면, 빙그레 웃으며 한마디 꼭 건네고 싶다.

'그래요. 당신은 오사카인입니다.
일본의 오사카가 아닌 오사카의 일본을, 나 오래오래 기억하겠습니다.'

#05

낡은 웃음을 파는 나라

▶ TV를 켰다. TV 오사카에선 익숙한 코미디 프로그램이 한창이다. 우리나라 7,80년대 개그 프로에나 등장하던 촌스러운 세트장에 두 명씩 짝을 진 개그맨들은 주거니 받거니 만담을 나눈다. 한 명은 바보가 되고, 한 명은 보통사람 역인 쯧코미 역을 맡아 끝없는 말장난을 이어간다.

▶ 오사카 미나미 지역. 사람들이 모여 있는 곳으로 다가갔다. 복작거리는 데에는 다 이유가 있다. 옹기종기 모여 있는 사람들은 한껏 들뜬 분위기다. 주변을 살피다 알게 됐다. 내가 서 있는 이곳이 요시모토흥업吉本興業이 운영하는 개그 극장, 난바 그랜드 카게츠(NGK)라는 것을…. 낡아빠진 건물 앞에는 사람들이 요시모토 소속 개그맨을 보기 위해 기다리고 있었다. 10대 교복을 입은 여고생에서부터 단아하게 기모노를 차려입은 4,50대 아주머니들까지. 이들은 도쿄, 혹은 멀리 아오모리에서 왔다며 내게 자랑스럽게 웃어 보였다.

원체 유머가 없는 민족으로 손꼽히는 일본인. 좀처럼 큰소리로 웃거나 실없는 농담을 늘어놓지 않는 게 일본인이라지만, 오매불망 자유롭고 시끌시끌한 오사카만큼은 예외다.

일본 전역을 통틀어 오와라이お笑い(유머 및 개그)가 유독 발달한 곳이 오사카인데다, 일본 최고의 개그맨 가운데 오사카 출신이 절대다수를 차지한다. 결국 웃음에 관대한 '튀는' 오사카인들은 이렇게 일본 내에서 표가 나고 말았다. 거기다 오사카에는 개그맨 양성학교인 요시모토 고교라고 있는데 -일본 여러 도시에 분교까지 냈음에도 불구하고- 전국 각지에서 인기 개그맨을 꿈꾸는 젊은이들이 오사카로 유학을 오는 경우가 많다.

여기서 참 재미난 것은, 일본인들의 사랑을 한껏 받고 있는 오사카식 주된 개그가 우리나라 1970~80년대 유행했던 만담이라는 점이다. 우리나라에선 한때 유행하다 이미 그 형태가 사라져버렸지만, 일본은 스타일만 바뀌었다 뿐이지 만담의 형태를 유지하며 여전히 지속적인 사랑을 받고 있다. 일본에서 만자이漫才라 불리는 이 만담은 사실 에도 시대부터 전해 내려온 것. 그 뒤 20세기 초부터 대중적인 인기를 한몸에 받았으며, 지금 이렇게 일본인 모두가 좋아하는 대표 개그로 성장한 것이다. 안방극장에 만족하지 못하고 직접 만담 공연을 보러 오사카까지 찾아오는 일은 일본인들에겐 놀라운 일도 아니란다.

이방인의 입장에선 이미 식상해져 버린 낡은 웃음 한 냥 같거늘, 이들은 개그의 원조격인 만담을 비롯해 오래된 개그에 여전히 웃음을 허락하고 있다. 오사카 미나미 지역을 돌아다니지 않더라도 매년 성대하게 열리는 메이저급 만담대회 'M-1 그랑프리'를 시청하면 바로 알 수 있는 일. 누가 낡은 개그를 위해 상금 1억 원까지 걸고 최고의 만담꾼을 선정하겠으며, 누가 창조에 창조를 덧입혀 5년이 되고 10년이 되도록 이 대회에 도전장을 내밀겠는가.

낡은 개그를 만나러 가는 길

◆ **난바 그랜드 카게츠(NGK)**

1987년에 오픈한 대규모 엔터테인먼트 홀로, 이 극장에 요시모토 소속 개그맨들이 차례차례 등장해 만담과 마술, 포복절도 개그 등을 보여준다. 공연은 하루에 2차례 열리며, 입장료는 4,000円(사전 예매 시 3,500円)이다.

◆ **요시모토 쇼텐가이(吉本笑店街)**

요시모토 흥업의 극장, 난바 그랜드 카게츠 지하에 있던 개그박물관이다. 시설의 노후화로 아쉽게도 2009년 8월 말에 폐관을 해서 지금은 문을 닫았다.

◆ **오사카 부립 가미가타 연예자료관 '왓하 가미가타'**

간사이 지방의 코미디와 일본전통 이야기인 라쿠고(1인 만담) 연예인들의 의상, 무대 소품 등이 전시되어 있어 만담의 역사를 한눈에 볼 수 있다. 개그의 역사를 세세하게 보존하는 일본인들의 치밀함이 느껴진다.

◆ **요시모토 개운 · 건강 · 행복(開運·健康·幸福)백화점**

요시모토 흥업에서 운영하는 백화점으로, 개운과 건강, 행복에 관련된 다채로운 상품들을 판매하고 있다. 백화점 안에 자사 소속의 유명 개그맨들 핸드프린트 동판을 만나볼 수 있다. (복을 부르는 손금이 어떤 것인지도 볼 수 있다.)

#06

개그맨 얼굴로 과자를 굽다

"연예인은 상품입니다."

'요시모토 흥업' 사장은 목에 한껏 힘을 줘가며 이렇게 말했어. 행여 요시모토 흥업이 어떤 곳인지 생소한 사람을 위해 잠깐 설명을 하자면, 이 연예기획사는 1912년 오사카에 세워져 소속 개그맨만 100여 명을 보유한 데다 한 해 매출이 3,000억 원을 넘는 곳이야. 사람의 상품화라…. 물론 한 명의 대형스타가 연간 벌어들이는 수입이 웬만한 중소기업 매출을 훌쩍 넘는 시대라지만, 의욕 넘치는 요시모토 흥업은 해도 너무 한 거 아닐까. 인기 개그맨의 얼굴을 가지고 과자까지 만들어대니 말이야.

난바 그랜드 카게츠(NGK)에 갔다가 맞은편 '요시모토 닌교야키 카스테라よしもと人形焼カステラ' 집을 발견하게 됐어. 금방이라도 살아 움직일 것 같이 생생한 표정의 개그맨 얼굴이 과자 틀에 찍혀 나오고 있었어. 신기한 구경거리라 사람들 발걸음 잠시 잠깐 멈추지만 지갑을 여는 일은 좀처럼 눈에 띄지 않아. 일렬종대하고 손님을 기다리는 10개의 인형과자와 마주하고 있는데 왜 내 마음이 불편해지는 걸까.

사실 닌교야키人形燒는 일본에서 인형이나 비둘기 모양으로 찍어내는 전통과자야. 도쿄의 오랜 인형거리 닌교초人形町뿐 아니라 아사쿠사淺草, 스가모사鴨 등 역사 깊은 지역에 가면 그곳만의 닌교야키를 먹을 수가 있어. 하지만 휘황찬란한 오사카 번화가 한복판에서 한껏 물오른 개그맨들 얼굴로 위장한 닌교야키의 모습은 깊이감 하나 없이 우스꽝스러워 보일 뿐이었어.

사람들에게 오랜 세월 사랑받고 있는 개그맨이라 한들, 이렇게 야금야금 먹어버리면 그뿐인 과자로 쉽게 전락해버려도 되는 건 아니잖아.
야마다 하나코 상, 안녕. 니시카와 키요시 상, 안녕.
요코야마 야스시 상, 안녕.
과자를 보고 이렇게 인사라도 해야 했던 거니.

#07

낡은 자전거 한 대

"운전을 하고 있는 내 모습은 참 나약해 보여. 뭐랄까, 덩치 큰 기계에 의존하는 느낌이랄까. 근데 자전거 페달을 밟고 있으면 내가 점점 강인해지는 기분이야. 평생 자동차와 자전거, 둘 중 하나만 선택하라면 난 자전거를 택할 거야."

특이한 사람이라고 생각했어.
별별 것에 의미를 부여하는군, 시큰둥해하며 난 타인의 취향에 무관심한 반응을 보였지.

그러던 어느 날, 그는 덩치 큰 자전거 한 대를 끌고 오더니 날 뒤에 태우고 한참을 달렸어. 쌕-쌕-쌕-쌕-. 자전거는 모든 세상이 잠들어버린 어둠 속에서 아주 조용히 울고 있었어.

내 걸터앉은 엉덩이에 녹슨 쇠 냄새가 배어드는 건 아닐까, 공기가 빠져 불안 불안한 자전거 두 다리는 우리의 무게를 못 참고 주저앉아버리진 않을까, 덜컹이는 핸들은 몇 분 몇 초를 더 지탱할 힘이 있을까. 하지만 불편했던 내 마음은 그 사람 등 뒤에서 싱싱한 바람을 맞으며 씻은 듯 사라졌어.

걷기를 좋아하던 난 그때 처음 생각했던 것 같아.
그 사람처럼 자전거를 타보고 싶다고.

태어나서 처음 타본 자전거가 신이 나서는 아니었어.
쉬이쉬이- 춤추는 바람 소리가 좋아서도 아니었어.
다만, 그때 나를 위해 열심히 페달을 밟던 그가 나보다 훨씬 강인해 보였거든. 땀에 젖은 그 사람 등과 두 다리가 부러웠고, 낡아빠진 자전거를 자유자재로 다루는 그는 세상 무엇보다도 커 보였어.

오사카 거리 한복판.
수많은 사람들이 스쳐가는 바쁜 그곳에서
낡은 자전거 한 대를 보며 그를 떠올렸어.

그 사람은 지금 어디서 무얼 하고 있을까.
그는 지금 내가 자전거를 잘 타게 된 걸 알고 있을까.

세상은 쉽게 변해버린다지만, 사람은 쉽게 변할 수 없는 법.
분명 그는 누구보다 올곧게, 강인하게 성장했을 거야.
값비싼 편리함보다는 불편함과 오래됨, 버려질 듯 버려지지 않던 것을 애써 선택했던 사람이었으니까. 그때 난 깨닫지 못했던 것을 진즉부터 알고 있던, 그는 그런 사람이었으니까.

#08

자연스럽다는 것의 의미

지금, 같은 시각.
여기가 도쿄였다면 수많은 여행자가 내 옆을 스쳐갔을 거야.
지금, 같은 시각.
여기 오사카에선 나만 홀로 여행자의 얼굴을 하고 있어.

외롭다 느껴질 땐 나 같은 이방인 한두 명 마주치고도 싶은데,
하루 종일 아무도 얼굴을 드러내지 않아.

그러다 문득 생각했지.
여기 오사카, 그래서일까, 하고.

사람 손 덜 탄 게 이렇게 다른 느낌을 주나 봐.
오사카에선 옛것은 똑같은 옛것인데,
도쿄의 왠지 모를 인위감과 달리 자연스런 숨 고르기를 하고 있었어.

아직 채색하지 않은 네 첫 그림 스케치처럼.
애당초 그렇게, 그 모습 그대로인 것처럼.

千日前 家具専門街
サウスロード千日前
近江屋
Stationery
Art Materials
Art Gallery

#09

100년짜리 지유켄自由軒 가게 이야기

오사카 중에서도 난 도톤보리와 난바 지역이 가장 좋았어.
마치 보물섬에 놀러 온 기분이야. 몇 걸음만 걸으면 옛 모습을 간직한 선술집 골목 호젠지 요코쵸法善寺横町 가 나타나고, 오사카의 부엌이라 불리는 구로몬 이치바黒門市場 시장의 웅성거리는 소리는 반경 300m에서도 들리는 듯해. 모퉁이를 돌면 일본 제일의 전자타운 비쿠카메라ビックカメラ 가 오래된 기상을 세우고 있는, 그런 곳.

낡고 오래된 더미들은 나와 네가 살아있음을 느끼게 해줘.
그래서일까. 난바는 내게 색다름의 감정도 익숙함의 감정도 아닌, 깊은 고마움으로 다가와. 그 고마움은 가슴 뛰는 즐거움으로 변해 어느새 내 발걸음에 힘찬 속도를 내지.

난바 중에서도 사람들로 가장 많이 북적이는 '센니치마에 도오리'에 들어섰어. 머지않아 〈551호라이〉가 보이겠지. 60년 전통의 손바닥 크기 대왕만두집. 〈551호라이〉를 등지고 걷다보니 15평 남짓의 작은 점포 〈센나리야〉도 발견했어. 세계 각국에서 물 건너온 저렴한 수입품을 오래전부터 팔고 있는 곳이야.

지금 시각은 오후 2시 30분. 식사시간을 놓친 난 100년이 다 되도록 같은 자리에서 명물 카레를 파는〈지유켄自由軒〉을 찾고 있었어.
만약 점심때였다면 줄을 지어 있는 사람들이 눈에 띄어 단번에 찾아낼 수 있었겠지만, 복잡한 센니치마에 도오리에서 〈지유켄〉을 찾는 건 조금 힘들었어. 너무 소박한 외관 때문이었을 거야. 〈지유켄〉은 복작대는 상점가 한쪽에 아주 조용한 자태로 숨어 있었으니 말이야. 2010년이면 100년을

꽉 채울 〈지유켄〉이 '난 뭐, 100년밖에 안 되었는걸'이라며 수줍게 고개를 내미는 것 같아서 빙그레 웃음 짓고야 말았어.

● 생달걀을 얹은 명물 카레와 벙거지 모자 아저씨

주문한 명물 카레名物カレ 가운데엔 동그란 홈이 파여 있었어.
그 홈엔 탱글탱글한 생달걀이 나를 보며 웃고 있고….
낯선 음식도, 낯선 사람만큼 첫 대면이 참 어렵지. 무슨 맛일지 상상이 안 가는 난감한 1분 1초. 하지만 그 순간만 지나고 나면 언제 그랬냐는 듯 똑같은 음식이 되고 말아. 유별난 사람도 결국 똑같은 사람이듯.

간장소스를 밥 위에 살짝 뿌리고 열심히 비벼주래. 한 수저 입에 댔더니 칼칼한 카레밥과 부드러운 생달걀이 어우러져 환상의 조화를 이루는 거 있지. "와! 너무 맛있어!" 분명 내 앞에 누군가 있었다면 난 이렇게 외치고 말았을 거야.

좁은 공간. 〈지유켄〉 한가운데엔 도서관 책상처럼 10명쯤 마주 보고 식사를 할 수 있는 테이블이 놓여 있었어. 혼자 밥을 먹으러 온 사람들의 공동 테이블쯤 된다고 해야 할까. 나 역시 그 자리에 앉았어. 물론 낯선 사람과 마주앉아 밥을 먹어야 하는 불편함이 거슬릴 수도 있겠지만, 이 집 명물 카레 맛을 포기하게 만드는 백만 분의 일의 가치도 안 되는 일이야.

비어 있던 내 앞자리에 잿빛 벙거지 모자를 쓴 일본 아저씨 한 분이 앉았어. 종업원 할머니와 이야기를 주고받는 걸 들어 보니 아저씨는 카레 맛을 보러 고베에서 왔다나 봐. 좌우로 고갯짓을 해가며 가게를 둘러본 아저씨는

새우 쿠시카츠エビ串カツ(꼬치에 꿴 새우커틀릿)와 시원한 생맥주, 그리고 명물 카레를 한 접시 시켰어. 일본인들은 조그만 체구에 안 맞게 식사량이 많단 말이지.

음식이 나오자 아저씨는 아주 조용한 움직임으로 주머니에서 뭔가를 꺼냈어. 아저씨 손에 들려 있는 건 자그마한 똑딱이 디지털 카메라. 책상 아래에서 조심스레 전원을 켜더니 입을 한껏 모아가며 집중해서 사진을 딱 1장 찍곤 바로 주머니에 슬쩍 넣는 거 있지. 누가 보면 나쁜 짓이라도 하는 사람의 행동 같아 보이지만, 사실 아저씨는 다닥다닥 붙어 앉아 식사를 하는 사람들을 위한 최대한의 배려였을 거야.

내 큼직한 카메라가 미안해졌어. 커다랗고 요란한 DSLR을 꺼내 들고 찰카닥 거친 소리를 내는 것도 모자라, 밥을 먹고 있는 사람들 너머로 가게 풍경까지 찍어댔으니 말이야.
테이블 위에 놓아둔 큼직한 카메라를 조용히 가방에 넣었어.
여전히, 배워야 할 게 많은 세상살이야.

● 친절한 주인 오바~상おばあさん: 할머니

친절함을 잘 포장하는 게 일본인이라고 해.
이런 일본인의 친절함이 진실 아닌 가식이라며 싫어하는 사람도 있고, 행여 꾸며낸 예의라도 친절하면 그뿐! 불친절한 민족들이나 잘하라고 어흥되는 사람도 있더라. 하지만 문화를 받아들이는 것에도 취향이 따르는 법이기에 시시비비를 논할 순 없는 일이야.

오사카의 100년짜리 〈지유켄〉 사장 할머니 역시 오랜 장사치답게 친절함이 몸에 밴 분이셨어. 노란빛 감도는 갈색 머리를 곱게 쓸어 올리고 화려한 옷차림에 빨간 립스틱을 예쁘게 그린 할머니는 누가 봐도 오사카인, 태어나서 지금까지 오사카에서만 나고 자란 할머니가 전형적인 오사카 스타일을 고집하는 건 오히려 자연스러운 일일 거야.
난 밥을 먹는 내내 할머니의 친절을 관찰했어. 사랑은 내리사랑부터라

고, 할머니의 친절은 종업원들에게 하는 행동에서부터 남다르더라. 족히 십몇 년은 함께 했을 종업원에게도 말을 낮추는 일이 없어. 복작이는 손님에 치여 한 번쯤 대답을 놓칠 법도 한데, "はい 예", "そうです 그렇습니다."를 수십 번 내뱉는 할머니. 여든이 다 되어 보이는 연세 지긋한 종업원에겐 특히 더 예우를 아끼지 않았어.

"마음껏 봐요."
"네?"

막 계산을 마칠 참이었지.
사장 할머니가 거스름돈을 쥐어주며 내게 말을 걸어왔어.
가게 벽면에 걸린 낡은 신문기사와 빛바랜 사진을 바라보던 내 시선을 놓치지 않은 눈치이셔.

"저, 사진 1장 찍어도 될까요?"
"물론이에요. 이 사진 속 젊은 여자가 나예요. 많이 늙었죠? 호호호."

카메라 뷰파인더에 낡은 벽면, 낡은 사진 풍경을 담아왔어. 하지만 사실 내가 담아왔던 건, 풍경 그 이상의 할머니 마음이었을 거야.
오래됨은 경건함으로 다가올 때도 있고 아찔한 도도함으로 느껴질 때도 있지만, 이렇게 할머니 품처럼 따스하고 정겨울 때도 있나 봐. 친절한 할머니의 배려는 〈지유켄〉 명물 카레 맛만큼 내게 오래도록 귀한 선물이 되어 줄 거야.

自由軒 지유켄

◈ Adress : 大阪府大阪市中央区難波 3-1-34
◈ Tel : 06-6631-5564
◈ Open : 11:20 ~ 21:20 월요일 休.

#10

가벼운 젊은이임이 부끄럽다, 우리

덴샤電車에서의 시간은, 내가 일본에 살 때에도 그랬고 일본 여행 중에도 가장 흥미롭게 시간을 때울 수 있는 장소였다. 손 내밀면 닿을 만큼 가까운 거리에서 최대한 많은 일본인들과 호흡할 수 있는 산교육의 장이었으니까.

덴샤 안에서 가만히 일본인들을 관찰하다 보면, 일본 혹은 일본인에 대한 아주 흥미롭고 현실적인 결론을 도출할 때가 종종 있다. 나는 공통점 찾기 놀이에 신이 나면 하얀 종이를 펼쳐놓고 알 수 없는 그림을 그리거나 글 문구를 써내려가다가 내려야 할 정거장을 놓칠 정도였다.

햇살이 구름에 흡수되어 오사카의 바다가 희뿌옇게 보이던 어느 날.
그날도 난 덴샤를 탔다. 그리곤 습관처럼 사람들을 관찰하기 시작했다.

내 다음 정거장에서 덴샤를 탄 옆자리 할아버지가 갑자기 조그만 손가방에서 9등분 된 신문지를 꺼낸다. 손바닥 크기로 오밀조밀하게 접힌 신문은 아마 집에서 곱게 각을 맞춰가며 접어온 게 틀림없지 싶다. 가방 안쪽으로 힐끔 보이는 낡은 연필과 지우개까지 할아버지의 귀여운 외출 준비물이었으리….

곧 할아버지는 신문 읽기 삼매경에 빠지셨다. 마치 어려운 수험서를 공부하는 마음으로 난해한 한문이 나오면 연필을 쥐고 신문지 위에 쓰기 연습도 했다가, 신문 크기 9등분 만큼의 작은 기사 하나를 모두 외워버릴 태세로 꼼꼼하게 밑줄 그어가며 읽으신다.

할아버지 맞은편에도 또 한 분의 할아버지가 앉아계셨다.
독서 삼매경에 빠져 있느라 단 한 번 고개도 들지 않은 채 10정거장쯤 지나치고 있는 중이시다. 할아버지가 들고 계신 책으로 눈이 갔다. 노랗게 변색되어 버린 낡은 책 한 권. 후미진 중고 책방에서 구입한 책인지, 아님 십 년쯤 책장에서 관심 받지 못하다가 이제야 집어진 책인지, 그도 아님 수십 번을 닳도록 읽은 책인지 알 수는 없지만 할아버지는 이 책을 무척이나 마음에 두신 모양이다. 책장을 넘기는 당신 손길이 애틋하고 정성스럽다.

고개를 돌려 주변을 휘 둘러봤다.
족히 10개가 넘는 디즈니 캐릭터 인형을 가방에 너저분히 달고 있는 여고생 3명은 조용한 덴샤 안의 유일한 소음 제조기이다. 책 할아버지 주변의 20대 젊은 남성은 닌텐도 게임에 한창이고, 삐딱한 자세로 서 있는 30대 후반의 아저씨는 두꺼운 만화책 1권을 무성의하게 넘기고 있다. 내 오른쪽 옆자리 OL(일본에서 흔히 사용하는, Office Lady의 약자)은 혹시 정거장을 지나쳐 버린 건 아닌지 걱정될 정도로 심하게 조는 중. 특징 없는 나머지 젊은이들은 무미건조한 시선 혹은 초점 없는 눈빛으로 허공을 응시하고 있었다.

젊음은 너와 나의 얼굴을 경쾌하게 만들고 너와 나의 행동을 당당하게 만들지만, 젊음은 어느 시대, 어느 사회를 막론하고 무게감이 없는데다 불안정해 보인다.

젊음과 대조되는 연륜이란 것.
청년에 대응하는 노인이란 이름을 되새김질해본다.

닌텐도가 상상 그 이상의 세계와 수억 개의 신기루를 담고 있다 한들,
월트디즈니사의 미키마우스가 전 세계 어린이의 마음을 홀린다 한들,
연필로 밑줄 그어진 9등분된 신문 만큼의 절실함이 있을까.
햇빛에 변색된 낡은 책 한 권 고이 넘기는 손끝의 아름다움을 닮을 수 있

을까.

지금까지의 일본보다 앞으로의 일본에 기대감이 떨어지는 이유도 이 때문이다. 신문 할어버지와 책 할아버지가 지금의 일본을 있게 한 사람들이라면, 덴샤 안의 젊은이들은 앞으로 일본을 만들어갈 주인공들일 테니….

어딜 가나
가벼운 우리 젊은이들이 문제다.

#11

낡은, 심장이 가라앉을 만치 낡은

오사카 길을 걸으며 낡고 버려진 것들을 관찰하다가,
누구나 하나쯤 마음에 갖고 살, 낡은 것 하나를 기억해냈어.
낡아빠진 사.랑. 하.나.

유통기한이 지난 우유를 재깍 버리지 못하는 습관처럼,
다 읽어버린 과월호 잡지를 책상 제일 좋은 자리에 꽂아둔 마음처럼,
버렸어야 했는데 하루 이틀 미루고 방치하다 보니 지금에 이른, 낡은 내 사랑.

이젠 빼낼 수 없을 만큼 깊은 곳에 사는지, 나조차 그 마음 찾아내지 못한 채 살아. 서랍을 뒤엎으며 반나절을 찾아도 결국 코빼기도 안 비추던 쪼매난 지우개 조각처럼, 버리고 싶어질 때마다 도통 보이질 않았거든.

이렇게 예고도 없이 내 앞에 다시 나타날 줄 알았더라면,
심장을 좀 더 단단하게 묶어둘걸.
오사카 길을 걷다가 심장이 가라앉는 줄 알았어.
예상했던 것보다 더 혹독한 만남.

낡은 사랑과 난 이렇게 다시 만나고 말았어.

漢
平和薬局

#12

Wish

"창문 사이로 흘러나오는 불빛처럼, 당신 사랑으로 나를 밝게 비춰주소서. 그럼 나, 어둠 속에 난 길일지라도 포기하지 않고 긴 걸음을 행하겠습니다.

창문 사이로 흘러나오는 불빛처럼, 당신 사랑으로 나를 따스하게 감싸주소서. 그럼 나, 내 그림자와 단둘이 걷는 외로운 고행의 시간을 감당해야 할지라도 주저하지 않겠습니다."

수백 번, 수만 번 이렇게 읊조렸건만,
결국 시들어버린 내 바람은 주인을 잃은 채 어디서 울고 있는 것일까.

#13

벌집
우메다 역梅田駅

「오사카 우메다의 지하상가는 광대하다. 지하철, 사철, JR이 환승하며, 각각의 지하에서 통로가 사방팔방으로 뻗어나가고, 또 그 통로는 호텔이니 각 빌딩과 연결되기에 처음 찾는 사람은 즉시 길을 잃고 헤맬 것이다」

– 〈동경 산책〉 中, 마치다 코우

도쿄 역東京駅, 신주쿠 역東京駅.
닮은꼴, 오사카 난바 역なんば駅. 우메다 역梅田駅.
수많은 꿀벌이 새끼를 기르며 먹이와 꿀을 저장하는 벌집처럼,
이 역들은 너무 복잡하고 거대해서 마치 과한 걸 삼켜낸 듯해.

일본 문학가 마치다 코우가 생생하게 묘사한 우메다 역에서
일부러 귀에 이어폰을 끼고 빙그르르 우메다 역을 돌아봤어.
잡음이 사라지고 낯익은 음악소리만 내 귀를 맴돌아.

군중 속에서 한 발 벗어나 보니 느껴지는 게 있더라.
고.독.감.
일본 대형 전철역 특유의 습한 공기는 이 고독감으로 가득 차 있었어.
모두가 합의라도 본 것처럼 무표정한 얼굴을 한 사람들. 후다닥 배를 채울 수 있는 허름한 식당과 급하게 사갈 수 있는 무성의한 선물가게お土産屋만이 사람들 걸음을 멈추게 해.

누런 중고 책과 약장사 아저씨의 먼지 쌓인 약들은 바쁜 사람들에게 철저히 외면받은 채 주눅 들어 있었지. 그나마 열차시간이 10분이라도 남은 사람들은 후다닥 편의점 가판대로 달려가 새로 나온 만화책을 1장이라도

サントリー
ビール

넘겨보느라 정신없고, 구불구불 기나긴 환승구간을 건너야 하는 일본인들은 어디 불이라도 난 것처럼 우르르 달리듯 걷고 있어.

이런 무미건조함을 온힘 다해 뿜어내는 풍경이 하나 더 있었으니,
개찰구 한쪽 낡은 식당이 눈에 띄더라.

앉아 먹을 수조차 없는 작은 공간. 주방장과 악수라도 할 법한 협소한 거리. 한 명씩 앞만 보고 서서 자기 앞에 놓인 쿠시카츠串カツ 몇 점을 안주 삼아 생맥주なまビール 한 잔씩 걸치고 있더라고. 그것도 아주 쓸쓸하게.

쿠시카츠는 오사카를 비롯해 관서지방 사람들이 즐겨 먹는 음식이야. 얇게 썬 육류나 어패류에 튀김옷을 입혀 기름에 튀긴 매우 싼 먹을거리지. 산처럼 쌓아놓은 양배추는 쿠시카츠를 먹을 때 얼마든지 먹어도 공짜인데다 쿠시카츠 1개에 기껏해야 100円 정도 하니 배불리 먹어도 1,000円을 넘을 리가 없어. 옛날에 심부름꾼 아이들이 기름기 있는 걸 먹고 싶을 때 매우 싼 값에 사서 먹었던 음식이라고 하더라.

식사 중인 사람들의 쓸쓸한 표정도 압권이었지만, 쿠시카츠를 즉석에서 튀겨 손님들 접시에 무성의하게 올려놓는 주방장 얼굴도 마음에 걸려. 아무 말도 오가지 않는 사람들. 먼지 날리는 개찰구에서 값싼 쿠시카츠로 배를 채우고 생맥주로 목을 축여가며 하루를 마감하는 이들 뒷모습이 왜 이렇게 초라해 보이는 거니.

그래서일까.
그 뒤부터 난 거대하고 낡은, 늙은 우메다 역을 생각하면 마음이 자꾸 얼어붙어. 수명을 다한 벌집의 최후를 닮아가는 것 같아서….

혹시 너도 알고 있니.
벌집 속 일벌들은 여왕벌과 애벌레를 먹여 살리느라 정신없이 밤낮으로 일을 해. 그러다 애벌레가 새로운 여왕벌로 다 자라면 일벌들은 수명을

다해 죽게 되는 거지. 너무 열심히 일을 하느라 자기 수명이 다 한지도 모른 채 말이야. 결국 벌집엔 그 많던 벌들이 죽어버리고 덩그러니 빈집만 남게 된다고 해.

사실, 사는 거 별거 아니잖아.
고독해지지 않게 조금이라도 촉촉이, 스스로를 감싸주면 안 되는 거였을까. 어차피 고독한 인생, 굳이 고독해지려 애쓰지 말자, 우리.

#14

일본엔 노숙자가 없나요?

간혹 이런 질문을 하는 사람이 있다.
일본엔 노숙자가 정말 없냐고….
うそだよ 거짓말! 말이 될 리 없지 않은가. 제아무리 깨끗한 부자나라라고 하지만, 우리보다 심하면 심했지, 부자와 빈자는 극명하게 갈리는 법이다.

거대한 도쿄 역 음습한 광장에도, 도쿄도청사 옆 널따란 공원에도 해가 저물면 수백 명의 노숙자가 모습을 드러낸다. 잡음 하나 내지 않고 조용히 있는 것도 신기한데, 서로 방해되지 않도록 일정한 간격을 재가며 자기 영역에 신문지를 까는 모습은 감탄이 나올 정도다.

일본의 노숙자들의 하루는 대충 이렇다. 아침 6~7시쯤 일어나 잠잠해진 유흥가를 돌아다니며 떨어져 있는 동전을 줍거나, 주택가를 다니며 재활용품으로 내놓은 병이나 잡지, 만화책을 가져다 파는 것이다. 하루에 100円, 많을 땐 500円의 수입으로 끼니를 해결하지만, 가끔 눈에 띄는 고매한 노숙자들은 어려운 철학책이나 고서적을 읽으며 끼니를 거른 채 베짱이 하루를 보내기도 한다.

어둠이 내리깔린 오사카.
백화점과 일급호텔, JR과 전철까지 죄다 연결되는 거대한 육교 위에 올라갔더니, 그곳에도 노숙자 한 명이 살고 있었다. 밤 10시를 조금 넘긴 시각. 노숙자는 눈부신 빌딩숲을 풍경 삼아 이부자리를 펴고 밤하늘을 바라보고 있었다. 언젠가 흘려들었던 이야기가 떠오른다. 노숙자 중에서도 고참 노숙자만이 따스한 지하도에서 잠을 잘 수 있는 특권을 누리며, 신참내기 노숙자들은 대부분 육교 위에서 생활을 한다고…. 그는 언제부터 거리

생활을 하게 된 걸까.

일본은 2008년 9월, 리먼 브러더스 파산사태 이후 46만 명이 넘는 대형 실직자를 만들었다. 이들 중 회사 주택을 거처로 삼았던 직장인들은 일터를 잃음과 동시에 살 집마저 잃은 상황이었으니, 이들을 받아준 건 공원과 다리 밑, 육교였다고 한다. 일본의 계속된 경기침체는 이들뿐 아니라 엄청나게 많은 실직자를 거리로 내몰았고, 수중에 단돈 10円도 없는 노숙자들이 생계형 범죄자로 전락해 일본은 지금 시끈지끈 골머리를 앓고 있는 중이다.

육교 위에 누워 있는 노숙자를 바라보며 생각했다.

이 길이 어디에 닿아 있는지 그는 알고 있을까.
차갑고 황량한 길 위에서 종착점이 어딘지도 모른 채 누워 있는 이들은 도대체 누가 만들어낸 자화상이란 말인가.

#15

쉽게
손가락질 했었나요?

싸늘한 회색 빛깔 어두운 도시에서 그를 발견했어.
꼬깃꼬깃한 잡지에 얼굴을 파묻은 채 하도 꿈적 않고 있어서 처음엔 쓰레기더미로 착각했었지. 내가 한발 더 가깝게 다가갔는데도 그는 무서운 집중력으로 꼼짝 않고 있더라.

그를 보고 있으니 몇 년 전 종로 탑골공원 외딴 골목길 풍경이 교차했어. 여전히 잊을 수 없는 생생한 기억. 날카롭게 날 깨우쳤던 그때 그 장소.

골목길 어딘가에 노숙자와 독거노인이 모여 앉은 조그만 공터가 있었어. 아무도 모르는 거길 왜 들어갔는지, 사회에 소외된 사람들을 조명하는 기획취재가 있었거든. 흘러가다 보니 그곳을 발견하게 되었고, 거기서 만난 사람들은 이미 세상에서 화폐 가치를 잃은 10원, 50원, 기껏 많아 봤자 100원짜리 동전들로 하루하루 근근이 살아가고 있었어.

면봉 한 뭉치도 아닌 면봉 한 개.
껌 한 통이 아닌 껌 하나 아님 반개.
라이터를 대신하는 싸구려 성냥갑 하나.
심지어 무료 급식소에서 나눠줬던 우유나 야쿠르트를 팔아
50원, 10원짜리 동전을 받아가는 사람도 보였어.

그때 깨달았어.
세상을 등졌다며 이들을 냉소적으로 바라보던 시선이 잘못됐다는 것을…. 이들은 결코 세상을 등진 게 아니었어. 더딘 걸음이어도 세상 안으로 돌아오기 위해 하루하루를 노력하고 있었으니까. 10원을 10개 모아

100원을 만들고, 100원을 10개 모아 1,000원이 된다는 걸 우리보다 더 절실히 터득하고 있었던 거야.

일본 노숙자 출신 CEO로 유명한 호리노우치 큐이치로의 이야기가 떠올랐어.

> "노숙자 생활을 하며 쓰레기를 주웠던 때가 가장 즐거웠어요. 밑천도 들지 않고, 좋아하는 기계를 만질 수도 있고, 주운 물건이 돈이 되고요."

지금 그는 노숙자 생활을 하며 터득한 경험을 바탕으로 생활창고관련 회사를 운영하고 있어. 연간 매출이 102억円에 이른다고 해. 그는 밑바닥 삶에서 빠져나오며 참 값진 것들을 얻었고, 노숙자 시절이야말로 스스로를 철저히 반성할 수 있었던 귀한 시간이었다고 했어.
면봉 1개의 가격이 얼마인지 모르고 사는 우리,
이들을 함부로 무시하지 말자.
이들에게 쉽게 손가락질하지 말자.

하루하루 쳇바퀴 구르며 살아가는 우리보다
더 많이 반성하고 고민하고 노력하며 살아가고 있을지도 모르잖아.
꿈도 희망도 없이 사는 게 아니라,
세상으로 돌아오기 위한 워밍업 중인지도.

길을 걷다가 고개를 돌려 그를 다시 쳐다봤어.
그는 여전히 뭔가를 읽느라 정신이 없더라.
그를 위해 마음 깊이 외쳤어.

> "아저씨, *がんばれ*간바레; 힘내요."

당신도 보란 듯이 돌아와 주세요.

#16

밤의 오사카

낮의 오사카에는
사람들이 양산해내는 왁자지껄한 소리와
복잡한 기계의 달달 거리는 불협화음으로 정신이 없어.
때문에 난, 숨 가쁘게 돌아가는 세상 속에서 낡은 것은 모두 멈춰 있는 줄 알았어.

요란치 않은 움직임이지만 낡음도 소리를 내고 있다는 걸 알게 된 건,
밤의 오사카 덕분이야.

초점 잃은 뿌연 시선 사이로 낡은 전등은 지-지- 소리를 내고, 잠잠해진 골목 사이를 재빨리 지나가는 낡은 택시 엔진 소리는 달-달- 조심스런 소음을 내. 골목어귀 어느 선술집에서 흘러나오는 크리던스 클리어워터 리바이벌(C.C.R.)의 'Cotton Fields'는 카세트테이프를 틀어놓은 것처럼 명쾌하지 못한 음질로 들썩이고, 골동품가게의 목각인형은 굳게 잠긴 유리문 너머로 쌕-쌕- 숨을 쉬고 있었어.

울퉁불퉁 누런 벽과 바람이 마주쳐 나는 소리, 들어본 적 있니.
낡은 콘크리트 바닥에 굽이 닳은 아가씨 구두가 부딪치는 소리까지 묘한 조화를 이루던 어느 밤.

낡음에도 소리가 있다는 걸
나, 밤의 오사카를 걸으며 알게 되었어.

珈琲&カレー
フジ
ラーメン
鉄板焼
タイ古式マッサージ
チャーンタイ

#17

심장이 빨리 뛰는 사람

어둠 속에서 난 혼자였다.
주위가 갑자기 조용해지자 내 심장 뛰는 소리가 들려온다.
내 심장은 지금 헐떡이고 있다.
5시간째 5분도 쉬지 않고 걸었으니 그럴 만도 하다.

심장이 빨리 뛰는 사람이란다, 난….
정상적인 사람보다 더 많이 콩닥거려 심장에 무리를 주고 있으니, 갑자기 급하게 뛰거나 너무 많이 걷지는 말란다.

하지만 난 발끝 통증이 심해지고 나서야 걸음을 멈췄다.

철저하게 배웠기 때문일 거다. 이런 게 세상이었다는 것을….
혹독하게 노력해야만 세상 앞에 내가 당당해질 수 있었다.
잔꾀 부리지 않고 최선을 다해야 하늘은 내 진심을 알아주었다.
세상은, 인생은, 꿈은 이렇게 행해야 하는 거라고, 난 원리원칙 그대로 하루하루를 채우고 싶을 뿐이었다.

笑和
生中280円
(アサヒスーパードライ)
チューハイ250円
オープン記念価格
朝までガンバッテ
ます!!
立呑み笑和

#18

아카짱 네코赤ちゃん猫

호텔로 돌아오는 길.
손바닥에 올려놓으면 딱 맞을 크기의 새끼 고양이가 울고 있었다.
오사카 난바難波 상점가에 살고 있는 아기 길고양이.
오늘도 엄마 고양이 몰래 혼자 꿈틀꿈틀 세상 밖으로 나와 있었다.

밤이 돼서야 사람들 눈을 피해 밖으로 나온 새끼 고양이는 내가 길에서 만난 수천 마리 일본 고양이 중 제일 작았다. 며칠째 똑같은 자동판매기 앞에서 쭈빗쭈빗 맴도는 걸 보면 아직은 그 자리에서 1m도 나갈 자신이 없나 보다. 겁을 먹는 게 당연하지. 새끼 고양이 눈에 사람 사는 동네가 얼마나 무서워 보였을까.

토닥여주고도 싶고, 포근히 안아주고도 싶었지만 난 며칠 밤을 바라만 볼 뿐 이기적인 내 욕망을 참기로 했다.

> '때론 사람 손 타는 게 혼자 외로움을 이겨내는 것보다 더 잔인한 일일지도 몰라. 게다가 넌 길고양이로 태어난 운명이니까….'

새끼 고양이를 안아주지 못한 채 돌아서며 난 마음이 아팠다.
새끼 고양이에게 미안해서라기보다는,
사람 손 타는 게 얼마나 독이 되는지를 -가시 돋친 고슴도치가 가르쳐주지 않았는데도- 송곳 돋친 내 마음이 이미 이를 알고 있단 사실에 말이다.

#19

다가갈 수 없던 오사카성

"어깨에 진 짐이 가벼우면 인간이 안 된다."

후대에 길이 남은 도요토미 히데요시豊臣秀吉의 말이다.

자기 짐을 더 무겁게 하기 위해서였단 말인가. 일본 전국을 통일한 것에 만족하지 못하고, 한반도를 거쳐 중국과 필리핀, 인도까지 정복하려고 했던 그의 야욕은…. 임진왜란 당시 그는 왜군의 전공戰功을 본국에 과시하기 위해 조선 군인과 양민 12만 6천 명의 코와 귀를 잘라 소금에 절여 일본으로 가져갔다. 한 권력자의 헛된 야망이 우리에게 어떤 비극을 남겼는지 그는 끝끝내 모를 것이다.

사실 오사카에 갔다면 도요토미 히데요시의 성, 오사카성을 제일 먼저 봤어야 했는지 모른다.
도쿠가와 이에야스시德川家康의 도시가 도쿄東京라면, 오사카는 도요토미 히데요시의 도시. 지금도 '오사카인이 가장 사랑하는 사람' 랭킹 1위가 도요토미 히데요시인 만큼, 오사카 사람들은 두고두고 그를 고마워하고 있다. 우리와는 별개로 그는 지금의 오사카를 있게 한 사람이니까….

하지만 오사카성을 보러 가는 게 옳은지 난 며칠 밤을 망설였다. 아니, 좀 더 정확히 말하자면 내 책의 소재가 될 자격이 있는지를 고민했던 것 같다. 아무리 일본이란 나라가 내게 많은 걸 준 곳일지라도, 일본의 치졸한 역사는 마주하고 싶지 않았던 게 내 본심이었으니까….

우선은 가보자는 궁색한 결론을 짓고 오사카성으로 향했던 나는 막상 오사카성이 시야에 들어오자 걸음이 멈춰졌다.
도요토미 히데요시를 신봉하는 오사카 사람들은 곧 죽어도 알 수 없는 우리의 상처. 더 다가가고 싶지 않았다. 이쯤 봤으면 됐다. 행여 가깝게 다가갔다가 오사카성이 아름답고 고고한 자태를 뽐내고 있다면 화가 날 것 같았다. 중세 일본 전국시대의 그는 효웅이었겠지만, 우리에게 도요토미 히데요시는 조선의 숙적으로 기억되는 인물이니 말이다.

낡은 일본을 만나러 가는 길에 마주하게 되는 일본의 역사는
내가 가장 다가가기 어렵던 숙제였다.

#20

오래 지키고 있었나요,
옛 책방

오사카 북적이는 상점가엔 고즈넉한 옛 책방이 하나 있습니다. 세상의 소란함과 서두름을 어떤 곳보다 많이 흡수했을 번화가 한복판과 전혀 어울리지 않는 풍경이죠.

동네 책방이 하나 둘 문을 닫고 대형서점이 독식하고 있는 요즘.
당일 배송이라는 날렵한 인터넷서점이 우리를 자극하는 요즘.
오래된 책방에서 책을 뒤적이는 사람들 모습이 너무 멋스러워 한참을 바라봤습니다. 왠지 이런 서점에서라면, 이미 절판되고 세상에 없는 귀한 책 한 권쯤 가뿐히 구할 수 있을 것 같은 기분 좋은 예감까지 듭니다.

본디, 낡음을 지켜내기 위해선 외로운 노력이 필요할 테죠.
세상의 속도에 예민해지지 말고,
세상의 변화를 무서워도 말고,
나만 뒤처지는 게 아닐까 고민하지도 말며,
남들이 뭐라 해도 내 길을 가는 옹고집까지 있어야 합니다.

어렵게 지켜낸 것이기에 그만큼의 보상은 주어지나 봅니다.
비록 유형의 것이 아닌 무형의 것일지라도,
낡음은 새것이 가질 수 없는 힘을 얻게 됩니다.

시간을 품고, 역사를 담으며 얻어낸 힘.
그 깊이는 애써 드러내지 않아도, 시선을 멈춘 모든 이들에게 전해집니다.

문득 옛 책방을 보며 우리를 돌아봤습니다.
우린 무언가 새롭고 자극적인 것을 쫓을 뿐, 몸과 마음을 머무르지 않고 살아갑니다. 식상해지는 건 싫어서, 정체돼 있는 건 더더욱 싫어서, 오늘 아침 눈을 뜨며 어제의 삶을 개조하고 싶어 합니다.
어제와 다른 오늘을 꿈꾸지, 어제에 이어진 오늘을 열망하진 않으니까요.

당신, 혹시 오래된 낡은 것 하나쯤 가지고 사나요.
그럼 당신, 낡아빠진 당신 것 하나 평생을 두고 지켜내고픈 마음은 있나요.
만약 당신 대답이 '아니요'라면, 당신은 시간이 흘러도 깊어지지 않을 공허한 삶을 살고 있는 겁니다.

#21

낡은 사랑 002, 이끼

매번 억울하기만 했었다.
내 낡은 사랑은….

당신은 내게 준 만큼 사랑을 돌려받지 못해 억울해했고,
난 내 사랑을 좀처럼 알아주지 않는 당신 때문에 억울했었다.
억울하고 또 억울해하다 보니 사랑은 점점 초라해졌다.
결국 우리 사랑은 서로에게 이해받지 못한 채 억울한 모양새만 하고 있을 뿐이었다.

이별을 하고도 내내 우린 억울해했다.
당신은 내가 이 사랑을 결국 포기했다며 아픈 내 마음을 유령취급 했고,
난 잔인한 역할을 맡은 건 결국 나라며 이별을 선언케 만든 너를 원망했다.

당신과 나의 사랑은 너무 볼품없이 막을 내려, 누군가 우리 사랑을 들여다보는 게 창피했다. 진짜 사랑은 이런 게 아니지 않느냐고, 서로를 위해 희생하는 수많은 사랑을 좀 보라고 소리쳐 말하고 싶었다.

습기 찬 나무그늘 아래 오래된 이끼를 보며 그때 우리를 생각했다.
이기적이게 마무리 지은 당신과 내게 남겨진 게 있다면, 이렇게 지워지지 않는 얼룩들일 것이다.
바짝 말려줄 햇빛 한 줌 없는 그늘 아래서 평생 너와 나는 미끄덩거리는 이끼로 남아 있는 건 아닐지, 발밑 이끼를 보며 속.상.했.다.

#22

구멍 난 기타

여행은 고달파야 한다. 내 여행의 고집스런 지론이다.
훗날 젊음이 변색될 기미를 보이면 모를까, 난 쉬러 가는 여행엔 관심이 별로 없다. 발이 부르트도록 돌아다니며 더 많은 세상을 품을 수 있다면 갑절의 고생도 반갑다. 그게 젊은 내가 여행을 하는 목적이고 가치일 테니 말이다.

하지만 사실, 그날 저녁만큼은 한계점에 도달하고 말았다.
바람 냄새가 온몸에 깊게 배일 정도로 많이 걸어서 12시간 넘게 앉아본 기억이 없을 정도다.

한 걸음 발을 떼기조차 힘든 상황에서 오사카의 화려한 네온사인이 눈에 들어올 리 없고, 스쳐가는 사람들이 제발 날 건드리지 않고 지나가주기를 완곡히 바랐다. 오로지 머릿속을 지배하는 딱 하나의 생각은, 빨리 호텔로 돌아가고픈 마음뿐. 향기 그윽한 그린 애플 입욕제를 욕조에 풍덩 집어넣고 38도의 따듯한 물에 몸을 담글 생각으로 간신히 버티고 있었다.

그때였다.
우메다 역. 지하에서 지상으로 힘겹게 발을 디딘 순간.
어디선가 미세하지만 또렷한 선율이 들려왔다.
무척이나 평화롭고, 한편으로 구슬픈.

누구일까. 이렇게 아름다운 음악을 연주하는 사람이….
몸의 피로를 싹 잊게 만드는 그를 보고 싶었다.
수많은 사람들 사이로 그가 보였다 사라졌다 보였다 사라진다.

그는 처량한, 거리의 기타연주자였다.
조그만 포터블 앰프와 스피커가 외롭게 그의 옆을 지킨 채, 그는 사람들 시선에 관심 없는 표정으로 연주에만 집중을 하고 있었다.

걸음을 멈추고 그를 바라봤다.
그는 어쩌다 여기까지 흘러온 것일까.
길거리 악사라고 치부해버리기에 그의 음악이 너무 아름다웠다.
한 음 한 음이 그의 손끝을 타고 흘러내리자 나도 내 마음속에서 선율을 연주하는, 묘한 기분이었다.

덥수룩한 머리. 평범한 얼굴. 수수한 티셔츠와 청바지 차림.
어느 것 하나 특징 없어 보이던 그에게서 그의 기타로 시선을 돌렸다.
가슴이 철렁 내려앉았다.
그의 기타가 많.이. 헤.져.있.다.
금방이라도 구멍이 날 것처럼 위태위태하다.

낡은 기타.
낡은 기타에서 내뿜는, 너무나도 아름다운 선율.

그와 말을 나눠보진 않았지만, 그를 조금은 알 것 같았다.
그가 어떤 삶을 살아왔을지.
앞으로의 꿈은 무엇일지.
몹쓸 시련이 찾아왔을 때, 그가 얼마나 굳건히 버텨냈을지도.
낡은 기타 하나로도 충분히 그를 느낄 수가 있었다.

그 뒤로 몇 번, 나는 우메다에서 그를 찾았었다. 그러나 아쉽게도 그의 아름다운 연주는 그때가 처음이자 마지막이 되었다.
나는 언젠가 그를 다시 만나길 바란다. 그게 TV 속 유명 뮤직쇼 무대여도 좋고, 행여 우메다 거리 한복판일지라도 좋다. 대신 그를 다시 만나게 되는 날, 그곳이 어디든 그 낡은 기타도 함께 있어 주기를 기대한다.

#23

これからは Bye my weakness
이제부터는 안녕, 나의 약함이여

#1. 카오루처럼

"나 노래를 잘 부르고 싶어." 자주 하는 바람이야.
내가 갖지 못한 능력에 욕심내지 말자며 생각을 멈추다가도 이상하게 노래만큼은 포기가 안 돼. 속사포처럼 살랑살랑 사람 마음 흔들어대는 최고의 요물이 음악이니까….
글이나 사진, 그림과는 정말 남다른 맛이지.

신(神)이 내게 딱 하루만이라도 노래를 잘할 수 있는 능력을 준다면,
신이 내게 지구상 단 한 명의 목소리를 가질 선택권을 준다면,
신이 내게 딱 한 곳의 무대를 제공해 준다면,
넌 어떡할래. 난 기다렸다는 듯 선택하고픈 게 하나 있어.

영화 〈태양의 노래〉 여주인공 카오루(가수 유이Yui가 역을 맡음)를 만나본 적 있니.
바다를 낀 작은 마을 가마쿠라에 살던 카오루. 그녀는 밤이 되면 아무도 없는 텅 빈 역 앞에 앉아 노래를 불렀어.
맑은 목소리로 기타를 치며 노래를 부르던 카오루가 어찌나 예쁘던지, 그녀의 노래는 내게 차디찬 밤공기를 가르며 두근대는 설렘으로 다가왔지.
나 딱 그 시간을 훔치고 싶어. 내가 정말 노래를 할 수 있는 기회를 갖게 된다면.

#2. 카오루같이

여행자의 신분인 게 못 견디게 행복했던 오사카에서의 하룻밤.
위험하다는 걸 알면서도 난 캄캄한 어둠을 헤치고 도톤보리 강을 건너보

고 싶었어.
빽빽하게 들어섰던 상점들도 죄다 문을 닫고, 선술집 주인장까지도 집에 갈 채비를 하는 야심한 시각이었던 걸로 기억해. 거리의 몇 안 되던 사람들까지 귀가를 위한 바쁜 발걸음이 느껴졌으니까.

텅 빈 거리 한복판에 한 여자가 앉아 있었어.
그녀는 차가운 콘크리트 바닥에 앉아 기타를 치며 노래를 하고 있었지.
지금이 몇 시인지 아는지, 위험한 동네에서 이 밤에 탈은 없을지, 걱정이 앞서면서도 사실 부러웠어. 뭐랄까, 그녀는 왠지 스스로에게서 자유로워진 느낌이었거든. 문득 그녀를 보고 있으니 〈태양의 노래〉 카오루가 생각났어.

그리고 깨.달.았.어.
내가 카오루를 부러워했던 건 그녀의 맑은 음색과 탁월한 노래 실력뿐이 아니었다는 것을. 난 외톨이 같던 그녀가 부러웠던 거야. 아니, 노래를 부르는 시간만큼은 외톨이어도 상관없던 그녀가 부러웠던 거지. 그만큼 무언가를 사랑하는 열정과 용기가 탐났던 것 같아. 그렇게 스스로에게 자유로워질 수 있는 시간을 갖고 싶었어.

인적 없는 도톤보리 번화가, 홀로 남겨진 그녀의 노래가 들려와.

구슬픈 목소리는 뭐랄까, '난 잘해낼 수 있어요' 라고주문을 거는것 같았어.

Bye my weakness Bye my sorrow. 안녕 나의 약함이여, 안녕 나의 슬픔이여.

これからは Bye my weakness. 이제부터는 안녕 나의 약함이여.

#3. 카오루의 마음만큼

이 노래를 〈태양의 노래〉 카오루와 도톤보리 텅 빈 거리에서 노래하던 그녀, 그리고 젊은 날의 우리에게 전하고 싶어.

Found Me 追いかけて
Found me. 좇아가서,

ずっとさみしくて
계속 쓸쓸해서,

一人きりの Sad night
혼자만의 Sad night.

夜更け前の闇に溶けこんでた
밤이 깊어지기 전, 어둠에 녹아들어.

こんな風にいつも消えそうな My Soul
이런 식으로 항상 사라질 것만 같았던 My Soul.

通りすぎていく人の波にのまれ流されていく
지나가는 사람의 파도에 휩쓸려 흘러가버렸어.

いつも誰かが助けてくれると信じてた
언제나 누군가가 구해줄 거라고 믿고 있었어.

自分の足で I just be myself
자신의 발로. I just be myself.

Bye my weakness Bye my sorrow
안녕 나의 약함이여, 안녕 나의 슬픔이여.

ふみだす勇?もっていくよ
걸음을 내딛어. 용기를 가지고 갈 거야.

これからは Bye my weakness
이제부터는 안녕 나의 약함이여.

輝く先きっとこの手につかむよ
빛나는 미래를 반드시 이 손으로 붙잡을 거야.

Good day, Oh myself
Good day, Oh myself.

Need me この先に Need me
Need me 이전에 Need me.

君を探した
당신을 찾았었어.

たちどまらない everyday
멈춰 서지 않는 everyday,

夜明け前の空を抱きしめてた
새벽녘의 하늘을 끌어안았어.

君が歌ってくれた Songs 今も忘れないよ
당신이 불러준 노래들 지금도 잊을 수 없어.

強くなれる I just be myself
강해질 거야. I just be myself.

Bye my weakness Bye my sorrow
안녕 나의 약함이여 안녕 나의 슬픔이여.

ふみだす勇?もっていくよ
내딛어가는 용기 가지고 갈 거야.

これからは Bye my weakness
이제부터는 안녕 나의 약함이여.

輝く先きっとこの手につかむよ
빛나는 미래를 반드시 이 손으로 붙잡을 거야.

– *Yui 〈Why me〉*

#24

도톤보리 천은 흐른다

'물의 도시'란 단어는 오사카와 정말 잘 어울린다.
바다를 매립해 만든 간사이공항 덕분에 오사카로 들어오는 길부터 바다를 만나볼 수 있는데다, 항만지역의 고요한 야경 역시 도쿄 오다이바お台場 와는 다른 수수한 매력을 뽐낸다. 하지만 오사카를 '물의 도시'로 명명한 데에는 단연 도톤보리 천道頓堀川이 일등공신이다. 낮에는 평화롭게 분수가 춤을 추는 곳. 밤에는 도심의 화려한 불빛에 수면이 알록달록 생기를 띠는 곳. 거기다 도톤보리 천 인근에는 기쓰 천, 도사보리 천, 히가시요코보리 천이 함께 흐르고 있어서 상공에서 바라볼 때 4개의 천이 사각형 아랫변의 모양을 그리고 있다.

"도톤보리 천은 바다와 이어지는 강(江)이다."
"아니다. 도톤보리 천은 말 그대로 천(川)이다."

말들이 많지만, 역사를 거슬러 올라가 보면 도톤보리 강도 맞고 도톤보리 천도 맞다는 걸 확인할 수 있다.

1612년 에도 시대 초기 야스이 도톤安井道頓이란 상인이 강(江)을 운하로 정비했으니 말이다.
유유히 흐르던 강을 개간하며 운하를 중심으로 상권이 형성되고, 사람들이 옹기종기 모여 살며 오사카 최대의 먹자골목이 생겨난 데다, 몇백 년째 일본 연극의 본거지로 자리 잡은 곳. 때문에 도톤보리 천 일대는 오사카에서도 오사카 사람들의 정서를 제일 잘 느낄 수 있는 곳이다. 간혹 운이 좋으면 도톤보리 천에 뛰어드는 젊은이를 목격할 수 있는데, 이는 오래전부터 좋은 일이 생길 때 오사카 사람들이 행해오던 풍습으로 도톤보리 천에 뛰어드는 걸 즐거움으로 삼아왔다.

도톤보리 천이 흐르고 있다.
어제도 흘렀고, 오늘도 흐르며, 내일도 흐를 것이다.
쉼 없이 흐르고 있는 도톤보리 천의 세월은 곧 400년이 된다.

"사연 많은 사람은 가슴에 품은 게 많아서 오히려 말을 잘 못하는 법이야."

사람처럼 도톤보리 천도 그런 걸까.
수많은 사연을 머금은 400년의 시간을 죄다 풀어낼 여력이 없어서, 어른의 얼굴로 조용히 흘러가는 것일지도.

#25

반짝반짝 빛나는
きらきらひかる

어두컴컴한 밤이었지만
도톤보리 천이 반짝반짝 빛나고 있었어.

와- 물이 흐르는 게 맞는지 의심스러울 정도로, 네온사인 불빛을 똑같이 그려내고 있는 도톤보리 천. 반짝반짝 빛나던 도톤보리 천은 마치 데칼코마니 같았어.

기억해? 어린 시절 스케치북 반쪽에만 물감을 묻히면 금세 쌍둥이 모양을 만들어내던 신기한 데칼코마니.

데칼코마니를 닮은 도톤보리 천을 바라보니 어릴 적 내 바람이 기억났어.
"평생 데칼코마니 같은 눈을 갖고 싶어."
난 몇 차례 이 말을 했던 것 같아.
어른이 되어서도 눈이 눈물처럼 반짝이게 맑아서, 내 마음을 내 눈으로 죄다 보여줄 수 있는 사람이 된다면 얼마나 근사할까 싶었거든.

지금도 말이야.
눈으로 모든 표정을 지을 줄 아는, 맑고 고운 사람이고 싶어.
그래서 더 좋은 얼굴과 더 좋은 마음으로 널 만나고 싶어.
아직 늦은 게 아니라면….

がんこ寿司
旨くて安い

#26

오래 혼자였다니까
– 고식층孤食層

부끄러운 사실 하나를 고백하자면, 난 20살이 넘도록 밖에서 혼자 밥 먹는 걸 못 했어.

온실의 화초처럼 세상 물정 모르고 살던 내가 강인한 잡초가 되겠다며 빛과 바람, 눈과 비에 뒹굴었을 때. 사실 가장 힘든 게 홀로서기였거든. -혼자 걷기, 혼자 영화 보기, 혼자 옷 사러 가기, 혼자 카페 가기, 혼자 밥 먹기- 그땐 내가 처량해 보이지 않을까 걱정이 많았던 것 같아. 남들이 날 불쌍하게 보면 어쩌지. 내가 외톨이처럼 쓸쓸해 보이면 어쩌지. 하지만 사람들 안중에 난 큰 관심거리가 아니었다는 걸 나중에야 알았어.

어색하기만 했던 내 홀로서기는 이 나라, 저 나라를 여행하며 조금씩 어르고 달래졌던 것 같아. 그러다 일본에 살게 됐을 때 홀로서기에 완전히 길들여지게 됐지. -일본이란 나라는 참 신기한 분위기의 나라야. '우리'가 아닌 '개인'의 존재를 더 중요시하는 나라여서일까. 이십 년 넘게 혼자 밥 먹는 걸 어색해하던 내가 일본에서 아주 빨리 적응했던 걸 보면, 일본 공기를 가득 메운 개인주의의 힘은 참 강력하지 싶어.

언제부터였을까, 생각을 해봤어.
응? 나 말고. 혼자 밥 먹는 게 익숙해진 일본의 식문화.
일본에선 혼자 고독하게 밥을 먹는 사람들을 고식인 혹은 고식층孤食層이라고 불러. 실제 외식사업도 홀로 밥 먹는 사람들 중심으로 발전해 있지. 음식 메뉴도 혼자 먹기 좋은 라멘과 우동, 스시와 카레, 소바 등이 주를 이루고, 음식점 내부 역시 모든 좌석이 벽이나 주방을 보고 나란히 앉아 먹는 카운터 방식을 취하는 곳이 많아. 또 일본만큼 편의점 도시락이 인기를 끄는 곳이 있을까. 끼니를 대충 때우려는 일본 직장인들을 위해 편의점 벤또는 가지각색의 기호를 대변하고 있는데다, 점심시간이 시작된 지 20분도 안 돼서 그 많던 도시락이 동나기 일쑤야.

2009년 1인당 국민 소득이 41,480달러인 부자나라에서 '비만'이 아닌 '고식'과 '결식'이 사회적 문제로 야기되는 아이러니한 자화상은 우리로선 절대 이해할 수 없는 현상인 거지.

밥을 '먹는다'는 표현보단 '때운다'는 표현이 더 적절해 보이던 일본인 친구에게 물어본 적이 있어. 정말 혼자 밥 먹는 게 익숙하냐고, 밥을 혼자 먹을 때 스스로 불쌍하다고 느껴본 적 없느냐고. 일본인 친구는 아리송한 표정으로 날 바라보며 말했어.

> "최고의 엘리트들이 일한다는 도쿄 롯폰기 지역엔 점심시간이면 사무실 안으로 카트를 끌고 다니며 샌드위치나 도시락, 수프를 파는 사람이 있을 정도야. 밖에서 점심을 먹는 시간까지 아까운 거지. 근데 너는 밥 먹는 게 그렇게 중요해? 밥 먹는 것보다 더 중요한 게 세상에 얼마나 많은데…."

그래. 먹고 사는 게 어려웠던 우리는 한 상 가득 차려놓고 푸짐하게 나눠 먹는 게 사랑을 나누는 방법이라고 생각했다면, 먹고 사는 게 어렵지 않던 너희는 우리와 다른 삶의 방식으로 살아왔던 거겠지.
그래. 너흰 오래 혼자였다니까.

#27

쿠이다오레食い倒れ－ 먹다가 망할 수도 있는 오사카

세간에 떠도는 이야기를 받아들이는 건 청자(聽者)의 선택이다.
믿거나 말거나, 혹은 의심을 하거나 불신하거나.
나의 경우 내가 직접 경험하지 않은 일에 대해서 쉽게 믿지 않으려고 노력하는 편이지만, 사실 사람들 입에서 입으로 전해지는 얘기는 무릎을 딱 치며 동조하는 경우가 많았던 게 사실이다.

> "도쿄 사람은 구경하다 망하고, 오사카 사람은 먹다 망하고, 교토 사람은 입다 망한대."

궁금했다. 도쿄야 구경할 게 넘쳐나는 신기루이니 그렇다 치고, 교토야 값비싼 전통 옷을 의무적으로라도 입어야 하는 오랜 역사의 도시니 그렇다 치고, 오사카는 먹다 망한다고? 어딜 가나 맛있는 음식 천지인 일본에서 왜 하필 오사카 사람들만 먹다 망하는지, 참 재밌는 발언이라고 생각했었다.

일본어로 표현하자면,
쿠이다오레食い倒れ. 먹다가 망한다를 통칭하는 말이다.

난 오사카에 머물면서 '쿠이다오레'란 말이 왜 나왔는지를 십분 이해할 수 있었다. 정말이지 오사카는 먹다가 망하기 딱 좋은 도시다. 맛있는 건 어디서 죄다 가져왔는지 명성 높은 음식점들이 넘실대는데다, 늦은 밤까지 먹는 것에 열광하는 오사카 사람들의 지치지 않는 식탐 또한 단번에 느낄 수 있었다. 평상시 소식(小食)을 생활화하던 나조차 하루에도 몇 번씩 식욕을 주체 못하고 얼마나 많은 갈등을 했던지….

'맛있겠다. 닭국물과 돼지육수를 섞어서 개발한 독특한 맛의 킨류라멘金龍ラーメン. 이걸 먹을까?'

'무슨 소리야. 오사카에 왔으니 줄을 서서 기다리더라도 타코야키たこ焼를 먹어야지.'

'타코야키는 간식으로 먹든지 해. 오사카 대표 음식 오코노미야키를 안 먹고 갈 순 없잖아?'

'오코노미야키라…. 오사카 사람들 몸속엔 우동 국물이 흐른다는 말도 몰라? 유부 조림이 가득 들어 있는 기츠네우동きつねうどん 한 사발 먹자.'

'뭘 모르네. 오사카에 왔으면 하코스시箱ずし를 먹어야 한다고! 우리가 흔히 먹는 스시가 1800년대 등장했다면, 하코스시는 그보다 1,000년 전부터 오사카 등지에서 먹어왔던 음식이야. 네모난 나무상자에 밥을 깔고 생선을 얹은 후 식초를 뿌리고 발효시킨 초밥! 오사카에 왔으면 단연 하코스시지.'

'오사카는 일본 열도 중 복어 소비가 가장 많은 곳이래. 복어 요리의 면허제를 제일 처음 실시한 곳이기도 하고…. 오사카의 복요리도 종류별로 먹어보고 싶었는데, 이를 어째.'

'그뿐인 줄 알아? 저기 사람들 줄 서 있는 걸 좀 봐. 손바닥 크기의 대왕만두를 파는 곳이야. 60년 전통을 자랑하는 이 집 만두는 여기 오사카 본점에서 먹어봐야 하는건데….'

'몰라. 몰라. 리쿠로 오지 상 아저씨 얼굴이 그려진 유명한 치즈케이크도 먹고 싶고, 100년 전통의 명물 카레는 어떡해. 새우랑 닭고기 거기다 야채와 우동까지 푸짐하게 들어간 우동스키도 먹고 싶단 말이야.'

오사카에 온 뒤로 내 머릿속은 식탐 많은 여자의 것이 되고 말았다. 맙소사, 여기 오사카에 살다보면 살이 기하급수적으로 찌다 못해 나도 '쿠이다오레食い倒れ'할 수 있겠구나, 정말!

551 蓬莱 アイスキャン
Aria
ジュエリー アリア
閉店
ICE CANDY
551 HORAI SWEETS
期間限定!!
じゃんけんに
日本一

#28

old scenes

전화카드, 기차표, 비행기표, 콘서트표, 영화표까지 동네 조그만 매표소きんけんショップ 에서 사는 사람들.
촌스러운 구식 번호표를 나눠주는 식당.
붓으로 글씨를 써주며 돈을 버는 시장통 아저씨.
색색깔 펜으로 상품 가격을 적어놓은 페이퍼 조각들.
오랜 방법 그대로 손수 면을 뽑느라 분주한 동네 소바そば 가게 할아버지.
여름 간식으로 제일 인기 있던 카키고오리かき氷(일본식 전통빙수). -얼음 간 것에 색소 시럽만 뿌린 불량 식품, 그래도 변치 않는 카키고오리 사랑-

하루가 다르게 변화하는 세상 속에서
남의 속도가 아닌 내 속도로 살아가는 사람들의 따듯한 풍경.

信州
生そば
信濃
肉
鳥
カレー
Dove
500

#29

빠찡코パチンコ

일본 도심 전철역부터 농촌마을 구석진 곳까지 울긋불긋 화려한 네온사인의 주인공이 있다.

안으로 들어가면 어깨 정도 너비의 반짝이는 기계들이 일렬종대 하여 사람을 기다리고 있다. 다마(구슬)가 나오는 기계에 돈을 넣고 양껏 다마를 산다. 그 다마를 자기가 선택한 기계에 넣고 레버를 당겨준다. 번호가 돌아가고 그 번호가 맞아떨어지면 다마는 코로코로 소리를 내며 기계 밖으로 나온다. 바구니에 담긴 다마를 카운터에 가지고 가면 경품과 바꿔준다. 그 경품을 다시 점포 옆 교환소로 가져가면 돈으로 바꿔준다. 어떤 사람은 10만円도 넘게 손에 쥐고 나오고, 어떤 사람은 모든 걸 잃은 채 한숨을 쉬며 밖으로 나온다.

도박이 법으로 금지된 일본에서 유일하게 합법적인 도박, 빠찡코パチンコ.
레버를 당기는 순간의 선택으로 때론 한 달 치 생활비를 잃기도 하고, 때론 번쩍이는 대형 자동차를 살 수도 있다.

달콤한 상상이 독이 될 수 있다는 걸 아는지 모르는지, 이 아찔한 도박판은 법의 테두리에서 당당히 보호를 받으며 100년이 넘는 시간 동안 남녀노소 누구나 즐기는 대표 오락시설로 자리를 잡았고, 현재 일본의 키치kitsch적인 대중문화의 상징이 되어 있다.

発想
新

#30

낡은 사랑 003, 이별後

'절대 돌아가지 않을 거야.'

헤어진 다음 날.
난 무언가 대단한 주문이라도 거는 것처럼 수십 번을 되뇌었어.

마치 무슨 일이라도 일어났냐는 듯 아침에 눈을 떠 눈부신 햇살에 밝게 미소를 짓고, 이별이 뭐 별거냐는 얼굴로 사람들을 만나 수다를 떨고, 끼니를 꼬박꼬박 챙겨 먹으며 일에 매달렸어. 날 원망하는 그의 메시지에 콕콕 마음이 쑤실라치면, 더 독해지기 위해 수단과 방법을 가리지 않을

참이었으니까.

"참지 마. 이러다 오장육부 다 틀어지면 어쩌려고 그래."

잔인하다고, 못됐다고, 날 비난할 줄 알았던 친구가 내 통점을 건드렸을 때에도 난 최대한 담담하게 대응했어.

"넘어져서 아프다고 우는 건 애들이나 하는 일이야.
사랑, 그게 뭐 별거라고."

근데 이런 내가 오만이었어.
사랑과 이별의 존재감을 깡그리 무시하려 들던 나는, 1년쯤 지난 어느 날이 돼서야 참아왔던 아픔을 주체 못하고 시름시름 앓게 됐으니까…. 마치 냉동실에 얼려놓은 생선을 해동한 것처럼, 아주 싱싱하게, 갓 이별한 사람처럼.

후회해도 소용없다는 걸 알면서, 나 이런 후회를 했어.

차라리 그때 아팠어야 했다고.
그때 원 없이 마음 피투성이 되도록 찢겨났어야 했다고.
그렇게 그와 같은 시간에, 함께 아파했어야 했다고.

#31

농사꾼의 아들, 반찬가게 아들로…

- 쇼스케상의 꿈은 뭐예요?
- 꿈이랄까? 미래상 같은 건 있었지.
- 뭔데요?
- 농부였어. 난 농사꾼 아들이야. 게다가 장남이고. 선조 대대의 토지를 그냥 내버려 두면 딴 사람한테 뭔 소리를 들을지 몰라. 언젠가는 회사 관두고 농사를 지어야 돼. 그래서 그전에 조금이라도 좋아하는 걸 해볼까 해서 광고맨이 된 거야. 난 이 동네를 벗어날 수 없어. 그러니까 이 동네에서 재밌는 걸 찾아 즐기는 거지. 말하자면 그게 내 꿈인 거지.

–영화 〈우동うどん〉 中

골목 어디쯤이었을까.
카메라 셔터를 눌러대기 바빴던 난 아마 길을 잘못 들어섰던 것 같아.
깊은 골목 안이었는데, 인적 드문 그곳에 몇 명의 직장인들이 줄을 서서 뭔가를 기다리고 있었어.

맛있는 냄새를 풍기는 그곳은
우리말로 표현하자면, 반찬가게. 도시락가게.

"이 집은 꽤 오래 이 자리에 있었어요. 못해도 40년 정도."

옆 사람이 내게 굳이 말해주지 않았어도, 낡은 외관이 그렇게 보여. 정말 소박한 옛날 가게.
창문 너머로 백발의 할아버지가 요리를 하고 계셔. 할아버진 과묵한 얼굴로 돈카츠豚カツ를 튀기는 데 집중하고 있었어. 바삐 움직이는 아주머니는 막 완성된 니쿠쟈가肉じゃが(고기와 감자를 간장에 조린 일본 대표 반찬)와 카라아게唐揚げ(일본식 닭고기 튀김)를 일회용 그릇에 담고 계시더라. 아주머니의 아들로 보이는 젊은 남자는 오싱코唐揚げ(일본식 김치로 불리는 배추절임)를 접시에 담다 말고 주문을 받으러 나왔고 말이야.

가족이 온힘을 다해 꾸려가는 가게구나, 단번에 알 수 있었어.

주문대의 젊은 남자와 눈이 마주쳤어.
환하게 웃으며 날 보는 그에게 "주문하려는 게 아니에요"라며 손사래를 치다 갑자기 미안한 마음이 들었어. 영업을 방해해서라기보단, 뭐랄까. 내가 그 사람보다 욕심이 참 많은 사람인 것 같은 기분.

그에게도 남몰래 키워온 자신만의 꿈은 있었겠지.
사람 대 사람으로 미안했던 것 같아.
그 앞에 서 있던 나는, 하고 싶은 대로 마음껏 즐기며 사는 나는, 내 이름 석 자를 달고 사는 나는, 만약 엄마의 딸로, 할아버지의 손녀로 사는 인생을 받아들이라고 했다면 그 삶에 순응할 수 있었을까.

그의 미소가 자꾸 눈에 밟혔던 건 그가 나보다 사는 게 순한 사람 같아서…. 그런 그가 한참 동안 기억났어.

#32

사람
마음가짐

남들의 10만 가지고도 행복해할 줄 안다는 것.

내가 가진 10 안에서 웃음 질 줄 아는 마음.

그렇게, 만족하겠다는, 어려운 가치.

손님이 하루 1명도 찾을까 말까 한 볼품없는 가게라지만
그 자리에서 10년이고 20년을 버텨냈다는 건
스스로가 만족하지 않고선 도저히 감당할 수 없는 일이다.

はきも
ひさごや
STOP
ing
88
•
89
消火栓
¥1000

#33

'가난'을 숨길 필요 없잖아요

"어떤 세상이 좋은 세상일까?"
"모두가 평등한 세상."
"그런 세상이 어디 있어."
"그치. 그럼 아쉽게라도, 부자가 티 안 나는 세상. 빈자도 티 안 나는 세상. 비교를 당하지도 않을뿐더러 비교할 것도 없는 그런 세상. 누구도 주눅 들지 않고 살 수 있는 세상. 그런 세상 우리가 만들 수 있을 거야."

절대 감출 수 없는 것 세 가지는 기침과 사랑 그리고 '가난'이라고 하거늘, 20살 세상살이에 꿈 많던 난 그때 이런 희망을 답한 적이 있었다.
초라한 어른으로 성장한 지금에야 부익부 빈익빈 세상에서 주눅 들지 않기 위해 아등바등 살고 있지만 말이다.

오사카 신사이바시心濟橋.
횡단보도를 건너고 있던 찰나였다.
내 앞에서 씩씩한 걸음새의 남학생, 그의 가방이 눈에 들어왔다.
스포티한 흰색 가방은 얼룩덜룩 때가 잔뜩 끼어 있었다. 빨아도 지워지지 않을 것 같은 진한 얼룩은 누렇게 변색된 지 오래. 거기다 지퍼 열린 가방 앞주머니에는 낡은 잡동사니와 쓰레기들로 너저분해 있다. 하지만 그의 뒷모습만큼은 마치 살아 있음을 과시라도 하듯 생생하고 당당하다.

덴샤 안에서도 이런 기분을 느낀 적이 있었다.
등을 보이고 서 있던 한 남자. 그의 청바지는 너무 오래 입어 너덜너덜해진데다, 엉덩이 부분에 기름칠이라도 한 것처럼 광이 나고 있었다. 청바지 뒷주머니는 이미 주머니로서의 기능을 포기한 채 큰 구멍이 나 있고, 그 구멍 사이로 지갑은 위태롭게 춤을 추고 있었다. 하지만 그때도 난 그의 뒷모습이 참 자유로웠던 걸 기억한다. 속박 따윈 느껴지지 않았다.

일본. 물론 이곳은 우리보다 부익부 빈익빈이 더 극심한 나라다.
하지만 이 나라엔 낡고 해진 것을 부끄러워하지 않는 문화가 존재한다.
난 언제나 일본의 이런 면이 부러웠다.

가난한 사람이 티가 안 나는 나라는 아니지만,
가난한 사람이 가난한 티를 내도 상관없는 나라.
새롭고 좋은 것에 연연하지 않고,
낡은 걸 사용하면서도 자기 스스로 당당한 사람들의 나라.

사실, 이래도 되는 거다.
남들의 시선 따위. 서로를 비교하고 비교당하는 불쾌한 공기 따위.
사실, 이들처럼 무시하고 살면 그뿐인 거다.

#34
편지てがみ

사각사각 소리 나는 연필을 샀다.
힘주다 부러질지 모를 연필심을 염려해
엄지손톱 크기의 연필깎이도 샀다.
하얀 바탕에 검은 줄만 그어진 정직한 편지지도 샀다.
행여 울먹이다 글씨가 삐뚤어지지 않을까 작은 지우개도 하나 샀다.

기억이 모두 닳아 없어지기 전에
한번은 너에게 고백하고 싶었다.
솜털 하나하나. 세포 하나하나.
세세한 모든 걸 품고 있었노라고.
그대 모든 사랑에 감사했었노라고
한 번만이라도 진심을 말하고 싶었다.

이성이 감성을 제어하는 나이지만
하루만큼은 감성이 이성을 이겨주길,
내 삐져나온 감성으로 잃어버린 당신을 찾게 되길 바랐었다.

인스턴트식 문자 메시지나 이메일로는
내 숨겨진 마음을 감당할 수 없을 것 같아
난 속사포처럼 하얀 편지지를 선택했다.

연필을 잡고 한 줄 한 줄 써내려갔다.
우리의 날들이 떠오른다.
버텨왔던 내 감정이 폭발해버렸다.

순간이었지만 불안했고, 쓰라렸고, 외로웠다.
애써 아프지 말자며 내 머리가 마음을 잠재운다.
어느새 냉정을 찾아버린 난 떨리는 손으로 편지지를 찢었다.

.

.

.

부치지 못한 편지.
그에게 보여주지 못한 미련들.
편지를 공들여 읽고 있는 당신을 보니 그때 생각이 난다.

#35
셔터를 누르다

난 멈춰 있는데, 다들 동작을 하고 있다.
걷고 있고, 뛰고 있고, 자전거를 끌고 있고, 대화를 나누고 있으며, 전화를 걸고 있고, 손을 잡고 있고, 뭔가를 먹고 있고, 어딘가를 찾고 있었다.

난 멈춰 있는데, 시간이 흐르고 있었다.
아무런 동작도 취하지 않은 채 우두커니 서 있던 내 시간은
지금 가슴 벅찬 사랑에 심장이 멎도록 행복한 누군가의 시간과도 같고,
비참한 인생에 서럽게 꺽꺽 울며 고개를 숙이고 있을 누군가의 시간과도 같다는 걸 깨달았다.

귀해지고 싶었다.
정처 없이 흘러가는 이 찰나의 시간까지 귀히 여기고 싶었다.
다시는 돌아올 수 없는 지금. 오사카에서의 시간을 그냥 보낼 수가 없어서 난 카메라를 집어 들었다.

#36

오사카의 오사카 뒷모습의 뒷모습

당신의 몸과 마음이 자꾸 서로를 거부할 때
당신의 앞뒤 모습이 너무도 달라 보일 때
전 그제야 비로소 당신을 사랑할 수 있었습니다.

온힘을 다해 내 작은 손바닥과 내 작은 몸집으로
당신을 안아주고 싶었으니까요.

그때 이후, 사람도 풍경도 뒷모습이 있다는 걸 알게 되었습니다.

몹쓸 버릇 하나 쥐고 산다며 뭐라 하실지 모르겠지만,
여전히 뒷모습이 갸륵한 사람에게 더 마음이 머무는 저입니다.

でかっ!
JR大阪
アクティ大阪
(百貨店・ホテル)
JR大阪駅
JR大阪駅

市場ずし
千日前店
2階 お座敷あります
安心会計
市場ずし
一皿
2個
200円より
(内税です)

激安の殿堂
インボービル

#37

탱글탱글 타코야키たこ焼き

호텔로 무사히 잘 돌아왔고, 깊은 밤이 찾아왔다.

어젯밤처럼 욕조에 물을 받고 반신욕을 즐기다가 따듯하게 데워진 몸 상태로 곤히 잠들면 되는데, 이상하게 오늘은 앉았다 일어나기를 반복하며 엄마 잃은 아이처럼 안절부절못하고 있다. 마지막 날. 마지막 밤이었다. '마지막'이란 단어가 갖는 묵직함이 이런 걸까. 수없이 여행을 다니면서도 난 여전히 '마지막'이란 단어에 잘 적응하지 못한다. 다시 거리로 나가지 않고선 잠들지 못할 것 같았다. 맥주잔 부딪쳐줄 사람 한 명 없는 외톨이 여행자라지만, 어제와 똑같은 밤을 맞이하기엔 오사카에서의 지난 시간들이 너무 값졌다.

다행히 거리엔 빛이 듬성듬성 비추고 있었다.

잠잠해진 난바 거리를 한참 걷다가 마지막 열려 있는 타코야키たこ焼き 집을 발견했다. 오늘의 나와 닮아 있단 생각을 했다. 오늘의 나. 여행의 마지막 밤. 마지막 열려 있는 타코야키 집. 누군가 억지조합이라며 비웃을지 몰라도 어쩔 수 없다. 여행이 끝나가는 사람이란 본디 별별 것에 의미

를 다 부여하는, 극성스런 생물체가 되어버리니 말이다.

할아버지, 아버지 그리고 아들 3대가 이마에 땀방울을 맺혀가며 열심히 타코야키를 만들고 있는 가게. 행여 타코야키 아래쪽이 타지는 않을까 아래위로 90도를 반복해 돌리는 정성 어린 손동작을 보며 난 빙그레 미소를 지었다. 하루하루를 지켜내고 있는 낡은 오사카를 바라보며 참 많이 감동했었는데 지금도 난 감동을 멈출 수가 없다. 스쳐가는 모든 장면들이 날 보며 춤을 추고 있는 느낌이었으니….

탱글탱글 잘 구워진 6개의 타코야키를 건네받았다.
두 손 가득 조심스레 그릇을 받쳐 들고 호텔로 돌아가는 길.
콧노래가 절로 나오던 가슴 벅찬 마지막 밤이었다.

오사카 타코야키 たこ焼き

오사카 길거리 군것질을 대표하는 것은 단연 타코야키다. 이미 일본 전역뿐 아니라 우리나라에도 상륙한 타코야키는 곳곳에서 인기를 누리는 음식이지만, 유독 오사카 사람들의 타코야키 사랑은 남다르다. 낮에 1시간은 기본이요, 한밤중에도 타코야키를 먹기 위해 10~20분씩 줄을 서는 광경을 보면 그 인기를 실감할 수 있다. 이렇게 타코야키가 오사카에서 사랑받는 이유는 비단 타코야키가 오사카에서 시작됐다는 연유 때문만은 아니다. 오사카 타코야키는 튀김 부스러기를 넣어 바삭바삭 씹는 맛을 강조한데다, 가다랑어 육수에 여러 종류의 밀가루를 섞어 반죽을 만드는 집도 있다. 탱글탱글 씹히는 덩치 큰 문어살과 바삭하게 익은 얇은 겉껍질, 크림처럼 부드러운 속까지 갖춘 게 오사카 타코야키의 또 다른 특징. 뿐만 아니라 원조집들은 본디 소스를 뿌려 먹지 않는 타코야키를 고집하기 때문에 소금이나 간장으로만 맛을 내면서도 명실공히 맛을 인정받고 있다.

최근 일본에서는 총영사관을 중심으로 타코야키를 전 세계에 알리기 위한 노력을 기울이고 있다. 고급스런 이미지의 초밥이나 덴뿌라와 달리 타코야키는 일본 본연의 맛과 서민들의 친근함을 동시에 전할 수 있을 것이라 기대되기 때문에 말이다.

#38

라디오 볼륨을 높여요

Choo choo train a chugging down the track
칙칙 연기를 뿜으며 기차가 선로를 따라 들어옵니다

Gotta travel on, never comin' back woo~ woo~
이제 여행을 떠나요? 다신 돌아오지 못하는

Got a one way ticket to the blues woo~ woo~
아! 편도 승차권의 슬픔이여…

Bye bye love, my baby's leavin' me
안녕 내 사랑 나를 떠나고

Now lovely teardrops are all that I can see woo~
지금 내가 볼 수 있는 건 눈물뿐

Got a one way ticket to the blues woo~ woo~
아! 편도 승차권의 슬픔이여.

I'm gonna take a trip to lonesome town
난 외로운 도시로 가서

Gonna stay at heartbreak hotel
상심의 호텔에 묵을 거고

A fool such as I there never was
나 같은 바보는 없어요

I cry a tear so well
나는 눈물만 흐르고.

라디오에서 닐 세다카Neil Sedaka의 〈One way Ticket to the Blues〉가 흘러나오고 있었다. 정말 오랜만에 듣는 옛 노래. 따끈한 타코야키가 식어가는 줄도 잊은 채 볼륨을 높였다.

아이러니한 상황이다. 노래에선 연신 떠나겠다고, 다신 돌아오지 않을 편도 승차권을 운운하는데 난 여행을 마치고 내 자리로 돌아가려 한다. 분명 많이 그리울 거고, 분명 또 금세 짐을 싸서 일본으로 날아오겠지. 하지만 하얀 종이 위에 난 힘을 줘 글을 썼다. 이렇게라도 하지 않으면 이 여행을 끝낼 수가 없을 것 같았다.

"아쉽지만, 여기서 만나 얼싸안던 내 추억들을 떠나보낼게.
단지 나에게 하고 싶은 말 한마디는, お疲れさま오쯔카레사마. 수고했어.
이번 여행 역시 최선을 다해줘서 고마워."

#39

일본 최초로 오므라이스를 만든 노포老鋪 마지막 식사

나그네 생활을 오래하면 속도 탈이 난다. 돌아다니며 맛 좋고 몸에 좋은 음식을 죄다 먹어도 매한가지다.

오사카에서의 마지막 끼니. 이른 점심이지만, 속을 달래기 위해 신사이바시心濟橋 에 있는 〈홋쿄쿠세이〉를 찾았다. 일본에서 처음 오므라이스를 개발한 전설의 식당. 80년 넘게 그 자리를 그대로 지키고 있는 노포老鋪 다.

창업 당시 그대로의 다다미방에 앉아서 치킨 오므라이스를 한 수저 가득 넘치게 떴다. 솜사포처럼 보드라운 반숙 오믈렛과 은은한 케첩 향의 볶음밥이 내 지친 몸에 힘을 넣어준다.

항상 제자리에 있는 북극성이란 이름답게, 홋쿄쿠세이. 그 자리 그대로 변치 않는 맛이었다.

北極星　홋쿄쿠세이

- Adress : 大阪府 大阪市 中央区 西心斎橋　2-7-27
- Tel : 06-6211-7829
- Open : 11:30 ~ 21:30. 연중무휴.
- Web Adress : www.hokkyokusei.jp

낡은 고베

#01

아픔을 잊어줄게요

열차가 30분쯤 달렸을까. 차창 밖으로 고베가 보인다.
행운과 불행이 들락날락 찾아드는 도시. 역사의 수레바퀴를 타며 참 많이 날카로워 있을 줄 알았는데, 차창 밖으로 보이는 고베는 내 예상과 달리 수수한 얼굴로 내게 미소 짓고 있었다. 그 웃음은 해맑기보단 아픔을 느껴본 사람의 그것처럼 품위 있는 미소였다.

일찍이 서양문화가 번창한 항구도시 고베를 순식간에 무너지게 만든, 씻을 수 없는 상처.
1995년 1월 17일 오전 5시 46분이었다. 어제와 똑같은 아침을 준비 중인 조용한 시각.
갑자기 일본 남동쪽 아와지 섬에서 발생한 진도 7.3의 강진이 고베를 덮쳤다. 고베 대지진으로 불리는 이 재앙은 불과 20초간의 강렬한 흔들림으로 고베에서만 4,500여 명의 생명을 앗아갔다. 고베를 든든하게 지켜

주고 있던 많은 기업들은 순식간에 다른 지역으로 옮겨갔고, 수십 만 명의 이재민이 발생한데다 6만 채에 달하는 생활 터전이 한순간에 무너져 버렸다. 하늘에 어떤 원망을 샀는지 '고베'는 처량한 심정으로 목 놓아 울고 싶었을 것이다.

고작 15년도 안 된 이야기다. 여전히 아픈 흔적이 많이 남아 있을 거라 생각했다. '아름다운 고베 야경'을 떠올리기도 전에 내 머릿속을 지배한 건 '고베 대 지진'이었으니…. 그만큼 충격적인 자연재해였다.

아픔을 다독여주고 올 참이었는데, 웃는 얼굴로 날 바라보는 고베를 마주하며 난 마음을 바꿔먹기로 했다. 때론 상대의 아픔을 들춰내 거론하기보단, 아픔을 함께 지워주는 게 현명할 때가 있다. 안간힘을 다해 과거의 아픔을 씻겨낸 사람들에 대한 예의. 난 열차에서 내리는 순간부터 이들의 재앙을 기억에서 지우개질 하기로 다짐했다.

#02

고베神戸와 만나다

나는 호적상으로는 교토 태생이지만 그 직후에 효고兵庫현 니시노미야西宮 시의 슈쿠가와夙川라는 곳으로 이사를 가고, 얼마 후 아시야芦屋 시로 옮겨가 십대의 대부분을 그곳에서 보냈다. 따라서 놀러 가는 것은 당연히 고베의 시내 산노미야三宮 근처였던 것이다.

–〈하루키의 여행법〉 中

〈하루키의 여행법〉을 읽다가 놀랐다. 서양식 감각과 세련된 문체를 구사하는 그의 고향이 화려한 도쿄東京가 아닌 고베神戸였다는 사실에 말이다. 그는 〈하루키의 여행법〉이란 책에서 유년기를 보낸 고베를 회상했다. 조용하고 한가하며 어딘지 모르게 자유로운 분위기가 배어 있는 도시. 그는 소년 시절, 헌책방에서 싸구려 페이퍼백을 들춰 보거나, 재즈 다방에 온종일 틀어박혀 있거나, 예술전용극장에서 누벨바그 영화를 보며 행복한 시간을 보냈다고 했다.

그의 고향 고베에 대한 호기심이 몰려왔다. 그의 표현을 빌려 느낌을 전하자면, '하루키'란 인간을 만들어 낸 '고베'란 땅이 궁금했고, '고베'란 땅에 의해 만들어진 '하루키'란 인간에 대해 생각해보고 싶었다. 스스로 선택할 수 없는 일들에 대해서….

고베의 관문인 산노미야 역三宮駅에 도착했다.
하루키, 그가 몇십 년 전 자주 걸었을 이 거리.

초록색 덴샤가 넓은 철길을 따라 활기차게 미끄러져가고, 여유로운 표정의 사람들이 지나가고 있다. 여행을 하며 가장 기분 좋은 순간은 이럴 때가 아닐까. 여행지에 처음 도착한 순간. 마음에 드는 사람을 처음 발견했을 때의 떨림과 닮았고, 앞으로 그를 더 많이 알아갈 수 있다는 기대감과 흡사하다.

방대한 지도를 펼쳐들고 하루키가 유년을 보낸 '고베'를 상상해봤다.
내가 처음 만난 낯선 '고베'도 그려봤다.
이제부터 내가 발을 디디는 모든 장소가 내게 추억이, 경험이, 기쁨이 되어주겠지. 어쩌면 스스로 선택할 수 없는 일들의 연속으로 이곳이 내게 새로운 운명을 가져다줄지도 몰라. 막연한 기대감으로 난 그렇게 고베와 만났다.

#03
외로우니 여행이다

똑똑. 갑자기 빗방울이 떨어졌어.

거리의 사람들은 종종걸음으로 건물을 찾아 들어갔고, 강한 바람 탓에 단정했던 내 모양새가 금세 엉망이 됐어. 먼지 흩날리는 것처럼 가볍게. 일제히.
먹구름으로 드리워진 고베 시내가 순식간에 칙칙해지더라.
'빛의 아이'인 난 주눅이 들어버리고 말았어.

"넌 화려한 '밤'보단 화사한 '낮'에 더 예쁜 사람이야.
'어둠'의 정적보단 '빛'의 활기가 잘 어울리는 사람이고…."

비단 누군가의 언급 때문은 아니야.
나 역시도 날 그렇게 여겨왔으니까.

비가 오고 바람이 불고, 차갑게 조용한데다, 어둡고 음산해진 고베는 낯설고 불편했어. 키타노자카北野坂.이 좁은 오르막길을 따라 올라가면 고베의 명소 키타노 이진칸가이北野異人館街를 만날 수 있을 텐데….
사람들이 모두 건물 안으로 사라져버린 텅 빈 거리에서 내 발걸음은 무거워졌어. 불편하다는 감정은 내 행동과 방향을 흐트러뜨리나 봐.

이번 고베 여행은 외롭겠구나, 예감을 했어.
하긴 외로움. 세상에서 제일 두려운 감정이지만, 세상에서 제일 익숙한 감정이잖아. 살면서 외로웠고, 외롭지만 버텨냈듯이, 외로워도 즐겨봐.
어차피 외로우니 여행인 거야. 너도 알잖아.

#04

담쟁이 I

오래됨의 자취는 굳이 역사적 명소에 가야만 알 수 있는 게 아니야.
자연이 온몸을 다해 표현하는 풍경들을 바라봐봐.

하늘과 닿고 싶은 담쟁이덩굴의 꿈은,
고베의 땅이 오래되었음을 대신하고 있었어.

#05

앤티크 물건이 가득한 비밀의 정원에 놀러 오세요

길은 종착지에 닿기 위함이 아닌 여정을 위해 준비된 거라 생각한다. 나는 지금 키타노 이진칸가이를 향해 걷고 있지만, 내가 걷는 이 길은 키타노 이진칸가이를 위해 존재하는 길이 아니라 이 길 자체로 귀한 여정이란 뜻이다. 조급한 마음으로 앞만 보고 걷기는 싫었다. 이 길 자체로 소중함을 느끼는 사람이고 싶었다. 이런 소소한 마음가짐이 나란 사람을 더 특별하게 만들어줄 거라고 믿고 있다.

키타노자카. 왼편으로 나있는 좁은 골목길이 꽤 분주하다. 두 명이 나란히 들어갈 수 없을 만큼 비좁은 길. 그 골목 사이로 몇 명의 사람이 들락날락하고 있었다. 이 길엔 뭐가 있는 걸까, 궁금한 마음에 잠깐 외도를 했다.

골목길엔 마치 프랜시스 호즈슨 버넷의 동화 '비밀의 정원'을 연상케 하는 예쁜 정원이 하나 있었다. 정원은 구불구불 낯선 불어로 〈La Paix des Bois〉란 가게의 소유. 우리 말로 '숲의 평화'란 뜻이다. '이름을 쏙 빼닮은 예쁜 가게네'라는 생각을 하며 안으로 들어갔다.

문 앞에 놓인 낡은 우산꽂이와 자명종 시계는 몇 년째 비를 맞도록 방치

됐는지 녹슨 적색빛을 띠고 있었다. 가게 안으로 들어가니 젊은 여주인이 무관심한 표성으로 나를 슬쩍 바라본다. '이 물건들의 주인은 억지로 맺어지는 게 아니지요.' 하는 얼굴로 다시 뜨개질 삼매경에 빠진다. 덕분에 난 자유롭게 가게를 둘러볼 수 있는 특권을 얻게 됐다.

〈La Paix des Bois〉 가게 내부 역시 '비밀의 정원' 소유답게, '비밀의 집' 같았다. 앤티크 엽서와 도자기, 낡은 스탠드와 촛대, 빈티지 열쇠고리와 동물 모양의 인형, 오래된 나무 액자에 담긴 빛바랜 그림들까지….
〈La Paix des Bois〉는 동, 식물을 모티브로 한 앤티크 장식물과 액세서리를 취급하고 있다고 한다. 어디서 이런 물건을 다 공수해왔는지 감탄이 절로 나왔다. 프랑스를 비롯해 유럽 각지에서 이 물건들을 가져왔다는데, 오히려 가게주인은 이 물건들이 팔리는 게 아까울 수도 있겠단 생각이 든다.

하지만 한쪽 벽에 써 붙인 그녀의 마음은 이런 내 생각을 부끄럽게 했다.

"이국땅에서 얼굴도 모르는 사람들의 소중한 물건을 받아왔어요.
거리와 시간을 넘어 이곳에 와 있는 앤티크 물건들은 새롭게 갖게 될 사람들에게 위안과 행운을 전할 거라고 생각해요.
그런 중요한 중개를 할 수 있어서 저는 참 행복합니다."

La Paix des Bois

- Adress : 神戸市 中央区 北野町 3-1-27-1F
- Tel : 078-251-7022
- Open : 13:00~18:30. 월요일 休.

#06

Starbucks in Kitanozaka

내 집의 과거를 궁금해했던 적 있니.
나 이전에 어떤 사람들이 살던 집이었는지, 어떤 과거를 말없이 품고 있는 건지….

고베에 와서야 난 집에도 역사가 있다는 걸 실감하게 됐어.
키타노 지역에는 19세기부터 사용되던 오랜 주택들이 현재까지도 누군가의 집으로, 가게로, 박물관으로, 쌔근쌔근 숨을 쉬고 있으니 말이야.

키타노자카 한복판에 위엄 있게 서 있는 거대한 스타벅스를 발견했어. 참 인위적인 건물이다, 첫 생각은 이랬지. 글로벌 브랜드 스타벅스만의 문화마케팅과 현지화 전략이 명석하다는 건 알고 있었지만, 굳이 이렇게 고베 분위기에 맞춘 매장을 드러내놓고 설계했어야 했는지 싶더라고…. 그러나 매장에 들어갔다가 알게 됐어. 이 집의 과거. 지금까지의 역사.

알고 봤더니 이곳은 키타노 이야기관北野物語館이란 이름을 현재까지도 달고 사는 오래된 주택이었어. 메이지 40년에 지어진 목조건물이니 벌써 100년이 넘었단 얘기지. 개항 시대 독일인 빵직공의 이야기를 다룬 NHK 아침 드라마 〈풍향계계〉의 실제 주인공 하인리히 부르크 마이어가 한때 이 집의 주인이었다고 해. 95년 고베 대지진 때문에 예전의 모습을 잃게 됐지만, 고베시가 이 집을 기증받은 뒤 지금의 모습으로 개조한 거지. 얼마 전까지만 해도 이곳은 부르크 마이어를 기념하기 위해 1층엔 'Cafe 부르크 마이어'를, 2층엔 자료관 전시실을 운영했었어. 2009년 3월에 스타벅스가 인수해 지금의 얼굴을 갖게 된 거래.

신기하지. 100년도 더 전에 고베에서 빵을 전파시킨 독일인의 집이 이렇게 수많은 사람들의 휴식처가 될 줄이야.

STARBUCKS

◈ Adress : 神戸市 中央区 北野町 3-1-31 北野物語館
◈ Tel : 078-230-6302.

#07

낡은 사랑 004, 모순 contradiction

그는 괴짜였다.
세상과 타협하는 걸 죽기보다 싫어했고,
세상과 융화되기보단 세상에 반기를 들던, 그는 그런 사람이었다.
꿈이 지나치게 많던 사람이라, 꿈 많던 나도 버거울 정도였다.

현실감각이 없어서 어떡해, 난 겉으론 툴툴대며 잔소리를 했지만 내가 선택할 수 없던 삶의 방식을 고수하던 그를 사실 존경했었다.
평생을 두고 옆에서 그를 응원해준다면 그는 분명 반짝이는 보석이 될 거라 믿었다. 그가 가진 괴짜의 습성은 그만큼 그가 순수하기 때문이라고, 의심할 여지가 없었다.

하지만 난 그의 사랑만큼은 평범해주길…. 거칠지 않고 부드러워주길 바랬었다. 왜 이렇게 남들과 다르냐고, 우리 사랑은 왜 유별나야 하느냐고 다그쳐 물었었다.

심각한 모순을 범하고 있었던 것이다.
괴짜인 그를 지켜주겠다고 마음속으로 약속해놓고선 난 그의 사랑은 평범해주길, 우리 사랑이 좀 수월해지길 바랐다.
그게 잘못이었을까, 난 이제 와서 그런 생각을 해본다.

#08

빛이
바래다

여기에 적힌 먹빛이 희미해질수록
당신의 사랑하는 마음 희미해진다면
이 먹빛이 마름하는 날
나는 당신을 잊을 수 있겠습니다

초원의 빛이여
빛의 영광이여
다시는 그것이 되돌려지지 않는다 하더라도
서러워 말라
차라리 그 속 깊이 간직한
오묘한 힘을 찾으소서

–by 윌리엄 워즈워스William Wordsworth

서러워 말라지만,
서러웠다.

빛이 바랬다는 건 그만큼 세월이 흘렀다는 뜻. 볕이나 습기를 받아 표백이라도 한 듯 처음의 색을 잃고 누추한 색으로 변했다는 것이었다.
빛바랜 포스터. 빛바랜 책. 빛바랜 사진. 빛바랜 흰 옷.
이들을 바라보는 내 시선에 깔깔한 불편함을 지울 수가 없었다.
변했다는 것의 느낌, 영원을 기약할 수 없는 자연의 굳건한 이치.
난 아직도 그게 두렵다.

タバコは店内でも販売しています!
すぐ溶けない おいしさ長持ち。
ソフトアイス
マイナス12度の新食感
特選
二郎
ジャム
シリーズ
甘さひかえめ
特選
二郎
いちごジャム
FUJIFILM

#09

내가 선택한 길

낡은 동네의 길이 좋아.

구불구불 정리되지 않은 미지의 길.

인력으로 다듬어지기를 거부하는 당돌한 길.

지도 따윈 한낱 무용지물로 만들어버리는 단정치 못한 길.

구불구불 좁은 길이 만났다 헤어짐을 반복하는 행로가 즐거웠어.
여기를 돌면 어떤 게 펼쳐질까, 여기 너머엔 누가 살고 있을까, 예상할 수 없던 순간들로 흥이 났지. 까딱하면 길을 잃어버릴 수도 있는 '바짝 들린 군기'도 마음에 들었어.

어르신들 말씀처럼, 탄탄대로의 인생이 행복을 가져다줄 거라고 믿었던 적이 있어. 하지만 훤히 뚫린 길이 내게 손을 내밀었을 때, 난 막상 그 길을 선택하지 못했어.

내가 갈 길이 모두 예상되는 상황.
10년 뒤의 내 미래를 머리 조아리지 않아도 그려낼 수 있는 상황.
탄탄대로의 길을 선택했다면 분명 한층 더 나은 삶을 살 수 있었겠지만, 난 내 뜨거운 열정을 버릴 수가 없어서 '안정된 생활'이 아닌 '불안한 미래'를 취하고 말았거든.

후회하지 말자, 내 선택을 믿자, 나 그때 생각했어.
어르신들 말씀과 달리, 불안한 삶이 결코 나쁜 것만은 아니라고 믿고 있거든.
파릇파릇 신선한 행복을 원했던 나는 예상할 수 없는 불안한 미래 때문에 누구보다 열심히 살 수 있었으니까.

혹 내가 생을 마감하는 날 누군가 '너의 삶은 어땠니?' 하고 묻는다면, 나 당당하게 말해주려고 해. 내게 주어진 24시간 곱하기 눈 감는 그날까지 난 절대 시간을 그냥 흘려보내지 않았다고. 불안함을 즐기며 꽉 찬 인생을 살았다고. 하루하루 아찔하게 흥미로웠노라고.

#10

일본 재즈의 고향, 고베神戸에 대한 3가지 시선

#1

잡식성 취향의 거대한 도시 도쿄東京에 비하면, 고베는 다채로운 도시가 아니다. 고베엔 단정한 반복이 있다. 때문에 고베를 다니다 보면 이 도시가 추구하는 것들이 뭔지를 제법 눈치챌 수가 있다.

빵집이 유독 많은 도시. 서양식 건물이 영화 세트장처럼 거리에 깔려 있는 도시. 한 땀 한 땀 수手 작업한 구두와 양복을 살 수 있는 도시. 웨딩산업이 발달한 도시. 일본 소를 일컫는 와규和牛중에서도 가장 좋은 흑우를 파는 도시.
그중 또 하나는 바로, 재즈 카페다. 고베에선 한 블록에 2~3개의 재즈 카페를 찾아낼 수 있기 때문에 말이다.

자유로운 즉흥연주를 기반으로 해서 '왠지 어렵다'고 느끼는 사람이 많은 재즈Jazz가 어떻게 고베라는 작은 도시에서 대중적인 사랑을 받는 것인지 의아할 수 있다. 사실 어디로 튈지 모르는 재즈를 감당할 수 있는 귀(耳)는 세상에 많지 않다. 남들이 '예'라고 할 때 '아니요'라고 답하는 음악이 재즈라 했거늘….

역사적으로 거슬러 올라가 보니 거기에 답이 있다.
고베는 일본 최초의 재즈음악 중심지였기 때문에 고베(중에서도 키타노 지역)의 많은 재즈 카페는 오랜 역사와 명성으로 지금까지 성업할 수 있었던 것이다. 4,000엔 정도에 저녁 식사와 음료를 즐기며 재즈 콘서트를 관람할 수 있는 카페 프로그램이 인기를 끄는데다, 매년 10월 중순이면

재즈 페스티벌이 성대하게 열리는 것도 그 때문이다. 재즈 페스티벌 기간엔 유명 국내외 재즈 아티스트들이 고베 재즈 라이브하우스에 일제히 모여드는데, 티켓 한 장만 있으면 라이브하우스(카페)를 돌아다니며 수준 높은 재즈연주를 종일 감상할 수 있다. 이에 재즈인들은 1년 중 이 기간을 가장 기다리고 있을 정도. 이렇게 고베는, 고베가 지켜온 재즈의 명성을 십분 활용하고 있는 것이다.

2

거리를 걷다 불 켜진 재즈카페에 시선이 정지했다.
몇십 년은 족히 넘었을 오랜 카페 하나.

문득 프랑스 파리의 〈레 두 마고les deux magots〉나 〈카페 드 플로르Cafe de Flore〉가 오버랩 됐다. 헤밍웨이, 피카소, 카뮈, 랭보, 알랭 들롱 등 예술가나 문화인이 사랑한 카페. 때문에 거리의 사람들이 여전히 사랑하는 살롱salon적 존재.
고베의 재즈카페들 역시 재즈를 사랑하는 사람들에겐 역사와 추억이 담긴 장소겠지.
이를 지켜낸 주인장들이 실로 대단하게 느껴졌다. 올곧은 지켜냄은 한 세기의 역사를 스스로 만들어내고 있는 것이니 말이다.

문득 재즈카페 안에선 지금 어떤 일이 벌어지고 있을까, 즐거운 상상을 해본다. 분명 이곳엔 단골손님으로 추정되는 고베 사람들이 삼삼오오 모여 앉아 저녁 식사를 하고 있겠지, 루이 암스트롱의 재즈히트곡 'When The Saints Go Marching In'이 거대한 스피커를 타고 흐를지도 몰라, 아님 시원한 트럼펫 소리가 일품인 리 모건의 'The Sidewinder'으로 지친 하루 울적함을 달래는 사람이 있을지도…. 물론 10월의 재즈 페스티벌을 기획하는 몇몇 뮤지션들이 진중한 회의를 나누고 있을지도 모르고, 어떤 손님은 사랑을 고백하기 위해 이 카페를 찾았을 수도 있다. 영화 '카사블랑카'의 아름다운 주제곡 'As Time Goes By' 정도 될까, 그녀를 앞에 앉히고 그가 용기 내어 적은 신청곡이….

#3

"난 아날로그 정신이 깃든 재즈를 지켜내고 싶어.
물론 디지털은 훌륭해. 예쁘고 도도한데다, 샤프하기까지 하지.
하지만 디지털 소리만 듣다간 사람들 귀가 이상해질 거야. 디지털의 세계에서 내가 아날로그를 고집하는 이유는 바로 거기에 있지."

타인의 이목이나 취향 따윈 고려하지 않는 고집불통이라고 생각했었는데, 그의 소신과 소망에서 사람 향기가 났다.
20년 넘게 고베를 안 떠나고 재즈를 연주했다는 그는 앞으로도 지금처럼 이 자리에 있어 주겠구나, 듬직한 예감에 나까지 힘이 불끈 솟는다.

CAFE
自慢の香り
ん
珈琲

#11

맨홀 뚜껑에 그림을 그려요

하늘 볼 염치가 없어서 고개를 숙이고 걷던 날이 있었어.
행여 하늘이 눈부시게 예쁘다면,
예쁜 하늘만큼 내 마음이 예쁘지 못해 미안하고,
행여 하늘이 찌뿌듯한 울상을 짓고 있다면,
내가 하늘을 울린 것 같아서 미안하고….

하지만 땅을 보고 걷는 건 참 심심한 일이었어.
스쳐가는 사람들의 표정 없는 발만 바라보다 보면, 내 마음도 따라 감정을 잃어버리게 되거든.

일본에선 그때의 나처럼 고개 숙이고 걷는 사람들을 위해 땅에 예쁜 그림을 그려 두었나 봐. 빙그레 웃으며 맨홀 뚜껑에게 말을 건넸어.

"고마워. 고개 숙인 사람에게도 웃을 자격이 있다고 말해줘서…."

고베

구마모토 사사야마 마쯔모토

◆ 일본의 맨홀 뚜껑은 지역특색을 살린 창의적 발상의 공공디자인이다. 맨홀 뚜껑 본연의 기능과 함께 독특한 볼거리를 제공해 많은 관광객을 유치하고 있는데, 이는 관광자원으로도 훌륭한 가치를 발휘하고 있다. 재미난 건, 아름답고 이색적인 일본의 맨홀 뚜껑을 찾아 전국 각지를 돌며 소개하는 전문 블로그도 운영되고 있다는 점. 일본에 여행을 갔다면 그 지역을 대표하는 맨홀 뚜껑을 살펴보는 것도 이색 볼거리가 될 수 있다.

#12

파란 눈의 외국인들에게 내어준 고베 땅의 일부

일본인들은 '같음'을 중시하고 '다름'을 기피하는 성향이 강하다. 하지만 닫아야 할 때와 열어야 할 때를 제대로 행하는 것 역시 일본인들이다. 다시 말하자면, 부족한 무언가를 수용해야 할 때 놀라울 정도로 철저히 남의 것을 소화시키는 민족이기도 하다.

헤이안 시대 말, 당시 무장이었던 다이라노 기요모리平清盛 라는 사람이 수도를 교토京都 에서 고베 교외 지역인 후쿠하라福原 로 옮겼다. 기요모리가 죽은 뒤 수도는 다시 교토로 옮겨졌지만, 이때부터 고베는 무역거점의 항구도시로 새로운 출발을 하게 된다. 에도 시대 말에는 요코하마横浜, 니이가타新潟, 하코다테函館, 나가사키長崎 와 함께 일본의 대표 무역항구로 자리를 잡고, 그 후 동양에서 가장 큰 항구로 무역과 조선 산업의 중심지가 된 것이다.

일본인들이 서양문물을 얼마나 잘 받아들였는지가 궁금하다면, 고베 키타노 이진칸가이北野 異人館街 에 가면 된다.

120년 전 개항과 함께 외국인들이 옹기종기 모여 살게 된 마을이 이곳이니 말이다.

고베를 한눈에 내려다볼 수 있는 언덕 위의 평화로운 동네.
이 지역은 외국인 기호에 맞는 이국적인 집들 때문에 마치 유럽의 어느 도시에 온 것 같은 착각을 불러일으킨다.
이탈리아, 네덜란드, 영국, 프랑스, 미국, 오스트리아 등의 서양 국가를 테마로 한 건물과 분수광장, 거기다 메이지 시대부터 다이쇼 시대까지 고베로 유입된 외국인들이 지은 주택들이 그 자리에 그대로 있다. 또한 1935년에 건립한 둥근 돔 형태의 이슬람 사원을 비롯해 에이코 교회, 나카야마테 교회, 성 미카엘 대성당 등 다양한 종교 건축물도 만나볼 수 있다.

키타노 이진칸가이를 걸으며 생각했다.
철저히 남의 것을 내 땅 위에 올려놓는다는 것.
온전히 남의 것으로 탈바꿈한다는 것.
뭔가 얻기 위해서라면 내 전통과 역사도 과감히 버릴 줄 알아야 한다는 것.
'똑똑하려면 이렇게 똑똑해야 하는 걸까?', 나는 이들의 철저한 포용력에 놀랄 따름이었다. 더불어 자존심 강한 내가 헛똑똑인지도 모르겠다며 홀로 망상에 빠져들고 있었다.

#13

난 어느새 어른이었다

남들이 나보다 나에 대해 더 잘 알 때가 있다.

웃는 얼굴이 예전보다 당당해졌다고,
눈과 눈을 마주치며 이야기 나누는 모습에 자신감이 충만해졌다고,
세상에 혼자 남겨져도 들꽃처럼 잘 이겨낼 것 같은 믿음도 느껴진다 했다.

하지만 난 나 스스로 어른이 되었음을, 어른으로 변해가고 있음을, 부인하고 싶었던 것일까.

아이처럼 남들 시선 상관 않고 깔깔 웃는 게 좋다고,
다른 사람 시샘하지 않고 룰루랄라 마냥 즐겁길 바란다고,
새로운 세상을 변치 않는 호기심으로 바라볼 거라고만 생각했었다.
마음껏 부대끼고 마음껏 상처받아도 난 꿈쩍 않을 거라고….

저녁 6시 30분이었다.
키타노 이진칸가이는 12시 땡! 치면 변하는 신데렐라의 운명처럼, 일제히 문을 닫고 순식간에 잠잠해져 버렸다.
오래됨을 잘 보존하기 위해서 키타노 이진칸가이 집들은 규칙적인 잠자리에 든다.

그때, 생각했다.
어쩌면 난 내가 모르는 사이 벌써 어른이 되어 있는지 모른다고….
모두 잠들어버린 이곳에서 난 이상하리만큼 자유로움을 느꼈다.
아무도 없다는 게, 나 홀로 남겨져 있다는 게, 세상 그 어떤 것보다 편하다

는 걸 이제는 알 것 같았다.

세상의 족쇄와 버거운 시선에서 해방되고 싶어진 나는
세상의 주목을 받으며 화려한 빛만 쫓던 예전보다
필경, 세상을 두려워할 줄 아는 어른이 되고 만 것이다.

#14

영혼이 깃든 빵을 한 입 베어 물다

고베는 빵 문화가 발달한 일본 중에서도 빵이 제일 맛있기로 소문난 지역이다. 서양문물이 일찌감치 들어온 곳답게 고베 빵 나름의 오랜 명성이 존재한다. 때문에 빵이면 사족을 못 쓰는 내가 고베를 여행하며 빵에 대한 기대감이 없었다면 말도 안 될 이야기. 스위트 기행을 하러 나온 사람처럼 고베 곳곳의 유명 베이커리를 꼼꼼히 챙겨다닐 수는 없었지만, 빵 굽는 냄새 풀풀 풍기는 고소한 유혹이야말로 할 일 넘치는 금요일 밤에 술 한잔 하자는 친구의 유혹만큼이나 참기 어려웠다.

기왕 이렇게 된 것 빵집 순례를 속전속결로 해봐야겠단 다짐을 했다. 지도를 펼쳐들고 일단 이쿠타 로드生田ロード로 향할 참이다. 시간이 부족한 여행자에겐 한 곳에 몰려 있는 상점가가 제격일 테니. 맛있는 음식 냄새가 길목을 가득 채우고 있었다. 베이커리뿐만 아니라 스테이크하우스의

고베 소고기 냄새까지 진동을 하는 맛의 집결지. 이쿠타 로드에는 〈칸논야 치즈케이크観音屋チーズケーキ〉, 〈이스즈ISUZU 베이커리〉, 〈알라캉파뉴alacompagne〉, 〈비고노미세ビゴの店등 고베 빵을 일본 최고의 수준으로 올려놓은 유명 베이커리들이 한 곳에 몰려 있었다. 물론 고베에 갔다면 키타노 지역도 좋고, 유명 상점가 거리 모토마치도 좋다. 어디든 다채로운 베이커리를 만나볼 수 있으니 무슨 걱정이리.

그중 가장 인상 깊었던 곳은 〈비고노미세ビゴの店〉였다.
'일본경제신문에서 맛있는 빵집 1위를 차지했던 집이 여기 맞아?' 늦은 시간 탓인지 손님이 거의 없던 한산한 가게. 〈비고노미세〉는 1972년 당시 프랑스인 필립 미고에 의해 생겨난 빵집이다. 필립 미고는 1965년 처음 고베 땅에 들어와 〈DONQ〉란 빵집에서 빵을 굽기 시작했던 사람인데, 지금은 〈DONQ〉보다 〈비고노미세〉 빵 맛이 우월하다는 평이 많다.

음식에도 영혼이 깃든다는 말을 난 믿는다. 오랜 세월 도자기를 빚고, 그림을 그리고, 가구를 만들 듯, 사실 음식에도 세월이 있어 장인의 영혼이 담긴다고 생각한다. 흔치 않은 이 경건함은 70년 곰탕을 끓인 명동의 〈하동관〉이 되었든, 1916년부터 같은 자리에서 오야꼬동을 파는 도쿄의 〈다

마히데〉에서만 느낄 수 있는 건 아니다. 빵을 고르는데 〈비고노미세〉가 가볍게 느껴지지 않았다. 이 빵들은 몇십 년 전부터 같은 재료, 같은 비율, 같은 정성으로 맛을 이어오고 있었을 테니.

빵의 종류는 예상보다 다양했다.
프랑스 전통 빵을 계승해오다 보니 바게트와 크로와상 종류가 제일 많았지만, 현대인의 입맛을 맞춘 새로운 빵들도 많았다.
물론 〈비고노미세〉의 빵들은 하나같이 오랜 근본을 바탕으로 새로움을 추구하고 있다. 다홍색 누룩을 혼합한 반죽에 벚꽃 팥고물을 채워 넣은 빵이 그랬고, 천연 효모를 사용해 산미를 더한 빵이 그랬고, 통째로 사과가 들어간 커스터드 애플파이, 검은콩을 가지고 만든 건강빵이 그랬다.
무엇보다 이 〈비고노미세ビゴの店〉만의 별식으로 유명한 '멘타이코 프랑스明太子フランス' 즉, 명란 바게트는 전통과 현대가 절묘하게 조화를 이룬 결정판이라고 할 수 있었다.

'멘타이코 프랑스'를 한 입 베어 물었다. 처음엔 비리고 짠맛이 강해 당혹스러웠지만 혀의 촉감이 익숙해지고 나니 명란과 버터가 어우러진 쫀득쫀득한 바게트 맛이 일품이다. 빵을 먹으며 이 빵이 전하는 메시지를 생각해봤다.

「창조를 걱정하지 말라. 창조의 결과물에 연연하지 말라.
'오랜 전통을 이어온 네 마음' 더하기 '미래를 향한 멈추지 않는 노력',
이걸로 이미 너는 최고의 가치를 보여주고 있는 것이다.」

ビゴの店　神戸国際会館店

- Adress : 神戸市中央区御幸通8-1-6 神戸国際会館B2F
- Tel : 078-230-3367
- Open : 10:00-20:00. 수요일 休.

その他, 고베 빵의 진수를 느낄 수 있는 베이커리

◆ 이스즈ISUZU 베이커리

1946년에 오픈한 빵집. 내각총리대신 상도 수상할 정도로 유명하다. 심플한 식빵 맛으로 진정한 빵의 대가임을 뽐내는 베이커리. 대표 메뉴인 야마가타 식빵은 껍질은 딱딱한데 안이 부드러워 인기가 높음.

◆ **칸논야 치즈케이크**観音屋 *チーズケーキ*

1975년에 오픈한 치즈케이크 전문점. 큼직한 스폰지 위에 덴마크산 오리지널 생 치즈를 즉석에서 녹여 만든다. 쫀득쫀득하고 담백한 맛을 살린 것이 특징.

◆ 프리인도리브Freundlieb

1982년 독일 사람이 문을 연 고베 대표 빵집. 교회를 개조한 카페는 성스러운 느낌을 냄. 신선한 샌드위치와 과일 향 나는 커피가 일품.

◆ DONQ

1905년에 창업한 이래 100년 넘게 일본에 프랑스 본고장 빵 맛을 알려온 베이커리. 체인점이 많아 고베 시내 곳곳에서 만날 수 있음.

#15

담쟁이 Ⅱ

고베는 참 푸르렀다.
하늘과 맞닿은 언덕 위의 집들이 그랬고, 저 멀리 수평선을 따라 비추는 바다 풍경이 그랬지만, 자연의 섭리를 고스란히 받아들인 무성한 풀과 나무가 더 그런 기분을 자아냈다.

벽을 타고 넓디넓게 나아가는 담쟁이를 봤다.

한 친구 생각이 났다.

"이 시를 읽는 내내 네 생각을 지울 수가 없었어."

20살. 세상 무서울 것 하나 없던 우리였지만 세상 살아가는 방법을 깨우치고 싶어 발악하던 나이였다.
예쁜 우리 우정을 닮은 연분홍색 편지지엔 뭔가가 정성스레 쓰여 있었다.

「어쩔 수 없는 벽이라고 우리가 느낄 때
그때
담쟁이는 말없이 그 벽을 오른다.
물 한 방울 없고 씨앗 한 톨 살아남을 수 없는
저것은 절망의 벽이라고 말할 때
담쟁이는 서두르지 않고 앞으로 나아간다.
한 뼘이라도 꼭 여럿이 함께 손을 잡고 올라간다….」

도종환 시인의 '담쟁이'란 시였다.

"너라면 기대해봐도 좋을 것 같단 생각을 했어.
담쟁이 같은 노력. 담쟁이 같은 마음. 담쟁이 같은 결과물.
지금의 너로도 충분히 담쟁이가 연상되지만, 지금의 너보다 앞으로의 너를 더 기대해볼게."

고베 여행 중, 낯선 땅에서 마주한 담쟁이를 보며 내 미래를 다짐해본다.
티 내지 않는 전진(前進). 기대보다 더 큰 기대.
함께한 세상, 함께한 사람들을 놓치지 않을 넓은 마음.

#16

여행,
그 치명적인 약점

여행을 하며 가장 어려운 일은 '남의 것을 탐하게 되는 마음' 에 있다.
내가 가지고 있던 행복보다 낯선 땅에 살고 있는 타인의 행복이 더 좋아 보이고, 자칫 휘청거리다 보면 그 행복을 동경해 결국 짐을 싸들고 미지의 땅으로 떠나는 사람이 존재하니 말이다.

스쳐가는 풍경에 홀연해져야 함에도 불구하고, 나란 사람 역시 여행을 하며 낯선 나라 낯선 사람들의 행복이 몸서리치게 부러울 때가 있다.
내가 누려본 적 없는 현실과 가질 수 없는 타인의 동력은 사탕발림처럼 달콤하다. 때문에 난 마치 '20대에 꼭 해야 할 100가지' 항목처럼, 불가능하지만 가볍게 소망하는, '꼭 해보고 싶은 일' 체크 리스트를 88개 정도는 짜고 있었다.

- 도쿄의 북쪽 가난한 젊은이들의 동네. 이곳의 쉐어 하우스를 구해서 5~6명의 젊은 도쿄진들과 동고동락을 하는 삶.
  저녁엔 모두 거실에 모여 각자 하루를 안주 삼아 맥주 한 잔을 걸치고, 일주일에 한 번씩 대청소 소동을 벌이는 일. 아침마다 화장실 순번을 정하고, 전철역까지 1~2명의 친구와 자전거 경주를 하며 상쾌한 아침을 맞는 일.

- 인적 드문 일본 구라시키 어느 뒷골목.
  오래된 인형가게의 주인으로 사는 삶.
  하루에 기껏해야 5명 정도의 손님만 왔다가는 조촐한 가게여서, 인형 하나 사가는 손님 얼굴까지 모두 기억할 수 있는 특별한 생활. 한겨울 찬바람에는 덜컹이는 유리문 소리를 벗 삼아, 초여름 장맛비에는 또로

록 빗소리를 벗 삼아, 온종일 책을 읽을 수 있는 하루.

● 프랑스 파리의 바게트 가게에서 아르바이트하며 봄, 여름, 가을, 겨울을 보내는 외롭고 가난한 삶.
샹젤리제 구석진 골목의 허름한 아파트 월세를 어렵게 조달하며, 팔다 남은 바게트를 물리도록 먹는 나날. 주머니에 달랑 10유로밖에 들어 있지 않지만 '가난해야 예술가다' 라는 자부심을 갖고 행복을 찾아 떠나는 인생의 여정.

● 덴마크 코펜하겐 니하운 항구에 어둠이 찾아오고 정박한 배에 불이 켜지길 기다리는 삶.
붉게 물든 저녁노을과 반짝이는 항구의 야경을 바라보며 부둣가 식당에서 친구와 저녁밥을 나눠 먹는 일. 매일매일 같은 장소에서 같은 풍경의 사진을 찍고 미세한 '다름' 의 가치를 발견해내는 생활.

고베에서도 예외는 아니었다.

까치발로 몸을 한껏 끌어당겨 담장 너머의 세상을 봤는데, 그곳엔 화사한 웨딩드레스가 있었다.
웨딩산업이 잘 발달한 아름다운 도시 고베에서 장인의 손으로 한 땀 한 땀 꿰맨 드레스를 입고 웨딩마치를 한다면 얼마나 좋을까. 100년쯤 된 고풍스런 집에서 식을 올리고, 고베의 제일 높은 언덕 위에 올라가 바다를 보며 우리의 미래를 계획하는 일. 결혼식 때 착용한 수제 드레스와 수제 구두, 수제 가방은 잘 간직해두었다가 내 딸아이의 결혼식에 선물로 줘도 좋겠다.

아뿔싸!
너무 깊이 상상하기 전에 그만 현실로 돌아와야지.

안다.
내가 갖지 못하는 타인의 행복, 그 한 장 한 장의 풍경은 어쩌면 환상일지 모른다는 것을…. 하지만 여행이 만들어내는 환상은 지독하게 아름답다는 게 문제다.

#17

Since

유럽에선 몇백 년 된 카페나 펍Pub에만 Since라는 단어를 붙인대.
110년이 넘은 너는 Since를 붙일 자격이 있는 거겠지.

Since.
청초하게 지고지순하거나, 혹은 미련하게 고리타분하거나.

어떤 일이 벌어졌든
넌 그날 이후 지금까지 같은 자리를 지키고 있었으니까.

Hello, I was built in 1898 and
I've been here since then.
I use to work as a house for the American
Consulate.
Now, I'm happy to welcome you
to Kitano as Museum & Café.

#18

고베에 산다는 것

만약 일본 열도 가운데 딱 한 곳에서 살 선택권을 준다면 -돈이나 일, 연고 등의 환경적 제약을 모두 배제한다는 가정하에- 난 어느 곳을 고를지 고민해본 적이 있다.

제일 처음 도쿄東京를 떠올려봤다. 한때 도쿄의 편리함과 다채로움에 빠져 행복한 나날을 보냈지만, 또 한 번 기회가 온다면 도쿄를 선택하진 않을 것 같다. '일편단심 도쿄'라고 말해주지 못해서 미안하지만, 항시 새로움을 추구하는 게 인간의 본성 아닐까. 다음으로 교토京都를 생각해봤다. 멋스러운 교토의 정취가 좋다. 하지만 뭐랄까, 너무 정제된 느낌이어서 내겐 좀 부담스럽다. 사실 콧대 높은 교토 사람들과 스스럼없이 친해질 자신도 없고 말이다. 오사카大阪라면 조금 망설여진다. 활기찬 분위기와 넘쳐나는 먹을거리, 재미와 자유, 유쾌함이 공존하는 곳. 오사카에서라면 덜 외롭고 덜 소외받겠지. 그러다 고베神戸를 생각했었다. 고베…. 고베라면 망설이지 않고 선택할 수 있지 않을까. 비단 무라카미 하루키의 고향이기 때문만은 아니다. 물론 수많은 글쟁이 중 누가 무라카미 하루키의 고향을 쉽게 보겠는가마는 -그의 젊은 영혼이 곳곳에 묻어 있는 도시일 테니- 고베는 그 자체로도 살아보고 싶은 도시임이 맞다.

고베에 살게 된다면, 난 키타노 지역 주택가에서 집을 고를 참이다. 골목을 돌면 마주치는 오랜 건축물 사이로 내 집은 그럭저럭 평범한 외관을 갖고 있되 경사진 언덕에 위치해 하늘을 좀 더 가까이 올려다볼 수 있었으면 딱 좋겠다. 모든 관광객이 사라지는 저녁 여섯 시 이후, 강아지를 데리고 동네 산책길을 나서면 다국적 이웃들과 눈인사를 나눌 수 있겠지. 퇴근길에 산노미야 역에 내려 소고백화점이나 마루이백화점에서 쇼핑을

하면 되고, 휴일에 장을 볼 땐 자전거를 타고 모토마치 상점가로 가면 된다. 여유가 있는 날이면 모토마치 상점가 깊숙이 들어가 고서점이나 골동품 가게를 구경하고, 낡은 빵집에 가서 생크림 발린 바게트에 커피 한 잔을 하며 혼자만의 시간을 보내면 좋지 않을까.

뭔가 특별한 하루를 기념하고 싶은 날엔 골동품 가게에서 낡은 턴테이블과 녹슨 타자기를 헐값에 사고, 중고 레코드가게에서 1,000엔 안짝의 LP판도 몇 장 산다. 집으로 돌아와선 쌕쌕대는 음악을 배경 삼아 그리운 내 사람들에게 편지를 써도 좋겠다. 낙엽이 지는 가을엔 고베 여자대학교나 산노미야 도서관 벤치에 앉아 독서를 즐기고, 이웃집 친구와 오래된 재즈카페에서 낭만을 나눠 보고도 싶다. 사랑하는 사람이 날 찾아와준다면 고베 항의 눈부신 야경을 벗 삼아 못다 이룬 사랑을 꿈꿔보고, 부둣가 수산물시장에서 갓 잡은 생선을 사다가 생선구이와 미소국을 정갈하게 차린 밥상을 대접할 수 있다면 더 좋겠지. 마음 답답한 어느 날엔 원 없이 바다를 바라볼 수 있으니 가슴에 상처 낼 짓을 해도 상관없다.

역시, 산다는 것의 가치와 여행한다는 행위는 정말 다른 거였다.
고베에서의 여행은 추억하기엔 미비했고 그리워하기엔 잔잔했건만, 산다고 생각하면 더없이 행복해지는 곳이니 말이다.

동요되지 않을 수 있는, 소소한 행복의 가짓수를 늘려나가는 게 삶.
크게 동요되는, 거대한 재미 덩어리 1,2개 얻어내면 만족스러운 게 바로 여행.

#19

부재不在

해가 진 고베는 슬펐다.

해가 설핏 기우는 이 찰나가 슬퍼서라기보다는,
낯익은 사람 하나 없이,
낯익은 추억 하나 없이,
흔적도 없이 사라져버릴 내가 슬펐다.

#20

히키코모리引きこもり

철저히 관리한다 해도 오래된 것은 탈이 나기 마련이다.
일본 사회를 보고 있으면 제삼자인 나조차 곡예를 탄 것처럼 불안해질 때가 있다.

1867년 메이지 유신 이후 발 빠르게 근대화를 도입한 일본.
'빛이 비치는 나라'를 표방하며 부국강병 모토 아래 일본은 서양식 자본주의체제를 도입하고 막강한 돈과 군사력을 보유했다. 하지만 오랜 세월 선진국 대열에 서 있던 일본은 '행복은 경제 순이 아닐 테죠'라는 말을 입증이라도 하듯, 고독하다 못해 미쳐버린 사람들로 가득한 세상이 됐다.

히키코모리引きこもり.
외부세계와의 접촉을 끊은 채 방 안에 틀어박혀 세월을 보내는 사람들을 일컫는다.

2000년 가을, 일본에선 〈콘센트コンセント〉라는 소설의 등장으로 엄청난 사회적 파장이 일었다.

포식의 시대인 현대를 비웃기라도 하듯 세상에 나오기를 거부하고 집에서 굶어 죽어간 한 남자의 이야기. 이 소설은 일본 사회가 쉬쉬했던 히키코모리 현상을 수면 위로 올려놓았고, 이후 히키코모리는 세계정신의학회에 보고돼 새로운 인간형으로 받아들여졌다.
히키코모리들은 집에서 창문을 열지 않은 채 하루를 보낸다. 이유인즉 다른 사람들의 시선이 이들에겐 공포이기 때문이다. 대신 이들은 인터넷을 통해 정보를 나누고 하루 종일 자살할 방법을 탐구한다. 심지어 수십 년을 이렇게 생활하는 사람도 있다고 한다.

무라카미 류는 그의 소설 〈지상에서의 마지막 가족〉에서 '히키코모리 상태는 세 개의 원이 만나지 않는다. 즉 사회와 가족에 대한 접점이 없고, 가족과 개인에게도 접점이 없으며, 물론 사회와 개인 사이에도 접점이 없다'라고 표현했다. 즉 거대한 선진사회의 철저한 외톨이란 말이겠지.
더더욱 놀라운 것은 이런 히키코모리들이 일본 사회에서 해를 거듭할수록 늘어간다는 점이다. 현재 일본은 장기적인 경기침체와 청년실업의 증가로 더욱 치열해진 경쟁구도 속에서 이탈하거나 도태된 사람들 상당수가 심각한 외로움을 겪고 있고, 일본 전체 인구의 1%가량이 히키코모리로 추정된다고 한다.

빌딩 숲 사이를 스쳐가는 많은 사람들 얼굴에서 난 고독한 일본인을 만난다. 어쩌면 이들 중 누군가는 사회를 등져버리는 히키코모리로 전락할지 모르지…. 그늘진 눈빛. 홀로 생활에 익숙한 외로운 움직임. 이 모든 쓸쓸함에 내가 몇 번이나 가슴을 철렁였는지 모른다.

#21
네코 ねこ

" 일본은 왜 그렇게 고양이를 좋아해?"

키타노마치코엔北野町公園.
인적 없는 이 공원에서 한가로이 일광욕을 즐기는 몇몇 고양이를 보며, 얼마 전 친구의 질문에 답을 했던 기억이 났다.

"그치? 일본은 고양이에 넘치듯 관대한 나라야. 날카롭고 예민한데다 무시무시한 전설까지 품고 있는 동물인데도, 일본인들은 진짜 고양이를 좋아해. 고양이가 친구가 되고, 가족이 되고, 심지어 평생토록 숭배하는 신(神)이 되기도 하니까….
근데 사실 말이야. 지금의 인기는 과거에 비하면 아무것도 아니야. 에도시대江戸時代 만 해도 일본에서 고양이는 한가롭고 부유한 기생들이 즐겨 키우던 동물이었거든. 때문에 값비싼 비단 재질의 방울 달린 목도리를 휘감으며 고고한 자태를 뽐내고 다녔대. 물론 지금도 집고양이, 길고양이 가리지 않고 극진히 보살펴주는 게 일본인이지만…."

때문일까. 나 역시 일본과 인연을 맺게 되며 고양이에 관심을 더 갖게 됐다. 일본에서라면 길 가던 사람과도 고양이에 대한 대화를 주고받게 될지 모를 일이다.

때마침 한 여자가 먹을거리를 잔뜩 싸들고 공원 안으로 들어왔다. 어기적거리며 공원을 돌아다니던 6~7마리 고양이들이 그녀 옆으로 모여들었고, 그녀는 고양이들에게 말을 걸며 밥을 먹이기 시작했다. 우리에겐 의아한 풍경일지 모르지만, 일본에서라면 그녀를 아무도 이상하게 보지 않는다. 배고픈 길고양이들에게 식사 대접을 하는 일 역시 일본인들에겐 해야 마땅한 일로 여겨질 테니 말이다.

#22

中古レコード店
행복이 머물던 곳

아이가 엄마, 아빠와 함께 손을 잡고 어디론가 흥겹게 들어갔다.
그들의 발자취를 따라가 보고 싶었다. 왠지 그들의 발걸음이 멈추는 그곳엔 행복이 있을 것만 같았다.

그들을 따라 도착한 곳은 허름한 중고 레코드가게中古レコード店 였다.
시부야의 대형 레코드가게와 달리 이곳엔 너덜너덜해진 레이블과 색 바랜 그래픽 티셔츠 몇 장이 벽면에 걸려 있고 LP판의 지지거리는 소리가 공간을 가득 메우고 있었다. 제임스 브라운의 'I GOT YOU'가 흘러나온다. 정말 오랜만에 들어보는 곡이다. 소위 한물갔다느니, 유행에 뒤처졌다느니 이런 표현을 들을 법한 음악. 하지만 난 내가 이런 곳에서 이런 음악을 듣고 있다는 것에 굉장히 감동하고 있었다. 사각거리고 치직거리는 레코드의 잡음도 마음에 들고, 가슴 쩌렁쩌렁 울리는 높은 음압의 베이스 톤이 먼지 쌓인 스피커 사이로 흘러나오는 것도 좋았다.

LP판은 단돈 300엔, 500엔에 팔리고 있었다.
한때 화려한 스포트라이트를 받던 유명 아티스트의 귀한 창작물들이 다소 헐값에 팔리고 있단 생각에 마음이 편치만은 않았다.
'클릭 하나로 세상을 여는 요즘 트렌드'와 달리 LP판을 듣기 위해선 사실 많은 수고가 따른다.

- LP판은 여러 장을 겹쳐 놓으면 안 되고, 들을 때마다 LP 위의 먼지를 닦아줘야 한다.
- 음을 담고 있는 소리 골이 외부에 노출되어 있기 때문에 스크래치가 나지 않도록 살살 다루어야 하고, 다 들으면 곱게 커버에 잘 넣어두어야 한다.
- 가만히 모셔만 두면 안 되고, 최대한 자주 들어주는 게 좋다.
- 장마철 습기가 많을 땐 유독 더 애지중지 챙겨야 하며, 턴테이블 바늘에 먼지가 낄 때까지 방치를 했다간 큰일이다.

정말, LP판은 손끝에 갸륵한 정성을 담아야만 멋진 음질을 낼 수 있다.
행여 LP 음악이 사라져가는 게, 사서 고생 하려 하지 않는 요즘 세상을 대변하는 건 아닐까 걱정이다. 어쩌면 우리의 아날로그적 감성도 이렇게 LP 음악처럼 사양의 길로 접어들지는 않을지….
아빠, 엄마 손을 잡고 중고 레코드점에 놀러 온 아이가 어른이 되었을 때, 부디 이 모든 게 명분만 존재하는 잃어버린 과거가 되지 않길 바란다.

#23

Would you like a cup of coffee with me?

각기 다른 삶을 살아온 사람이 나와 딱 맞아떨어지기를 바라진 않는다. 음악을 고르는 취향도, 밥을 먹는 속도도, 수많은 반찬 중 제일 처음 집게 되는 음식의 기호도, 아름다움을 구분하는 기준도 다를 수 있다고 생각한다. 하지만 이상하게도 사람을 만날 때 기대하는 게 하나 있다면, 그건 바로 나처럼 커피를 좋아했으면 하는 것이다.

커피의 그윽한 향과 함께, 커피의 쓴맛도 즐길 줄 아는 사람이라면 더없이 좋겠다. 진한 커피 한 모금 입술에 적시며 인생의 쓴맛을 경험하듯 커피의 쓴맛을 함께 감탄할 수 있었으면 좋겠고, 자판기 커피, 편의점 캔 커피, 대형 프랜차이즈 커피, 자가 커피 어느 것 하나 가리지 않고 다 좋아하는 사람이라면 좋겠다. 또 훌륭한 자가 커피 한 잔을 마시기 위해 돈 10,000원 정도는 거뜬히 지불할 줄 아는 사람이라면 더 좋겠다.

니시무라 커피にしむら珈琲에 왔다. 고베에서 꼭 한 번 들려보고 싶던 곳. 한 여성이 혼자 조촐하게 문을 연 1948년 이래 60년이 넘도록 자가 커피를 만들어내는 곳이다. 지금은 전국 각지에 매장을 두고 있을 만큼 번창했지만, 고베에서 맛보는 니시무라 커피는 일본인들 사이에서도 유명하다.

난 시원한 블렌딩 커피にしむらオリジナルブレンドアイス를 한 잔 주문했다. 그곳만의 커피 스타일을 파악하는 데에는 블렌딩 커피만 한 게 없다. 니시무라의 블렌딩 커피는 6종류의 커피콩을 독특한 비율로 배합해 만든다고 한다. 때문인지 진한 커피 뒷맛이 찌릿하게 살아 있었다. 씁쓸하고 시큼하면서도 달콤하기까지 한 오묘한 맛의 조화가 쏙 마음에 든다. 문득 혼자 이 맛을 즐기기가 아까웠다. 좋은 음식을 나눠 먹으며 함께 공감할 수 있는 누군가가 있다는 게 얼마나 행복한 일인지에 대해 생각을 해봤다. 역시, 내 미래의 옆자리 사람은 커피를 좋아하지 않으면 안 될 것 같다.

니시무라 커피 にしむら珈琲店

전통을 지키는 니시무라 커피는 커피의 맛뿐 아니라 서비스 정신이 뛰어나기로도 소문이 나 있다. 매일매일 손수 삶아서 비닐봉지에 넣어둔 뜨끈한 물수건과 얼음이 동동 띄워 있는 시원한 물. 이를 건네는 직원의 정성에 절로 기분이 좋아진다. 짐을 담을 수 있는 나무바구니, 효고현 아와지섬에서 특별 주문하는 생크림, 일본 최초로 개발해낸 커피설탕까지 어느 것 하나 신경 쓰지 않은 것이 없다. 이 모든 배려가 커피 맛을 더 뛰어나게 하는 거란 생각이 든다. 고베에 갔다면 꼭 한 번 가보길. 키타노자카, 산노미야, 모토마치 등 고베 시내에서만도 7개의 매장을 가지고 있다.

키타노자카 니시무라 커피

- Adress : 神戸市中央区山本通 2 丁目1－20
- Tel : 078-242-2467
- Open : 10:00~22:00.

산노미야 니시무라 커피三宮 にしむら珈琲店

- Adress : 神戸市中央区琴緒町 5-3-5
- Tel : 078-242-2467
- Open : 10:00~22:00.

#24

그들 축제

모토마치 도오리元町通와 사카에마치 도오리元町通에 끼어 있는 좁은 지역, 난킨마치南京町에 들어서자 보슬비가 내리기 시작했다.
멀리서도 도드라지는 붉은 빛깔 그리고 진한 향냄새만으로도 이곳이 차이나타운임을 단번에 알 수 있었다.

중국식 라면을 사먹던 거리의 사람들은 갑작스런 비雨에 모두 천막 밑으로 몸을 피한 채 후루룩 쩝쩝 먹는 일에 다시 몰두 중이었다. 하지만 낯선 이방인으로 추정되는 한 명의 여자가 등장하자, '오늘 이곳은 우리들 차지야!' 라고 다그치기라도 하듯 불편한 표정이 역력하다. 마침 난킨마치에선 고베에 사는 중국인들끼리의 잔치가 있는 모양이다.

관서지방 유일의 중화거리인 난킨마치南京町.
이곳은 요코하마, 나가사키와 함께 일본의 3대 차이나타운이다. 3곳 모두 19세기 후반 일본에 정착한 중국 상인들의 거주 지역에서 유래됐는데, 대략 150년 이상의 역사를 가진 곳들이다. 매년 음력 설날이면 중국의 설날 축제인 슝세쓰아이春節祭가 열리는 등 중국의 문화를 알리는 데도 큰 몫을 하고 있다고 한다. 오랜 역사와 명성에 비해 난킨마치는 굉장히 작은 규모였지만, 그래도 일본에서 이방인으로 살아야 했던 중국이민

자들이 150년을 먹고 살 수 있게 해준 귀한 터전일 것이다.

난킨마치에는 맛있는 집으로 소문난 가게 몇 곳에 길게 줄을 선 사람들이 보였다. 또한 먹음직스러워 보이는 통돼지구이, 중국식 만두와 라면, 얼음 위에 놓여 있는 시원한 과일 등은 나의 허기를 자극하기에 충분했다. 맛도 보고 더 둘러도 보고 싶었지만 그러지 않기로 마음을 먹는다. 평일 야심한 저녁, 지금은 이들만의 축제…. 구경하는 시선을 잠재우기로 했다. 오늘 이 시간만큼은 이들만의 놀이터를 방해하고 싶지 않았다.

난 서둘러 몇 장의 사진만 찍은 채 우산을 쓰고 난킨마치를 빠져나왔다.

#25

낡은 사랑 005,
내 등 뒤에서…

아는 사람 마주칠 일 전혀 없을, 여기는 일본하고도 고베.
누군가 내 어깨를 스쳐 가는데 갑자기 가슴이 철렁 내려앉았어.
발은 이미 땅에 달라붙어 떨어지지가 않아.

그였어. 분명 그 사람이었어.
즐겨 입던 남방과 청바지 차림도 영락없이 그였고, 어깨에 멘 검은 가방도 그의 것이었어. 얼추 비슷해 보이는 체격에 고독해 보이는 눈빛과 고집스런 표정까지 정말이지 그를 닮아 있었어.
그 사람일 리 없다고 백만 번쯤 마음을 추스르고 뒤를 돌아봤어.

사람들 사이로 진짜 그가 보여.
그.가. 있.어.

아주 오래전부터 그 자리에 있었던 것처럼, 내 등 뒤에서 처량하게 나를 바라보고 있는 거야.

왜 이제 돌아봤냐고, 왜 진즉에 찾지 않았냐고, 원망 섞인 그의 표정을 난 단번에 알아볼 수 있었어.
그와 사랑을 하고 이별을 하기까지 난 도망치듯 사라지기 일쑤였어. 사소한 말다툼이 눈덩이처럼 불어날 때면, 엉망진창 되어버린 상황이 싫어 벗어나고만 싶었으니까. 도마뱀 같지. 목숨에 위협을 느끼면 꼬리를 자르고 도망가는 도마뱀.

이런 내가 사라져버리진 않을까 노심초사했던 그는, 나를 시야에서 놓치지 않으려고 발악하듯 따라다녔어. 그만 따라오라고 소리를 질러 봐도 그는 이렇게 널 잃을 수 없다며 날 쫓아왔었지.

눈물이 가득 맺히며 내 시야가 아른거리기 시작하자, 그는 온데간데없이 사라져버렸어.
한참 동안 그 자리 그대로 등을 돌릴 수 없었던 건, 그가 이곳 고베에 있을지도 모른다는 착각에서가 아니야. 내 앞모습보다 뒷모습에 익숙했을 그 사람에게, 여태껏 미련스럽게 기다리고 있었을 그 사람에게 미안해서… 내 잔인함에 곪아버린 우리 사랑이 처량해서… 가던 길을 갈 수 없었던 거야.

#26

멈추지 않는 밤

갑자기 거리가 잠잠해졌다. 분명 방금 전까지는 극성스러웠는데….
일본의 상점가가 모두 문을 닫아버린 시간.
도쿄도 오사카도 여기 고베도 영락없이 밤 10시를 넘기지 않는다.

하지만 여행자의 하루는 일상의 하루보다 더 귀하다. 때문에 하루를 마감하는 것에 괜스레 미련이 남는다. 한정된 시간은 여행자인 우리를 진 빠지게 할 때가 있다. 아직 남겨진 내 에너지는 적어도 5만 4천 9백m만큼은 더 걸을 수 있을 것 같다. 다음번을 기약하기보단 지금 이 순간에 충실하고 싶은 욕심으로, 난 휑한 거리를 더 걸어보기로 했다.

길을 잃은 젊은이들이 나처럼 잠든 거리에 남겨져 있었다. 나처럼.
아직 더 강렬히 불태우고 싶은 우리 젊은 에너지는, 가는 시간까지 붙잡아가며 발악하듯 하루를 살고 있다.

#27

さようなら, 神戸

사요나라, 고베

호수에 반사되는 야경이 아름답기로 유명한 고베 항을 마지막으로 찾았어.
나가사키, 하코다테와 함께 일본 3대 야경으로 꼽히는 곳.

붉은 포트타워가 보이고,
반짝이는 대관람차는 호수에 비춰 넘실넘실 춤을 추고 있었어.

침묵 속의 울림이 너무 아름다워서,
난 오래도록 꿈꾸는 밤의 도시 고베를 기억하게 될 것 같아.

안녕. 엄마 품처럼 포근했던 낮의 고베.
안녕. 고요한 빛을 뿜어내던 밤의 고베.

안녕. 도도한 고베.
안녕. 달콤한 고베.
안녕. 낡은 고베.

낡은 나라

#01
선택과 책임

삶이란, 누구 때문인 건 없는 것 같다.
난 해를 넘길수록 더 그런 생각을 한다.

시작은 분명 다른 누군가에 의해 이루어졌을지 모른다. 그리고 이 방향으로 흘러온 내 삶 역시 오롯이 나로 인해 결정된 행로는 아닐 것이다.
하지만 결국 지금의 나를 만든 건 나 자신이 아닐까.
사실은 말이다. 울고 웃는 나도, 즐겁고 행복한 나도, 외롭고 서글픈 나도, 마음을 졸이며 번뇌하는 나도, 모두 내가 조종하는 대로 살아온 내 방식의 선택들일 거란 생각이 든다.

비가 하염없이 내리고 있었다.
나는 지금 나라奈良로 향하고 있다.

창문 밖으론 수천, 수만 개의 물방울이 나를 향해 달려들고 있고, 난 낯선 이들과 낯선 장소로 4차원 공간이동을 하고 있는 기분이다.
여행이 깊어질수록 난 '내가 왜 이 낯선 거리에 혼자 서 있는 걸까? 무엇 때문에…' 자꾸 의구심이 든다.
억만금을 주고도 살 수 없는 귀한 경험을 쌓고 있다는 걸 안다. 하지만 난 왜 여행의 이상적 가치를 포기 못하고 여기까지 흘러왔는지가 궁금했다.

낡은 나라奈良를 만나러 가는 길.
애당초 모든 책임을, 내게 걸고 시작하는 게 낫다.

29- 42- 1
-29

#02

사연 많은 물건들의 창고 _골동품가게

내가 어릴 적엔 골동품을 수집하던 사람이 꽤 많았던 걸로 기억한다. 명화(名畫)가 세월이 흐를수록 점점 더 그 가치를 인정받듯, 골동품 또한 오래되면 오래될수록 비싼 값을 한다고 믿었던 시절의 이야기다. 때문에 조상 대대로 물려 쓰던 물건을 애지중지 간직하던 풍경은 여느 가정집에서도 흔하게 볼 수 있는 일이었다. 우리 부모님 또한 한때 골동품 수집에 관심이 많으셨던지, 주말이면 나를 데리고 좋은 골동품을 찾아 서울, 경기 일대 유명 골동품가게를 돌아다니곤 했었다.

물론 오해이고 편견일 수도 있겠지만, 난 부모님 손을 잡고 골동품가게를 갈 때면 문턱에서 빠끔 들여다볼 뿐 좀처럼 안으로 들어갈 엄두를 내지 못했다. 왠지 골동품에는 비밀스런 사연이 꼭 하나씩은 담겨 있을 것 같고, 골동품가게엔 반드시 귀신이 있을 거라고 생각했기 때문에 말이다. 그래서 집에 놓여 있던 도자기니, 청동주전자니, 궤짝이니, 반닫이니 하는 골동품을 만지는 것조차 꺼렸다. 저 물건엔 어떤 사연이 있을까

상상의 나래를 펴다 보면 등골이 오싹해지기 일쑤였다.

어릴 적부터 이어진 고정관념 때문일까.
난 지금도 골동품가게엔 귀신이 있지 않을까 싶다.
세상의 귀한 물건을 죄다 모아놓은 곳이니 참새가 방앗간을 그냥 지나칠 수 없듯, 귀신도 모여들 것 같은 느낌이랄까. 또한 오랜 세월, 특별히 여겨졌을 이 물건들은 뺏고 빼앗는 사람들 이해관계로 얼마나 정처 없이 세상을 떠돌았을 것이며, 물건에 마음이 없다 한들 사람들 심욕에 얼마나 많은 울분을 삭혔겠는가. 사람을 향한 골동품의 원망이 귀신의 한(恨)과 별반 다르지 않을 거란 생각도 줄곧 해왔다.

나라의 가장 번화한 거리 산조도오리三通り에 들어서니, 오랜 역사를 대변이라도 하듯 골동품가게들이 여럿 눈에 들어왔다.
그중 가장 눈에 띄는 골동품 가게로 들어섰다. 낡은 나라奈良의 모습을 카메라에 담아야 한다는 의무감이 더해져서일까, 어릴 적만큼 문턱을 넘는 게 어렵진 않았다.

발을 디디는 순간 서늘한 공기가 뺨을 적신다. '앗, 차가워!'
낡은 골동품들이 나를 비웃는 느낌이다. 마치 물건 사러 들어왔다가 영혼을 빼앗겨 나갈지도 모르니 정신 바짝 차리라는 표정으로 그렇게 나를 보고 있는 것만 같다.

#03

제 친구 '떡군'을 아시나요

내게는 추억만으로도 기분 좋아지는 일본인 친구가 한 명 있다.
이미 〈동경 하늘 동경〉에서도 언급한 적 있지만, 그는 나의 이웃사촌이자 도쿄에서 생활하는 동안 절친한 친구가 되어준 고마운 사람이다. 그런 그를 내 주변 사람들은 '떡군'이라는 애칭으로 부르곤 했다. 하얀 얼굴에 탱탱한 피부가 마치 일본 모찌もち를 닮기도 했지만, 사실 그가 '떡군'이라 불리게 된 데에는 재미난 사연이 있다.

그는 한국어말하기능력대회에서 우수상을 수상한 데다 한국여행을 1년에 2~3번 이상 빠지지 않고 다니는 한국마니아였다.
내가 도쿄에서 생활하고 있던 봄날의 언젠가도, 그는 서울로 2박3일 여행을 갈 계획을 갖고 있었다. 그 당시 나는 향수병에 걸려 식욕도 떨어지고 눈물도 많던 시기였는데, 이런 내가 안쓰러웠던지 그는 이런 날 위해 한국에서 선물을 공수해왔다. 그때 그가 건넨 것이 바로 '떡'이었다. 외국인 여행안내서에 소개됐을 법한 종로의 어느 유명 떡집에서 사온 종합 떡 세트. 내 주변 사람들은 이런 그의 행동이 너무 귀엽다며 그때부터 그를 '떡군'이라 불렀다. 일본에도 널린 게 모찌もち이건만, 굳이 한국 떡까지 사다줄 필요가 있었느냐는 생각들이다. 하지만 난 그가 얼마나 골똘히 고

민하고 선물을 골랐을까를 짐작할 수 있었기 때문에 꼭 그의 기대만큼 감동했다. "냉동실에 얼려놓으면 꽤 오래 먹을 수 있대요"라며 수줍게 웃던 그를 난 아직도 생생하게 기억한다. 그는 항상 이런 식이었다. 30대 중반의 성인 남자의 행동이라고는 믿기 어려울 정도로 서툴렀던 게 사실이지만, 매번 그가 전한 우정의 여운은 그 누구보다도 진한 향기를 남겼다. 때문일까. 난 그가 사다준 절편이며 약밥이며 인절미를 먹으며 향수병을 가볍게 떨쳐낼 수 있었다. 사실 그가 사온 떡은 내 나라에서 건너왔다는 것만으로도 이미 나에게 명약이 되어주었던 것이다.

나라를 걷다가 전통방식으로 모찌를 만들고 있는 가게를 하나 발견했다. 절구에 떡방아를 찧는 모찌츠키餅つき 방식의 이 가게는 일본에서도 쉽게 볼 수 없는 풍경인지라 수많은 매스컴에서 다녀간 흔적이 보였다.
장작이 활활 타고 있는 가마에 찹쌀 찌는 냄새와 쑥떡 반죽을 방아로 찧는 소리가 과거로 시간여행을 떠나온 기분이다. 나라의 명물인 듯 수많은 사람들이 줄을 서서 모찌를 사가고 있었다.

일본의 모찌는 찹쌀로 만든 떡을 일컫는다. 우리나라의 인절미, 찰떡시루 등 다채로운 종류의 떡과 달리 일본에서는 모찌를 최고의 떡으로 삼는다. 안에 단팥이 가득 들어 있고, 겉 표면에 하얀 가루를 묻힌 찹쌀떡. 이 모찌는 일본 설날이면 집에서 만들어 먹는 전통음식이기도 했다고 한다.

토실토실한 모찌를 보니 '떡군'이 생각났다. 고소한 쑥떡 향기가 코끝을 자극하자 문득 도쿄에 있는 그에게 이 모찌를 선물하고 싶단 생각이 든다. 내가 그에게 보답하지 못한 게 있다면, 그건 바로 조건 없는 배려와 기대하지 않는 무한한 베풂일 것이다.

나 카 타 니 도 中谷堂

히가시무키 상점가를 따라 걷다 보면 만날 수 있는 가게. 절구 퍼포먼스가 인상적인 떡집이다. 바로 만들었기 때문에 더 촉촉하고 찰지며, 달콤한 단팥이 맛있다.

- Adress : 奈良市 橋本町 29
- Tel : 0742-23-0141
- Open : 10:00~19:00.

#04

꿈ゆめ 같은…

꿈같이 평화로웠어. 모든 것들이.

주변의 복작이는 소리들은 이미 음소거 상태였고 난 소박한 시골 장터에서 세상의 제일 예쁜 것들과 인사를 나누고 있었으니까….

나와 인사를 나눈 많은 것들은 내게 세상의 이치를 설명하고 싶어 했어.

「너무 기발하지 마세요. 너무 강렬하지 마세요. 너무 튀려고 하지 마세요. 그러다 똑 하고 부러져요.
그 자리 그대로 내 역할만 다하면 그뿐, 주목받으려 애쓰지 말아요.
나를 알아봐줄 인연은 이미 정해져 있으니까요.」

꿈의 여운이 깃든 내 몸은 현실감각을 잃은 듯 한참 걷고 또 걸었어.

정말, 단지 이뻔이야.

나라奈良의 상점가를 돌아다니며 나를 지배했던 것은….

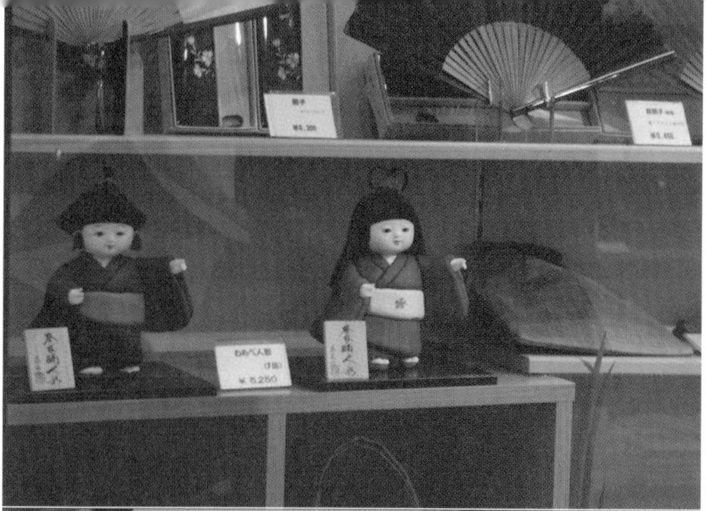

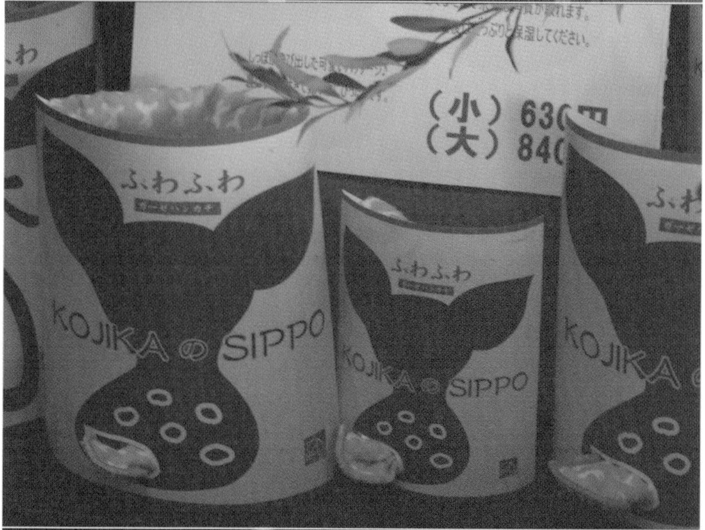
(小) 630
(大) 840
ふわふわ
KOJIKA の SIPPO

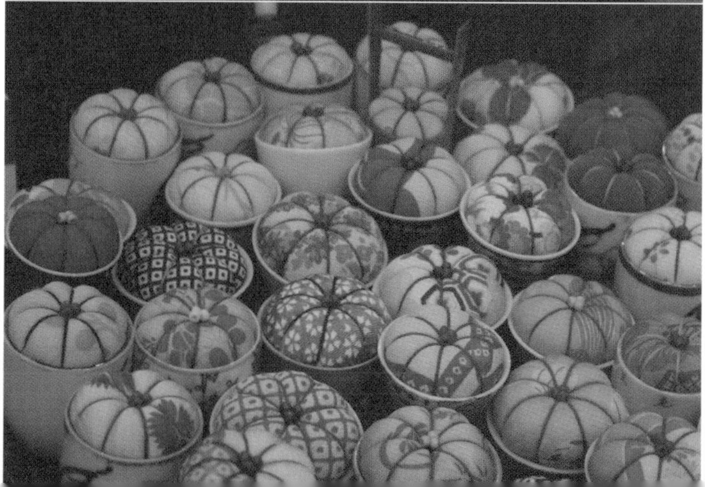

#05

책을 사랑하고 있는 도시

옹기종기 모여 있는 상점가와 고즈넉한 동네 한 바퀴를 휘- 돌아보니, 나라가 갑자기 더 좋아졌어.

책을 귀하게 여기는 사람 마음.
책을 생활화하는 마을 분위기.
사실 이런 건 꾸밈없이 그대로 전해지는 법이잖아.

아주머니 한 분이 횡단보도 앞에서 달리던 자전거를 세웠어. 바구니 안에는 바게트 빵 대신, 5~6권의 책이 가지런히 들어 있었어.
쌀가게 주인아저씨는 어떻고…. 손님 없는 한가한 오후 시간을 책 읽기에 열중하고 있어. 자투리 시간은 반드시 책을 읽어야 직성이 풀린다는 표정이야.
입구부터 싱그러운 나라 여자대학교. 학교로 향하는 청초한 여대생들 손에도 책이 가득 들려 있어.

〈BOOK- OFF〉같은 대형 중고서점은 눈에 띄지 않는 변두리 마을이지만, 덕분에 동네 헌책방이 참 많은 것 같아. 동네 헌책방이 많다는 건 그만

Except foreign books
未来への遺産
最後の聖戦
天使の爪
大沢在昌
全2冊 ¥800
¥300
小林秀雄
湯川秀樹
¥600
300
銀河鉄道の夜
50円
50円均一
文庫本100円パック
100円均一

ル警視
16
科学と近代世界
科学と人間世界
カバネス
歴史の地獄
子平眞詮評註

큼 이 마을 안에서 책이 돌고 돈다는 이야기이기도 하니까, 얼마나 근사해.
사실 말이야. 책을 좋아하는 일본 사람들이 항상 부러웠었어.
세계 제1의 독서왕국으로 꼽히는 일본은 -한 통계에 따르면- 성인 남녀가 한 달에 구매하는 책의 평균량이 3.5권이라고 해. 평균이 그렇다는 건 상당한 일본인들이 한 달에 5권 이상 책을 읽는다는 뜻이기도 하거든.
책을 무척이나 좋아하는 열혈독서광에, 서툰 손으로 부끄러운 책을 세상에 내놓는 작가이기도 한 나는 이런 일본의 책 문화가 부럽지 않을 수가 없었어.

일본 중에서도 이곳 나라奈良는 더 진한 책 향기가 느껴졌어.
유서 깊은 사적이 많은 곳으로 알려져 있지만, 사실 나라奈良는 예부터 '일본 예술과 문학의 요람'이기도 했거든. 일본 고대문학의 마침표를 나라 시대까지로 찍는 이유도 일본 최초의 사서이자 문학서인 고사기(古事記)가 바로 나라 시대에 탄생했기 때문이야. 일본에서 가장 오래된 신화와 전설을 기록한 역사서 고사기(古事記). 이 책은 총 20권인데다 4,500수의 엄청난 단가(短歌)로 구성돼 있어 일본인들은 이를 더없는 긍지로 삼고 있대.

뿌리를 중시하는 일본에서, 나라奈良 시민이라면 충분히 자긍심을 갖고 책을 진심으로 사랑했을 거란 생각이 들어.
하지만 뭐, 사연을 덮어두고라도 책을 사랑하는 이 도시의 공기가 탐나지 않을 수 없지. 책의 가치가 존중받고 존대 받는 곳. 몇 년 전부터 책 시장이 죽었다고, 꽝꽝 얼어버린 빙하기라고, 놀림받는 우리 현실을 생각하면 우리도 달라져야 할 텐데 말이야.

#06

일본인의 신발, 게다げた

● げた(下駄) ; [명사] 왜나막신. 게다.

우리에게 짚신 혹은 고무신이 있다면, 일본인들에게는 게다가 있다.
정통 게다는 나무로 만든 신발이다. 적당한 두께의 나무를 발 크기와 용도에 맞춰 자른 뒤, 밑창에 이자(二字) 모양의 홈을 파서 나무 날을 끼워 넣는 것이 기본 방식이지만, 통나무를 깎아서 만든 게다도 있다.

게다는 유카타浴衣와 함께 짝을 이루는 일본 복식문화의 유산이다.
장마철의 끈적이는 날씨가 멈추고 날이 맑아지면 일본인들은 목욕을 하러 간다. 목욕 후 산뜻한 기분으로 입는 것이 유카타이고 이때 짝을 맞춰 신는 것이 바로 게다인 것. 선선한 저녁 바람을 쐬면서 장마의 끝을 기념하는 것 또한 이들의 전통이었다고 한다.

요즘 게다는 밖에서도 신는 평상용 신발이 되었지만, 사실 나들이용이나 격식을 갖춘 자리에선 게다를 신는 게 실례라고 생각한다. 왜냐하면 게다는 맨발에 신는 신발이기 때문이다. 하지만 게다는 21세기인 지금까지도 일본인들의 친숙한 생활용품으로 변함없이 사용되고 있다.

● げたを預ける 게다오 아즈케루 ; 게다를 맡기다.

일본에선げたを預ける(게다오 아쯔케루)란 말이 있다. 직역을 하면 '게다를 맡기다'란 뜻이다. 하지만 깊은 뜻을 들여다보면, '게다오 아쯔케루'는 '어렵고 부담스럽겠지만 꼭 좀 해줬으면 좋겠어'란 심정으로 '모든 것을 맡기다' 란 의미를 갖고 있다. 자기가 신던 게다를 남에게 맡긴다는 것. 이는 '밖으로 나다니지 않을 테니 당신 마음대로 해요.'라는 마음을 담고 있다고 해서 생겨난 말인 것이다.

신발을 맡긴다. 움직이지 않을 것이고, 네 결정을 따르겠다.

비즈니스상에서 많이 사용될 말이겠지만, 난 이 말의 속뜻을 알게 되며 '슬픈 단어구나.' 하고 생각했다. 누군가를 홀로 사랑하는 사람들 마음 같다. 대답 없는 상대의 결정을 기다리는 초조한 마음을 닮은 것 같다.

"내 신발을 맡길 테니 부담스럽겠지만 이제는 결정을 내려줘.
난 여기 그대로 있을 거고, 네 결정을 겸허히 따를게."

#07

한국의 꽃 韓国の国花 무궁화

비가 내렸다 그치기를 여러 번.

빗방울을 머금은 꽃들은 싱그러운 얼굴로 반가운 손짓을 하고 있어.

꽃은 꽃이니까 모두 예쁘다지만
사람도 사람다워야 향기가 나듯이,
꽃도 꽃다워야 아름다울 수 있을 테죠.

있어야 할 곳을 잃어버린 네가 어떻게 여기서 예뻐 보일 수 있겠니.

#08

낡은 사랑 006, 우리 흩어진 날들

생각해보면, 우연의 일치처럼, 우린 낡은 걸 참 좋아했었어.

설익은 감정에 가슴이 쿵덕대던 어느 날.
어스름한 가로등 불빛 한 줌 남아 있던 부암동 작은 카페를 갔었지. 숲 속 산장 같던 카페. 덜컹이는 나무 테이블 위엔 그의 진한 에스프레소와 내 달콤한 카페 쇼콜라가 놓여 있었어.
우린 3시간이 넘도록, 마치 오늘 생이 끝나버릴 사람들처럼, 모든 촉을 세워가며 수다를 떨었지.

봄날의 곰처럼 평온함이 찾아왔던 어느 날.
우린 카메라를 목에 걸고 서울 인근의 한 재래시장을 찾았어.
십 년이 넘도록 한 할머니가 꾸려나가는 허름한 분식집. 그곳에서 우린 즉석김밥과 떡볶이로 배를 채우면서도 행복해했어. 시장통에 깔린 천 원, 이천 원짜리 물건을 구경하는 것만으로도 마냥 즐거워 깔깔댔던 시간.

모든 게 너무 좋아서 행복만큼 불안감이 커갔던 어느 날.
우린 넘실대는 푸른 바다를 보러 강릉을 갔었지.
그때도 우린 애써 케케묵은 메밀국수집을 찾았어. 이게 진짜 강원도의 맛이라며, 이 맛이 우리 사랑처럼 오래 간직되길 바라고 또 바랐으니까.

그때의 우리를 기억해.
이미 흑백필름처럼 희뿌연 안개 너머로 우리 행복은 멀어져버렸지만
그때 우린 어떤 말을 나누지 않고도 서로를 공기처럼 느낄 수 있었어.
마치 원래 그 자리에 있던 사람들처럼.

순간의 기쁨이기보단, 영원이란 육중한 단어로 이 사랑을 지키고 싶었는데…. 그때 우리 간절한 바람을 떠올리면 여전히 마음이 아파.

'낡음'이란 귀한 감성을 진즉부터 일깨워준 그 사람이
이젠 내 옆에 없다는 사실을 인정하면 인정할수록.

#09

나라奈良 이야기 I

객쩍게 부리는 내 엉뚱한 계획들에 난 혼자서 남몰래 웃을 때가 있다. 나라를 생각하며 하나의 객기가 떠올랐었다.
〈동경 하늘 동경〉 책 이름을 지었을 때의 일이다. 동경 하늘 동경. 동경 하늘 상하이. 동경 하늘 홍콩…. 이렇게 도시별 여행 책 시리즈를 생각하다가 동경 하늘 교토. 동경 하늘 오사카. 동경 하늘 오키나와… 동경 하늘나라에서 정지했다. '우와! 이름이 너무 예뻐. 언젠가 꼭 〈동경 하늘나라〉란 책도 발간하고 말 거야.' 이렇게 다짐을 했던 걸로 기억난다. 사실 역사학자가 아니라면 책 한 권 어마어마한 분량에 나라를 담아내기란 역부족일 수도 있다. 나라는 날씨 따라 세부지역을 나누기에 조그만 도시였기 때문에 말이다. 때문에 난 발그레 상기된 부끄러운 얼굴로 나라를 찾았다. 나만의 비밀스런 민망함이었으리.

교토 남쪽 42km 거리에 있는 나라奈良. 이 도시는 교토 이전의 수도로, 일본 초기의 역사와 신화, 전설의 무대가 되었던 곳이다. 사시사철 아름다운 자연풍광으로도 유명한 나라는 일본문화의 발생지이자, 태고의 감각이 제대로 보존된 일본인들의 고향으로 불린다. 불교문화도 나라에서

처음 번창했기 때문에 나라엔 화려한 궁전과 절, 저택이 그 상태 그대로 잘 보존되어 있다.

1,000마리의 사슴이 푸른 잔디 위에서 노니는 평화로운 나라 공원. 귀중한 불교미술품들의 눈부신 수집에 입이 딱 벌어지는 나라 국립박물관.
세계 최대의 청동불상이 있는 나라 최대의 절 도오다이지東大寺. 매년 2차례의 축제마다 1,800개 석등에 화려한 점등행사를 펼치는 신사 가스가다이샤春日大社. 나라 불교문화를 대표하는 1,200년 전통의 고후쿠지興福寺. 현존하는 가장 오래된 사원으로 잘 알려진 호류지法隆寺. 이 모든 걸 품고 사는 나라란 도시는 도시 자체가 대형 박물관이다.

하지만 불교문화에 문외한인 내가 나라에 끌린 것에는 나라가 과거 모습 그대로를 잘 보존하고 있어서라기보다는 어디선가 익숙한 정취 때문일 것이다. 나라를 가본 사람이라면 누구라도 생각했을지 모른다. 나라는 경주와 참 닮아 있다. 실제 경주와 자매도시를 맺고 있기도 하지만.

시대를 거슬러 올라가 보면 닮은 데 나름 이유가 있다.
나라 땅은 왕도를 거느린 역대 신라와 백제 천황들이 터전을 잡은 곳이었다. 때문에 일본 건국 초기부터 한국의 문화적 영향을 받아 일본 예술과 공예, 문학과 산업이 움튼 것이다. 일본 역사학자 요시다 토우코의 저술에 의하면, 나라奈良라는 고장의 이름 역시 한국어의 '나라' 즉 국가(國家)를 가리키는 말이었다고 한다.

내 마음의 돋보기는 나라를 통해 경주를 보고, 나라를 통해 우리를 보며 나라 안에서 한결 편안한 마음으로 걷고 있었다.

#10

나라奈良 이야기 Ⅱ

"나라에 가본 적 있으세요?"

"있지. 엄청 옛날에. 엑스포 했던 때니까 쇼와 45년(1970년)인가. 그런 음침한 곳을 다들 왜 가는 건지…."

"나라는 어렸을 때 가본 적이 있는데, 사슴냄새 지독했던 것밖에 기억이 안 나네."

– 영화 〈젠젠다이조부全然大丈夫〉 中

나라奈良를 여행하기 일주일 전이었다.
일본영화는 가리지 않고 좋아하는 나이지만, 나에게도 취향이란 건 존재하나 보다. 4차원 주인공들이 헛웃음을 자아낼 것 같은 〈젠젠다이조부全然大丈夫〉. 매력 없을 영화로 치부하다가 큰 맘 먹고 보게 됐었다.

빗소리를 녹음해서 듣는 카세트테이프. 퀴퀴한 책 냄새가 진동을 할 것 같은 구닥다리 헌책방. 쓰레기 더미에 사는 노숙자가 그려진 그림들. 어묵반죽을 대나무 봉에 붙여서 굽거나 찐 찌쿠와ちくわ란 간식.
영화 속 낡은 도구들이 무엇보다 눈길을 끈다. 오래되었음에도 불구하고 통통 튀는 느낌이랄까.

하지만 막상 영화 속 주인공들은 이 낡은 보물을 지켜줄 마음이 안 보인다. 오히려 찌들대로 찌든 얼굴 표정이다. 재밌던 건, 이 와중에도 이들은 "젠젠 다이조부;정말 괜찮아." 서로를 응원하며 희망을 갖고 살아간다는 것이었다.

이야기가 길었다. 이 영화를 거론하는 데에는 사실 다른 이유가 있다.

鹿の飛び出し
注　意

〈젠젠다이조부全然大丈夫〉는 실상 도쿄 변두리 지역이 영화 속 주 무대임에도 불구하고, 나라奈良가 어떤 곳인지를 궁금하게 만드는 영화였다. 초반에는 나라奈良가 너무 오래돼서 음침한 곳, 사슴 냄새만 풀풀 풍기는 무의미한 곳으로 치부되었지만, 극이 흐를수록 나라奈良에 대한 호기심을 자극하고 있었던 것. 나라奈良를 가보지 않은 사람이라면 나라奈良는 무용지물 헌책방처럼 구닥다리로 여겨질지 모르겠다. 하지만 나라奈良를 직접 가보면 얘기가 달라질 거라고, 영화는 설레는 마음을 내비친다.

"내일 어딜 갈 거예요?"
"대불이나 호류사에. 그러니까 여기 오는 사람들이 꼭 와서 보고 가는 것들이오."

– 영화 〈젠젠다이조부全然大丈夫〉 中

결국 마지막 장면에서 두 남자 주인공은 남들 다 가는 대불과 호류사를 둘러보고, 기념촬영을 하며 즐거운 하루를 보낸다. 거북이에게 먹이도 주고, 사슴 머리띠를 한 채 사슴과 뛰놀기까지 하며 말이다.

영화 엔딩크레딧이 올라가는 걸 보며 나도 다짐했다.
나라奈良에 가면 남들 다 보는 걸 보러 가리라…. 관광객처럼 유명 명소를 찾아다니고, 사람보다 많은 나라奈良 사슴들과 뛰놀아야지.
이 생각의 끝엔 나를 편안하게 해주는 한마디가 있었다.

"젠젠 다이조부; 정말 괜찮아. 남들 뻔히 아는 명소만 찾는다고 뭔가 부족한 거 같아? 하지만 젠젠 다이조부. 어설픈 건 네 마음일 뿐, 네 여행은 절대 어설프지 않을 거야."

#11

나라에서 제일 오래된 마을 그대로

여행에서 가장 찌릿한 순간은, 지도를 펼쳐들 때이다.
한 번도 가보지 못한 곳, 그 광대한 영역 중 내 발길이 닿는 땅에 추억이 생겨난다고 생각하면 그 흥미가 더하다.
온갖 상상력을 발휘해가며 가고 싶은 곳을 결정짓는 것도 신이 나고, 마음에 안 들면 중간에 방향을 틀어도 되니 지도만 익히면 아무 문제없다.

나라奈良로 향하는 기차 안에서 난 다시 한 번 나라奈良 지도를 펼쳐들었다. 생각보단 싱거운 지도였지만 도오다이지東大寺, 고후쿠지興福寺, 가스가타이샤春日大社, 호류지法隆寺, 나라 국립박물관 등 굵직굵직한 명소들이 지도의 무게감을 실어준다. 어디를 가야 될지 고민할 필요도 없을 만큼 웅장한 느낌이었다. 하지만 내가 이 거대한 명소들을 재끼고 제일 가고 싶던 곳은 바로 간코지元興寺를 중심으로 한 '나라마치' 지역이었다.

나라마치奈良町는 나라에서 가장 오래된 마을. 오래전 간코지 절의 부지였던 곳이다. 사찰 업무를 보고 경전을 필사본으로 만들던 사람들이 모여 살게 된 마을로, 지금까지 전통 가업을 계승하며 살기 때문에 17~19세기 마을의 모습을 그대로 간직하고 있다고 한다. 복잡한 미로를 따라 구석구석 돌다보면 재미난 구경거리가 많다는 이야기에 난 지도를 보면서 한껏 기대감에 부풀어 있었다.

비가 주룩주룩 내리는 나라마치奈良町는 예상보다 더 고즈넉했다. 세상 모든 소리가 음소거 상태로 오로지 비(雨)와 내 발걸음만이 소리를 낼 뿐이었다. 이런 곳에 사람이 살고 있다고 믿기 어려웠다. 시간이 박제된 마을에 나 혼자 남겨진 기분이랄까. 사실 그 느낌도 나쁘진 않았다.

나무로 만들어진 나라마치 집들엔 공통점이 엿보였다. 모두 창문에 창살이 박혀 있거나, 좁은 현관문 대신 건물 면적이 뒤로 넓게 빠진 특징을 갖고 있다는 점. 알고 보니 창문에 박힌 창살은 에도 시대 때 신분을 나타내는 도구로 쓰였던 것이고, 좁은 현관문은 세금을 덜 내기 위한 수단이었다고 한다. 당시 정부에선 집 현관문이 넓으면 세금을 많이 부과했기 때문에 말이다.
또한 나라마치를 돌다 보면 재미난 볼거리들이 많다. 먹이나 붓을 수작업으로 만드는 가게도 보이고, 콩과 곡물을 파는 방앗간과 직접 술을 담가 파는 양조장, 쯔케모노 상점과 일본과자점, 오래된 모기장을 파는 가게까지…. 이 중엔 400년 넘게 대를 이어가며 운영해오는 가게도 있다고 한다.

나라마치를 걷다 보니 시간이란 거대한 물살을 느낄 수 있었다.
나라 시대 큰 사찰로 세력을 과시했던 간코지가 지금은 동네 사람들을 위한 안락한 절로 변해버린 것처럼, 나라마치 역시 과거의 위력을 잃은 채 시간이 멈춰진 것처럼 조용히 현재를 살아가고 있으니 말이다.

미로 같이 복잡한 골목길에서 난 길을 잃었다. 한 손엔 우산을 들고 다른 한 손엔 덩치 큰 카메라를 안고 있어서 지도를 펼쳐볼 여력이 없었다.
한창 보수공사 중인 주택 앞에서 수리공을 만났다.

> "저 혹시, 여기가 나라마치 어디쯤인가요?
> 다시 큰길로 나가려면 어떻게 해야 하죠?"
> "글쎄요. 저도 이 안에 들어온 이상 어떻게 나가야 할지는 모르는데요.
> 죄송합니다."

수리공의 단호한 대답. 휑한 거리. 당황스런 얼굴로 주위를 두리번거리다가 미가와리자루身代わり를 발견했다.
나라마치의 상징과도 같은 원숭이 부적. 사람들은 미가와리자루를 대문에 모빌처럼 달아두면 닥쳐올 재앙을 막아준다고 믿어 왔다.
부적을 봤으니 상관없다. 재앙은 날 찾아오지 않을 것이다. 그렇다면 차라리 안심하고 마음껏 더 길을 헤매보는 편이 낫지 않으랴.

海道産
大正金時豆
1合
210円
北海道産
大正金時豆
1合
190円
コシヒカリ
スタンドパック
2Kg入
1160円
北海道産
鶴の子大豆
三分上＊若返りの妙薬＊
1合
160円
中
物語館
奈良まちづくり

#12
빨간 양철통

진심이다.
진심으로 지키고 싶은 거였다.
가벼운 말 한마디, 설익은 다짐보단 묵직한 행동 하나.
진심은 이렇게 느껴지는 거였다.

부슬부슬 비가 그치질 않았다.
많은 양의 비는 세상 모든 걸 고요하게 적시고 있었고, 난 그 고요함의 정중앙에서 나라마치를 걷고 있었다.
비가 오자 동네 사람들은 문 앞에 양철통을 하나씩 꺼내 놓는다. 방화용(防火用)이라 새겨진 양철통들. 어느새 양철통은 10개, 20개에서 50개, 100개를 넘고 마을 전체가 빗물 모으기에 한창이었다.

빗물이 채워진 양철통을 보며 난 이들의 진심을 전달 받는다.
마을의 모든 집이 나무로 만들어진 조마조마한 환경. 불이 한번이라도 나면 모든 게 한 줌 잿더미로 변해버릴 마을. 잠을 자고 있는 순간에도 불이 날 수 있다는 긴장된 마음으로 이 마을을 지키고 있는 게 느껴졌다.

시간이 지나고 알게 됐다. 나라마치 사람들의 방재활동은 일본에서도 무척 유명하다는 사실을….
1949년 세계 최고의 목조건축물인 호류사의 금당벽화가 불에 탄 날을 기리며 매년 1월 26일 그리고 여름이 오면, 나라마치 사람들은 나라 일대의 유명 절 내부 방재설치를 도울 뿐 아니라 긴급 상황 시 전문가 못지않은 진화능력을 발휘한다고 한다.
역시 이들의 묵직한 행동은 말로 하지 않아도 느껴졌던 것이다.

사실은 말이다. 이 정도의 노력이 있어야 '온몸을 다해 지키고 있다'는 표현을 쓸 수 있는 게 아닐까.

#13

우산을 빌려드려요

일본에서 비가 와도 걱정하지 마세요.
흐물흐물한 비닐우산 하나에 내 몸을 의지해야 한다지만,
비가 오는 거리 어디서라도 우산을 빌릴 수 있을 테니까요.

주인 없는 우산은
거리 사람들이 그 우산의 주인.
비가 그치면 다음 장소에, 다음번 비를 걱정하며 놓아두기만 하면 돼요.

여의치 말고 빌려가세요.

우산일 뿐입니다.
한 번 빌려주면 돌려받기 어려운 사람 마음이 아니니까요.

#14

집家

옛날 서민들의 생활상을 엿볼 수 있도록 에도 시대 말기에 지어진 집을 개조해 일반인들에게 공개한, 나라마치 코시노이에ならまち格子の家.

전등 없던 캄캄한 방의 운치. 삐거덕거리며 올라서는 2층 다락방.
나무 창문 너머로 보이는 바깥 풍경. 볏짚 냄새 폴폴 풍기는 다다미 방.
집 안으로 꾸며진 작고 단정한 정원. 모든 게 다 정감 간다.

낡아서 더 멋스러운 집.
불편함을 무릅쓰고서라도 이 집에 살고 싶단 생각을 해본다.
편리함이 절대 따라잡을 수 없는 코시노이에格子の家의 견고함에 대해서.

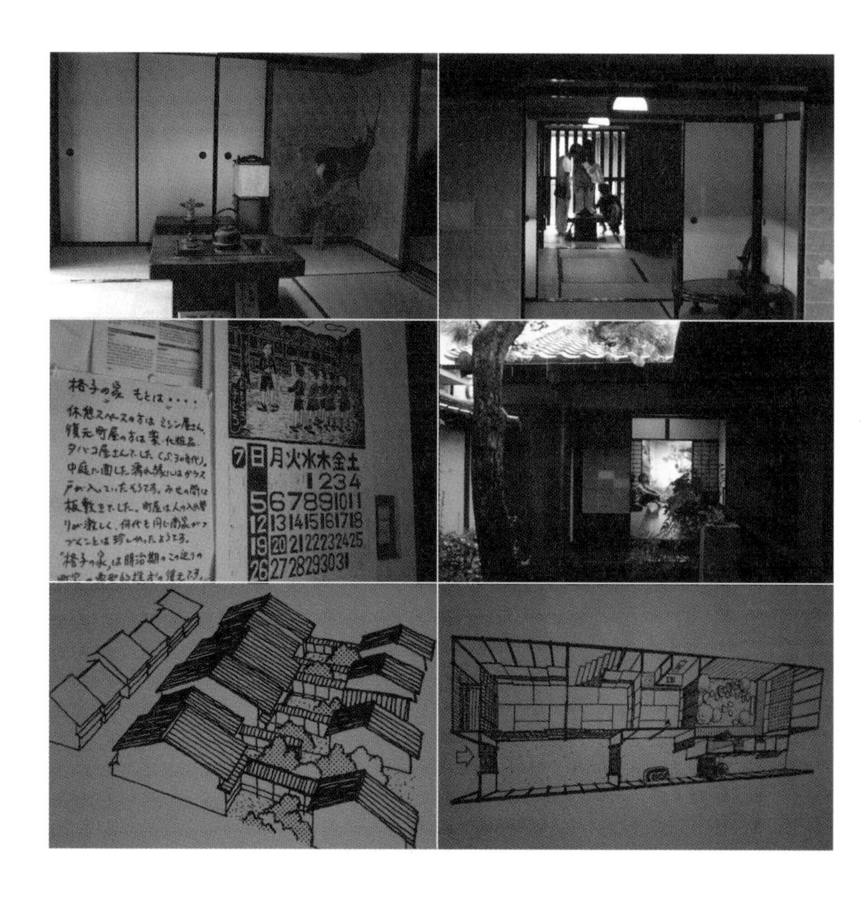
格子の家 もとは・・・・
休憩スペースの方は ミシン屋さん、
復元町屋の方は薬・化粧品・
タバコ屋さんでした（S.30の時代）。
中庭に面した濡れ縁にはガラス
戸が入っていたそうです。みせの間は
板敷きでした。町屋は人の入れ替
りが激しく、何代も同じ商家がつ
づくことは珍しかったようです。
「格子の家」は明治期のこの辺りの
7
日 月 火 水 木 金 土
1 2 3 4
5 6 7 8 9 10 11
12 13 14 15 16 17 18
19 20 21 22 23 24 25
26 27 28 29 30 31

#15

지도에도 안 그려 있던 신사神社

낡은 일본을 만나러 일본 구석구석을 도는 여행.
이 여행에서 빠뜨릴 수 없는 것 중 하나가 바로 신사神社 야.

일본에선 아주 오래전부터 신사가 동네 곳곳에 있어서 생활 전반에 뿌리를 내리고 있지. 야스쿠니 신사를 비롯해 군국주의 시대 국가주의 신도의 영향으로 우리나라에선 일본 신사를 부정적이게 바라보는 사람이 많지만, 실제 일본인들에게 신사는 소소한 행복과 바람을 기원하는 기복신앙으로 여겨져 왔어.
내가 도쿄에 살 때에도 우리 동네엔 오래된 신사가 하나 있었어.

마을이 한눈에 내려다보이는 곳에 위치한 이 신사엔 아침, 저녁으로 동네 사람들이 찾아와 기도를 드리곤 하더라. 1년에 1~2번은 이곳 신사에서 마쯔리를 열어 동네 주민들끼리의 화합과 번영을 기원하고 말이야. 신사가 일본인들에게 얼마나 큰 힘이 되어주는지, 나 그때 알게 된 것 같아.

나라마치 한복판에서 고료진자御霊神社를 만났을 땐 좀 으스스했어.
하늘에 구멍이라도 난 것처럼 비가 쉼 없이 내리던 어느 날, 오가는 사람 하나 없던 이곳에 동네 신사가 떡 하니 자리를 하고 있는 거야.
지도에 그려져 있지 않은 이 고료진자 뜻을 해석해보면 '영령신사'라는 의미. 억울하게 죽임을 당한 영혼을 모시는 곳이래.

들어갈까 말까를 고민하다가 용기를 내고 똑똑 문을 두드렸어.
신사 앞에 붙어 있던 벽보 때문일 거야. 누군가와 사랑의 연을 이루고 싶은 사람들을 위해 신을 모셔두었다는 글귀. 100% 믿어서라기보다는, 사랑하고 싶고 사랑받고 싶은 내 마음을 1%라도 헤아려줄 수 있다면 좋겠다, 이런 마음이었어.

어느새 난 아무도 없는 신사로 조용히 들어가고 있었어.

#16

사랑의 부적恋みくじ

낮게 드리워진 하늘. 시커먼 구름 사이로
수천, 수만 개의 물방울이 떨어지고 있었다.

아무도 없는 신사는 심드렁한 표정으로 나를 바라봤다. 왜 달콤한 낮잠을 깨웠냐는 얼굴로. 신사 한 켠 외롭게 서 있던 소나무엔 비에 젖은 오미쿠지おみくじ들이 대롱대롱 달려 있다.

오미쿠지 하나하나엔 사람들 간절한 소망이 담겨 있겠지.
빗방울이 맺힌 오미쿠지가 문득 눈물 맺힌 사람 얼굴처럼 느껴진다.
100년도 안 되는 정해진 생을 사는 인간은 뭘 그리 힘든 일이 많은지, 왜 이렇게 아등바등 행복을 찾고 있는지 서글퍼졌다.

신사 바깥에서 시동 끄는 자동차 소리가 났다.
곧 우산 쓴 한 남자가 들어 온다.
남자는 신당에 고개를 조아리곤 한참을 두 손 모아 기도했다.
200엔짜리 사랑의 부적恋みくじ을 사들고 신사 밖으로 나가려던 참에 나의 인기척을 느낀 모양이었다. 마주친 그의 눈빛엔 조금은 불안하고 조금은 애처로운 마음이 비춰졌다.

'당신 사랑만 슬픈 게 아니라, 사랑은 본디 슬픈 거예요.'

내 뇌가 시킨 적 없는데 내 마음이 이렇게 말하고 있었다.
그의 상황은 알 수 없지만 그의 손에 쥔 사랑의 부적이 그의 간절함을 어느 정도 느끼게 해주었다.

그러고 보면 우린 참 쉽게 잊고 산다. 사랑이 원래 슬픈 것이라는 걸….
나를 버리고 나 아닌 다른 사람을 가슴에 품는 일이 얼마나 힘들고 아픈 일인지 우리는 자꾸 망각한다. 그래서 다른 사랑 모두 행복한데, 내 사랑만 눈물범벅이라고 불평불만이다. 잊지 말라. 사랑은 본디 슬프다는걸. 행복만큼 슬픔도 비례해 찾아온다는걸. 그래서 사랑을 지키기 위한 사랑의 부적恋みくじ도 존재하는 것이다.

#17

낡은 사랑 007, 가난하지만 행복해지는 법

세상 물정 모르던 울보에,
뜨거운 가슴 하나 달랑 갖고 있는 비현실주의자였다.
이런 내가 호기심 가득한 눈망울로 세상을 겁 없이 바라보는 게 내 사람을 얼마나 걱정시키는지 그때 나는 알지 못했다.

만나는 사람 모두와 이해관계로 얽혀 신경이 예민해지던 어느 날.
나 스스로를 동정하지 말자던 다짐과는 달리 내가 한없이 불쌍해 보일 때.
좋아서 하는 일이 어느 순간부터 좋아지지 않을 때. 그게 카메라 앞이든, 펜을 든 순간이든. 초점 잃은 내 눈엔 핑크빛 화사한 무지개가 더 이상 존재하지 않았다.
그때였다.

"가난해도 괜찮아.
넌 무無에서 유有를 창조해내는 아티스트잖아.
아티스트는 원래 큰 사람 되기 전에 가난하고 외로워야 하는 법이야."

그는 이런 말로 내 등을 두들겨줬다.
그의 한마디는 한 줌 햇살과도 같은 희망의 빛이었다. 그의 말대로라면 가난하지만 행복해질 수 있을 것 같았다.

"이거 받아, 선물."

어느 날, 그는 내게 〈Lonely Planet; JAPAN〉을 건넸다. 전 세계 가장 으뜸으로 꼽는 여행안내서.
백과사전만큼 두껍던 책 뒷장엔 짧은 문구 하나가 적혀 있었다.

「훌륭한 작가가 될 거라고 믿어. 이 책이 네가 멋진 작가로 성장하는 데 도움이 되길….」

민들레 홀씨처럼 바람을 타고 세상을 떠돌다가, 어느덧 그의 바람이 꽃을 피운 걸까. 난 그 뒤로 신기하게도 일본과 깊은 연을 맺게 되었고, 두 번째 책을 낼 수 있는 작가가 되어 있다.

모든 게 그의 바람대로인데 **그 사람만 여기 없다.**
가난하지만 행복해질 수 있는 법을 가르쳐 준 **그만 여기 없다.**

#18

현재를 살아가는 우리들 자세

유리창 너머로 전통공예인이 도자기를 만들고 있었다.
튀지 않고 자연스럽다. 나라奈良에 대한 믿음 때문일까. 나라奈良에선 보이기 위한 노력은 없다. 다만 숨 쉬듯 보일 뿐이다.
이런 나라奈良는 도쿄나 교토가 따라잡을 수 없는 경이감 같은 게 느껴진다. 이 모든 풍경이 평온하다.

만약 유리창 너머에 있는 사람이 우동 면발을 만든다 한들, 불상을 복원하고 있다 한들 같은 느낌이었을 것이다. 그것이 도자기이든, 불상이든, 비석이든, 우동 한 그릇이든, 과자 한 봉지이든 상관없다는 얘기다.

호락호락하지 않는 자신만의 기준과 노력으로 뭔가를 만든다면 그건 모두 장인의 솜씨다. 변해가는 세월에 타협하지 않고, 완벽에 가까운 결정체를 만들어내는 것. 이야말로 현시대를 살아가는 우리가, 과거를 계승하고 미래를 맞이할 정갈한 마음가짐이 아닐까.

「아버지는 확실히 모든 게 서툴렀어. 하지만 다른 모든 게 서툰 만큼 우동에 관해서는 일절 타협하지 않았어. 1년 365일 기온도 다르고 습도도 달라. 그곳에 맞춰서 물의 양이 많고 적음을 고안해 내고 매일 같은 맛의 우동을 만들어내는 것이 얼마나 어려운 일인지 네가 알아? 쉽게 할라치면 얼마든 쉽게 할 수 있었어. 기계 들이고 전날 잘 만들어서 냉장고에 넣어뒀던 면을 다음날 납품해도 아무도 불평 안 해. 그런데도 아버지는 전해주기 직전까지 경단을 재워뒀다가 조금이라도 잘 만들어진 면을 먹이기 위해서 아슬아슬한 시간에 만든 면을 학교에 갖다 준 거야. 그것도 매일매일. 네가 그게 돼? 아버지하고 같은 우동을 만들겠다니. 그런 말 가볍게 하지 마.」

-영화 〈우동〉 中

#19

은밀한 나만의 나라奈良

여행엔 운이 따라줘야 해. 더욱이 나 같은 여행자라면 더하지.
한정된 시간 동안 뭔가 특별한 경험을 하지 않으면 글 쓰는 소재 또한 같이 줄어들고 마니까.

나라에서의 시간은 참 행복했어.
평화롭던 이 도시에선 내 마음이 쉬어가는 것 같았거든.
비 내리는 거리를 해가 질 때까지 걸어본 것도 오랜만이었어.
다만 아쉬움이 남는다면, 뭔가 나만의 특별함이 2% 부족한 느낌이랄까.
모두가 아는 나라奈良이야기는 못내 텁텁함으로 남겠구나, 싶었어.

조그만 이정표를 하나 발견했지.
「이곳에 가면 재밌는 일이 벌어질 거예요. – 昭和レトロSao –.」

쇼와 레토르Sao라…. 대문 앞 낡아빠진 깡통 안에는 부스스한 폭탄 머리 인형이 인사를 하고 있었어. 범상치 않은 분위기가 마음에 들어. 안으로 들어가 봤지. 구불구불 끝도 없이 이어지는 길을 따라 한참을 갔더니 허름한 민가가 눈에 들어왔어. 나중에 알고 보니 이 집은 100년 넘게 그대로 보존된 집이라고 하더라. 폐허가 된 집처럼 입구에는 낡고 오래된 것들이 널브러진 채 놓여 있었어. 쓰레기장이라고 해도 믿을 만큼…. 이가 나간 접시와 촌스럽게 색이 바랜 커피 잔, 거기다 먼지더미의 인형과 폭탄 맞은 수트케이스는 가관이었지. 요상한 귀신 집에 온 것 같았지만, 그만큼 호기심도 커졌어. 재밌잖아. 마음껏 상상력을 발휘할 수 있게 하는 지금 이 순간이.

ビタミルク
MILK PRODUCTS CO. LTD

삐거덕거리는 문을 열고 안으로 고개를 내밀었어.
우와! 탄성이 절로 나왔어.
7,80년대를 중심으로 한 쇼와 시대 말기를 연상케 하는 집 내부는 마치 박물관에 놀러 온 것처럼 어마어마한 양의 복고풍 잡동사니와 인형, 기념품들이 전시되어 있는 거야. 옛 영화에서나 볼 수 있는 물건들이 가득했어.

"신발 벗고 안으로 들어오세요."

젊은 여사장은 오늘 내가 첫 손님이라며 반갑게 맞이해줬어.
고즈넉한 나라奈良 한복판에서 이렇게 근사한 가게를 찾아내다니! 복고의 원조격인 도쿄 시모키타자와下北沢에서도 쉽게 만나보기 어려운 곳이야.

놀란 가슴을 진정하고 2층 카페로 올라갔어. 1층은 레토르풍 물건을 판매하는 가게, 2층은 간단한 식사와 음료를 제공하는 카페래.
2층으로 올라가니 또 한 번 탄성이 터져 나와. 낡은 라디오 수신기와 기념이 될 만한 LP판들, 7,80년대 어린이 잡지와 각종 만화책 그리고 나보다 오래 살았을 인형들. 그뿐인 줄 알아. 창문 너머론 고후쿠지興福寺 오층탑도 보여. 국보(國寶)이자 일본에서 두 번째로 높은 고후쿠지의 상징. 시원한 아이스커피 한 잔 마시며 가볍게 3,40분 쉬기엔 너무도 아까운 곳이었어.

2% 부족한 내 나라奈良 여행은 이렇게 100%가 채워졌어. 남들 모두 아는 나라奈良와 남들 모르는 은밀한 나만의 나라奈良가 공존할 수 있다는 건 참 근사한 일이야.
물론 1,300년 역사의 나라奈良에서 4,50년 전 옛날이야기가 옛날로 느껴질까마는, 내게 이곳 〈昭和レトロ Sao〉는 그 어떤 역사적 풍경보다 짜릿한 곳이었거든.

昭和レトロ Sao

◆ Adress : 奈良県 奈良市 鶴福院町 8番地
◆ Tel : 074-237-3130
◆ Open : 평일 12:00-17:00, 토 · 일 12:00-19:00. 월요일 休.

#20

나라 사슴조항

- 사슴이 사람만큼 많다.
- 사슴이 사람과 나란히 걷고 있다.
- 사슴이 사람을 가로지르는 건 되도, 사람이 사슴을 훼방 놓는 건 안 된다.
- 운전을 할 때에도 사슴이 언제 튀어나올지 모르니 조심해야 한다.
- 모든 가게에선 사슴에게 줄 센베이 과자가 사람 과자만큼 비싼 150円에 판매되고 있다.
- 때론 사슴이 좋아하는 당근과 오이, 감 등을 준비해오는 사람도 있다.
- 사슴이 나라 공원 바깥, 사람들의 마을로 방문하는 일은 감사히 여길 일이다.

이상하게 여길지도 모르겠지만, 이것이 '사슴 국가'라 불리는 나라奈良의 규율이고 관습이다.

나라는 1,200년 전부터 사슴에 대한 오랜 전설을 가슴에 품고 살아왔다. 1,200년 전 당시 나라 공원 동쪽 숲 속에 살던 야생 사슴들이 나라 공원 부근으로 내려왔고 사람과 친해져 지금까지 더불어 살고 있다는 학설도 있다. 또 나라에 처음 입성(入城)한 장군이 백마를 타고 사슴을 가져왔다는 전설도 입에서 입으로 전해지고 있다. 때문에 나라에선 사슴을 신록(神鹿)으로 성스럽게 여겨, 사슴을 죽인 사람은 목이 잘리거나 뜨거운 솥에 넣어 삶아 죽인 적도 있다고 한다.

만약 나라에 발을 들인다면, 당신은 절대 잊지 말기를.
나라에 들어온 이상, 사슴은 동물이기 이전에 인간의 동반자이고, 생명이기 이전에 영혼이 담긴 신(神)이라는 사실을.

#21
슬픈 기도

비를 흠뻑 맞은 아기불상을 바라보니
비를 흠뻑 맞고 날 기다리던 한 사람이 기억나.

비에 젖은 얼굴. 부르튼 입술. 하얀 입김.
손에 쥔 무용지물의 우산까지 처량해 보여.
그가 입을 뗐어.

"움직이지 않을 너라는 걸 알고 있지만
이렇게라도 하고 싶었어.
네가 내 사랑을 받아줄 수만 있다면
세상 풍파 다 이겨낼 수 있어.
하늘도 이런 날 외면하진 않겠지."

희망 없는 억지.
혼자만의 어두운 고행.
동상이몽의 우리.

#22

이별

정해진 열차시간을 맞추기 위해 발걸음을 재촉했어.

나라奈良와의 이별을 이렇게 서두르고 싶었던 건 아니었는데… 미안.

하지만 어차피 난 이별에 대처하는 모습이 어설픈 사람이야.
스쳐가는 풍경처럼 급작스레 이별하는 편이 차라리 나을지 몰라.

난 여행자가 되어 걷는 이 길이 좋아.

온전히 나만을 위하는 시간.

이 길에서 난 또 다른 인생을 배우게 돼.

마음껏 사랑하고
또 마음껏 멈춰줘.

더딘 속도로 간다고,
네 삶이 덜 아름다운 건 아니니까.

歳末たすけあい運動
秋田
つけてください、住警器 暮らしの安全を守るため
お知ら
天王寺町会婦人部
12/11
笑顔の集い
12/16

구불구불 정리되지 않은 미지의 길.

다듬어지기를 거부하는 당돌한 길.

이 길은 내 인생과 닮아 있다.

아무것도 얻은 게 없다고 생각할 때,

비로소 더 큰 선물을 주는 게 인생이야.

그러니 우리 욕심내지 말자.

예쁘게 살자.

차곡차곡, 난 일본이란 퍼즐 조각을 수집해가고 있었다.
2006년 이후 지금껏. 기적과도 같이.

즐길수 있을 때 즐기고,

유쾌할 수 있을때 하하 웃고,

맑을수 있을 때 더 맑게 살고.

기쁜 우리 젊은날.

당신 사랑만 슬픈 게 아니라,

본디 사랑은 슬픈 거예요.

물론이야. 야키소바 정도는 누구라도 요리 할 수 있어.

하지만 신기하지.

야키소바 맛은 요리한 사람마다 제각각이니.

요리도 사랑 같아.

낡고 오래된 더미들은

나와 네가 살아있음을 느끼게 해줘.

한마디 말하지 않고도 여행은 할 수 있다.

한마디 듣지 않고도 여행은 할 수 있다.

한마디 묻지 않고도 여행은 할 수 있다.

때론 말이 참 하찮다.

너의 도쿄가 아닌, 나의 도쿄가 좋아.

나만의 비밀스런 아지트들.

그곳에 언젠가 널 초대할 수 있겠지?

ドキュメンタリー
11.7
이성이 감성을 제어하는 나이지만
하루만큼은 감성이 이성을 이겨주길…
내 삐져나온 감성으로 잃어버린 당신을
찾게 되길 바랐던 적이 있다.

SHIT
LOVE AND PEACE
CHARGE
900
DRINK
600~
FOOD
800~
PM 8:00~AM 5:00
CHOPPER
It's Your Choice
VISA
steven sebr

MATSUZAKIYA

침묵 속의 울림이 너무 아름다워서,

난 밤이 온 것도 잊은 채

하염없이 일본 거리를 걷고 싶었다.

CERONIAS
Merry Christmas

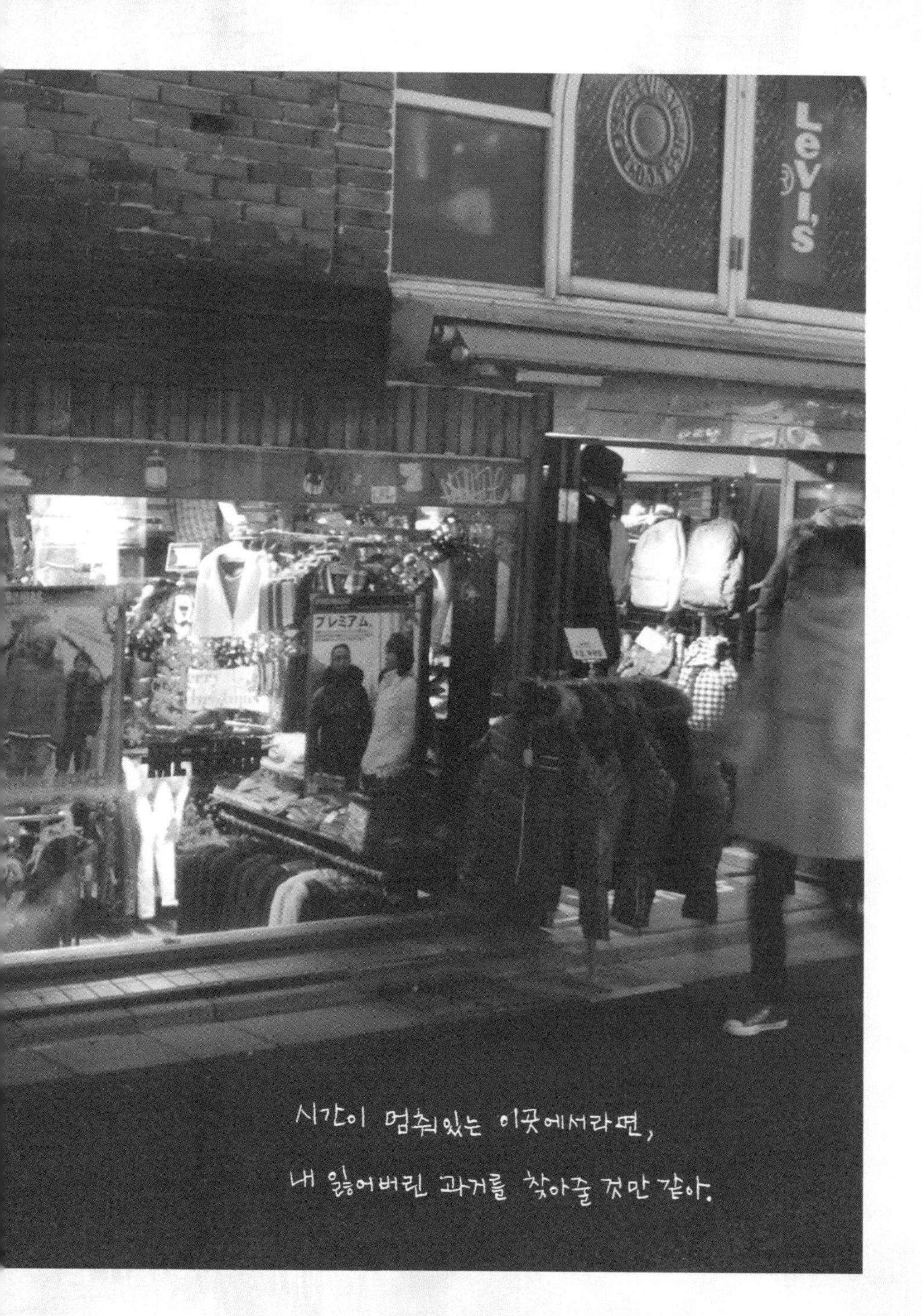
Levi's
プレミアム
시간이 멈춰있는 이곳에서라면,
내 잃어버린 과거를 찾아줄 것만 같아.

여전히 당신이 내게 아름다울 수 있는 건,

지금까지 함께 한 지난날이

행복해서만은 아닙니다.

앞으로 함께 할 날들이

지금보다 더 눈부실 거라 믿기 때문입니다.

낡은 주고쿠

#01
처음, 각인刻印

사람이 사람을 갖고 싶어 할 때,
사람은 사람의 '처음'에 유난히 집착을 부리는 것 같아.
처음 봤을 때 어땠는지. 어떤 인력으로 끌렸던 건지… 물론 여기까지만 궁금해하면 다행이지. 사람 욕심이 눈덩이처럼 불어나기 시작하면, 나 이전의 누군가를 확인하고 싶어지고, 나와의 일들이 처음인지 독촉하듯 묻게 돼.

왜 처음이란 것에 이렇게 집착을 부리는지 핀잔을 주지 못했어.
나도 알고 있거든. 처음이 갖는 위력을….
처음이 되어줄 수 없다는 건 미안한 일이었어, 오히려 노벨상을 받은 비교동물학자 로렌츠 박사는 오래전 이런 실험을 했다지.

새끼 오리가 알에서 막 깨어났을 때 처음 보는 걸 어미로 인식한다는 가설.
신기하게도 그 가설은 맞아떨어져서, 새끼 오리는 태어나 처음 본 닭을 어미 오리 대신 쫓아다녔대. 처음 로렌츠 박사를 본 새끼 오리는 평생 로렌츠 박사를 따라다녔고, 진공청소기를 보여줬더니 그 오리는 죽을 때까지 진공청소기에 강한 집착을 보였다고 해.

'처음'으로 각인되는 힘.
그 힘이 얼마나 다른 운명을 예견하는지 우리는 알고 있으니까.

내게, 일본의 첫 모습이 어땠냐고 묻는 사람이 종종 있었어.
이제 와서 고백하건대, 내가 본 처음 일본은
도쿄東京가 아니라 히로시마廣島였어.

2006년 가을빛에 온 세상이 알록달록해진 어느 날. 난 실타래처럼 꼬인 감정을 다독이고 싶었고, 그 행선지로 히로시마를 택한 거야.
2006년 당시만 해도 난 일본에 별 관심이 없던 사람이었어. 떠나는 게 중요했고, 사실 그곳은 어디어도 상관이 없었거든. 재밌지. 그로부터 불과 몇 개월 뒤 난 마치 정해진 각본처럼 글로벌 웨더자키 선발대회에 뽑혀 일본 민간기상센터로 가게 됐었으니까….

내 첫 기억의 히로시마.
그곳은 볼거리 가득한 신기루가 아니었어.
사실 그때 어떤 걸 보았는지, 어떤 걸 느꼈는지 구체적으로 기억은 나지 않아. 내 뺨을 적시던 공기의 온도와 코끝을 맴도는 일본 특유의 눅눅한 습기 정도 기억날 뿐.
단, 상상했던 것보다 일본이 참 수수했다는 것. 예상보다 일본이 참 평온했다는 것. 또 기대를 저버릴 만큼 일본이 낡았다는 것. 안개 자욱한 히로시마에 처음 입성하면서 느꼈던 그 느낌을 난 지울 수가 없어.

난 내 일본에서의 첫 기억이 도쿄가 아닌 히로시마였다는 사실에 줄곧 감사해. 사실은 말이야. 히로시마였기 때문에 내가 더 일본에 마음을 쉽게 열 수 있었던 건지 몰라. 만약 무미건조한 도쿄를 처음 만났더라면, 새끼 오리가 태어나 처음 본 걸 평생 어미로 여기는 것처럼, 더 이상의 일본을 궁금해 하지 않았을지도 모르지.
휘황찬란한 대도시의 일본, 딱 그만큼의 매력만으로도 일본을 알기에 충분했을 테니까.

낯선 이방인의 출연에 발그레 웃던 순진무구한 히로시마 사람들의 얼굴. 그걸 처음 보게 돼서 다행이야.

#02

히로덴広電

(히로시마 노면전차)

어둠 속에서 히로덴広電은
경적을 울리며 도시 한가운데를 가로지르고 있었다.

히로덴이 순간 방향이라도 잃어버리면 내 모든 행로도 어긋나버릴 것만 같았다. 그만큼 주위는 깜깜했고, 오로지 히로덴의 불빛만이 세상을 비출 뿐이었다. 과거로 타임머신을 타고 온 것처럼, 노면전차 안의 나는 낯설고 또 새로웠다.

텅 빈 전차 안.
내 심장박동보다 더디 움직이는 덜컹거림.
걷는 속도와 별 차이가 없어 보이는 바깥 풍경.
그때 일본은 내게 이런 말을 건넸다.

「미래만 바라보며 살지 마라.
앞으로 펼쳐질 네 앞날이 온통 무지갯빛 초원일지라도,
지금 이 시간이 너에게 더 귀한 선물이다.
지금의 행복을 위해서라도 마음껏 사랑하고 또 마음껏 멈춰 서라.
더딘 속도로 간다고 네 삶이 덜 아름다운 건 아니니…」

6 江 波
807
3952A
Green Liner

#03

히로시마야키

고요하기만 한 히로시마는 하루쯤 지나고 나니 조금 식상해지려고 했다. 일상으로의 초대에 감사했지만, 뭔가 여행지다운 특별함도 느끼고 싶었을 테니.

저녁이 찾아왔고, 고요한 히로시마는 죽은 듯 더 잠잠해졌다. 인적 없는 밤거리를 혼자서 한참 걸었는데, 저 멀리 환하게 불을 밝히고 있는 대형 아치가 눈에 띄었다. 그곳은 히로시마 중심가인 혼도리本通. 화려한 네온사인 사이로 '신천지 히로시마 명물 오코노미촌'이란 글씨가 한눈에 들어왔다. 사람이, 사람들 웅성거림이, 무척 고팠던 모양이다. 내 발걸음에 힘이 들어갔다.

히로시마 오코노미촌은 멀리서 바라본 것보다 더 활기를 띠고 있었다. 마치 숨어 있던 세상을 만난 것처럼, 난 눈이 휘둥그레졌다. 히로시마 명물로 꼽히는 히로시마야키(히로시마풍 오코노미야키) 가게가 40여 개 늘어서 있었다. 삼삼오오 모여 앉은 사람들은 달짝지근한 오코노미야키를 안주 삼아 시원한 생맥주를 벌컥벌컥 마셔대고 있었다.

기분 좋은 취기에 목청이 한껏 높아진 사람들 틈바구니에서 오코노미야키를 주문했다. 불판 위에 지글지글 익어가는 오코노미야키를 바라보며 내 심장도 같이 뜨거워졌다. 행복했고, 따스웠다. 그렇게 난 일본이란 퍼즐 조각을 하나 둘 수집해가고 있었다.

히로시마 오코노미촌

도쿄의 몬자야키, 오사카의 오코노미야키와 함께 히로시마의 히로시마야키는 일본의 3대 빈대떡이다. 히로시마야키는 오사카 스타일의 오코노미야키와 달리, 뜨거운 철판 위에 반죽을 크레이프처럼 얇게 깔고 그 위에 속 재료를 올린 뒤 뒤집어서 찐 다음 생(生)면을 올려서 굽는 게 특징. 뜨거운 철판 위에 머무는 시간이 길어질수록 달콤새콤하면서도 짭조름한 맛이 강해진다.

히로시마 신텐치와 미카와초 사이 중심가에 위치한 오코노미촌은 다른 맛집촌과 달리 몇 건물에 가게들이 층마다 모여 있다는 특징을 갖고 있다.

#04

이기적인 타임캡슐

1938년 뉴욕 만국박람회에선 5000년 뒤인 6939년에 개봉하기로 한 타임캡슐이 땅에 묻혔어. 인류 최초의 타임캡슐로 불리는 이 안엔 만년필과 시계, 담배와 곡물, 책과 백과사전 등 그때의 자료를 고스란히 정지시켜 놓은 거지.

한 학설에 따르면 타임캡슐은 인간이 출현한 이후 어떤 형태로든지 우리 주변에 있었다고 해.
정해진 수명을 거스를 수 없는 인간의 '영속성'을 향한 갈망 때문일까.
이 세상에 무언가 남기고 떠나려는 인간의 바람이야 누군들 없겠어. 하지만 난 문득, 우리의 욕심으로 다음 후손들이 제한된 사고(思考)를 하게 될까 걱정이 돼. 과거에서 건너온 것들이 과거의 전부인 양 믿어버리고 말테니….
타임캡슐을 열어보는 순간, 그들은 마음껏 발굴하고 마음껏 추론할 자유를 제한받는 걸지도 모르잖아.

히로시마의 흉물스런 원폭 돔을 봤어.
이들은 어떤 마음으로 이 건물을 보존하려는지, 묻고 싶어지더라.

1945년 8월 6일 오전 8시15분.
제2차 세계대전의 종지부를 찍은 원자폭탄이 이곳 히로시마에 투하됐지.
원자폭탄의 폭발로 7만여 명이 목숨을 잃었고, 그날의 충격을 상징이라도 하듯 건물 안 시계는 8시 15분을 가리키며 멈춰 있었어. 원폭 돔 주위엔 '부디 편히 잠드소서. 실수는 되풀이되지 않을 테니까요.'라는 비장한 글귀와 함께, 희생자들 이름이 빽빽이 적혀 있었지. 그때의 전쟁 비극과

핵무기의 파괴력을 찌릿하게 느낄 수 있었어.

하지만 난 흉물스런 원폭 돔을 이렇게까지 보존하려는 일본의 마음을 이해할 수가 없었어.
일본은 꽤 오랜 기간, 이곳이 원자폭탄 투하의 역사를 알리고 세계평화를 기원하는 장소로 지정되기를 주장해왔고, 주변국들의 반대를 무릅쓰며 1996년 유네스코 세계문화유산으로까지 등록 되어졌지.

히로시마 원폭 돔은 이들에게 '타임캡슐'과 같은 의미겠지.
새로운 세기를 열 후손들에게, 이날의 우리를 잊지 말라고, 우리의 아픔과 희생을 기억하라고….
하지만 말이야. 우리 눈에 이런 너희는 이기적인 욕망으로 타임캡슐을 땅에 묻는 사람들 같아 보여. 후손들에게 달콤한 추억만을 남기려는….

피해자이기 이전에 가해자였던 너희들.
우리를 비롯해 수 많은 아시아인을 학살했던 너희였잖아. 그 이기심이 21세기까지도 얼마나 큰 원성을 낳고 있는지, 이제 그만 알아주면 안 될까.

#05

신이 머무는 섬,
미야지마

과거의 기억을 모두 도려내고픈 사람들.
마지막 간절함을 신께 빌고 싶은 사람들.
남은 생을 기꺼이 반납하고 싶은 사람들.
미야지마廣島 행(行) 배를 탄 사람들 얼굴 표정이 그랬다.

요란스런 여행객을 바라보고 있는 그들에게 '흥분'과 '열정'이란 단어는 이미 오래전 잊힌 의미 같았다. 나 아닌 너와, 너 아닌 나…. 그 사이에 알 수 없는 묘한 기운이 흘렀다.

미야지마廣島는 오랜 옛날부터 신이 머물던 섬이다.
아니, 엄밀히 말하자면 사람들에 의해 신이 머물렀다고 믿는 섬이다.
때문에 이 섬은 신성한 곳을 함부로 훼손하면 안 된다는 사람들 불호령이 떨어졌고, 원시림을 비롯해 신사, 해수욕장, 공원 등이 예전 모습 그대로 지금까지도 소중히 보호받고 있다. 일본 미야기현의 마츠시마松島, 교토부의 아마노하시다테天橋立와 함께 일본 최고의 3경으로 꼽히는 아름다운 섬. 울타리 없는 마을 전체에 사슴이 유유히 돌아다니는 신기의 섬. 물 위에 두둥실 떠 있는 형상의 이쓰쿠시마 신사까지 이 섬엔 어느 것 하나 특별하지 않은 게 없었다.

만약 누군가 생의 마지막 여행지를 찾고 있다면, 혹은 아픔을 모두 떨쳐버리기 위해 발악하며 떠난 여행이라면 '이곳이 맞겠구나' 생각했다.
신이 머무는 섬이라기보다는, 신까지 욕심내는 섬이어서… 가슴 벅찬 미야지마의 풍경은 돌덩이처럼 딱딱하게 굳어버린 아픔까지도 사르르 녹여내는 힘을 갖고 있었다.

千福
千福
登録
賀茂泉
登録
華鷹
安芸国名酒
登録

#06

바다 위에 세워진 신사

미야지마에는 바다 위에 세워진 오래된 신사가 하나 있다.
이쓰쿠시마 신사嚴島神社. 헤이안 시대 말에 다이라노 기요모리平清盛가 세운 1,400년 역사의 신사다.

배를 타고 미야지마廣島로 들어가는 바다 위에서였다. 거대한 도리이鳥居(일본 신사 앞에 세워진 기둥문)가 보였다. '아! 저곳이 미야지마廣島구나.' 천 년이 넘도록 그 붉은 도리이는 미야지마에 도착함을 알리는 이정표가 아니었을까.
그때 그 풍경을 난 지금도 잊지 못한다. 싱그러운 숲의 녹음과 푸른 바다, 이에 대비되는 붉고 거대한 기둥. 그 강렬한 콘트라스트는 자연과 인간이 만들어낸 환상의 조화였다. 또한 속을 알 수 없는 깊은 바다를 향한 인간의 무한한 동경까지 느껴지고 있었다.

이쓰쿠시마 신사는 본디 해신을 섬기기 위해 만들어진 신사다. 때문에 용궁을 재현하는 모양새로 바다 위에 신사를 지은 것. 배를 타고 현세에서 내세로 가는 정토신앙이 잘 반영되어 있다. 지구 방방곡곡 어디에도 없는 '바다 위의 신사'는 그 특별함이 빛을 발해 1996년 유네스코 세계문화유산으로까지 등재됐다.

만약 이쓰쿠시마 신사가 없었더라면, 미야지마廣島는 무척 허전한 섬이 되었을지도 모르겠단 생각을 했다. 그러나 너무 큰 하나의 존재감이 항상 좋은 건 아니다. 다른 것들의 가치를 무의미하게 만들어버릴 수 있으니 말이다. 이쓰쿠시마 신사가 미야지마에 있다는 것은, 이 섬에게 득(得)이 될 수도 있지만 실(失)이 될 수도 있다.

이쓰쿠시마 신사 嚴島神社

- Adress : 廣島縣 廿日市市 宮島町 1-1
- Tel : 0829-44-2020
- Open : 06:30 – 18:00
- Fee : 입장료 300円, 박물관 공통 500円
- How to go : JR 미야지마구치宮島口 역에서 훼리로 10분 / 히로덴미야지마구치広電宮島口 역에서 훼리로 10분.

#07

적막감

'길이 끝나는 곳에 산이 있고, 산이 끝나는 곳에 네가 있는데 너는 무릎과 무릎 사이에 얼굴을 묻고 울고 있다' 던 한 시인의 가슴 짠한 노래처럼, 바다 끝에 신사가 있는 건지 신사 끝자락에 바다가 있는 건지 알 수 없는 애매한 구분선에서 이쓰쿠시마 신사는 아주 조용히 눈물을 흘리고 있었다. 악에 받친 사람처럼, 신사는 슬픔을 머금은 채 자기 몸통 속으로 수십 명의 방문객을 삼키는 중이다.

고통을 가진 사람도,
절망 속의 사람도,
간절한 꿈이 있는 사람도
이쓰쿠시마 신사에선 잠잠했다.

아무도 웃어주지 않았다.
아무도 눈을 마주쳐 주지 않았다.
아무도 말하지 않았고, 아무도 소리 내어 울지 않았다.

다만, 모두가 경건했을 뿐이었다.

#08

모미지만쥬もみじ饅頭

그로부터 2년 뒤, 난 도쿄 한복판을 걷고 있었다.

일본 전역의 오미야게おみやげ를 판매하는 가게 앞.
'오랜만이네.' 책 사이에 끼워둔 단풍잎이 물기 빠지고 빛바랜 얼굴로 나를 쳐다보는 것처럼, '오랜만이지?' 모미지만쥬もみじ饅頭가 나를 보며 웃고 있었다.

아름다운 단풍으로 유명한 미야지마宮島의 상징과도 같은 단풍잎 모양의 빵. 그때 그 촉촉함이 다시 혀끝에 맴돌았다.

이미 시간이 흘러 생기 없는 추억이 되어 버렸는데도,
그 세월을 무색케 할 만큼 모미지만쥬는
그때와 똑같은 얼굴로 나를 보고 있었다.

모미지만쥬 もみじ饅頭

단풍잎 모양의 모미지만쥬는 아름다운 단풍으로 이름난 미야지마의 대표 오미야게おみやげ이다. 단팥, 치즈, 크림, 초콜릿 등의 소가 들어간 부드러운 빵으로 1개 가격은 100円 내외. 낱개 포장을 여러 개 담은 한 상자에 1,000円~2,000円 한다. 〈야마다 총본점〉에선 오렌지와 레몬이 들어간 모미지만쥬도 판매 중. 참고로 일본인들은 다른 지역을 갔다 오며 가족이나 주변인들에게 자신의 귀환을 알리는 의미로 오미야게를 선물하는 전통을 갖고 있다.

#09

낡은 사랑 008, 우동

살이 오동통하게 오른 새우튀김이 다소곳이 올려진 우동이었다.

"맛있겠다!" 탄성을 지르며 치아를 드러내 환히 웃고 싶었다. 후루룩- 면발을 양 볼에 가득 물고 눈을 깜빡이며 감동의 세레모니를 보여준다면, 그도 따라 웃어줄 것을 알고 있었다. 하지만 마음과 다르게, 우동은 그러고도 한참 동안 그 모습 그대로 식어가고 있었다.

그는 어떻게든 내 감정을 풀어보기 위해 애를 쓰고 있었지만, 그가 시킨 굴 우동도 차갑게 식어가는 건 매한가지였다. 사람 달래주는 데 익숙지 않은 숫기 없는 그 사람은 벌겋게 달아오른 얼굴로 땀까지 흘리고 있었다. 따지고 보면 별거 아닌 일들의 전말인데, 난 우리가 이미 어긋나버렸다고 깊게 생각하는 중이었다.

'왜 몰랐을까. 이렇게 우린 달랐는데….
난 새우를 좋아했고, 이 사람은 굴을 좋아했었지.'

국물도 면발도 똑같은 두 개의 우동을 바라보며 난 달라도 너무 다르다고, 우리 사랑을, 우리 인연을 부인하려 애를 쓰는 사람 같았다.

그때 난 그의 모든 것에 인색했었다. 웃어주는 것도, 잘못을 가볍게 넘어가는 일도, 그란 사람을 이해하는 것까지도….

그렇게까지 그를 힘들게 했던 이유를 굳이 이제 와 물어본다면, 난 우리를 너무 과대평가했기 때문이리라, 생각한다.

줄곧 난 우리가 쌍둥이처럼 사랑하고 있다고 믿고 있었다. 다른 세계에서 살아온 우리지만, 생각하는 것과 바라보는 시선, 다가올 미래까지 모두 쏙 닮았다고 자신했었다. 운명이란 무거운 단어로 우리 관계를 정의 내렸고, 첫눈에 우리가 겁 없이 빠져든 이유도 같은 맥락이리라 확신했다. 그래서 난 그와 내가 '다른' 생각을 하는 '다른' 사람이라는 걸 받아들이기가 쉽지 않았다. 매번.

그때 그 사랑을 지키고 싶었다면 난 인색하지 말았어야 했다.

'더 웃어줄걸.
소소한 잘못들을 슬쩍 넘어가줄걸.
식어버린 우동 국물이지만 그에게 떠먹여줄걸.
내가 먼저 용기 내어 그의 손을 잡아줄걸.
아무리 그 사람 사랑이 내 사랑보다 크단 걸 알면서도,
내가 널 더 사랑한다고 우겨가며 외쳐줄걸.
차라리 우린 쌍둥이가 아니라,
너무 다른 두 사람이 어렵게 사랑을 지키고 있는 거라 여길걸.'

다시 하루만이라도 그를 사랑할 수 있다면,
나는 그렇게 다시 시작해보고 싶. 었. 다.

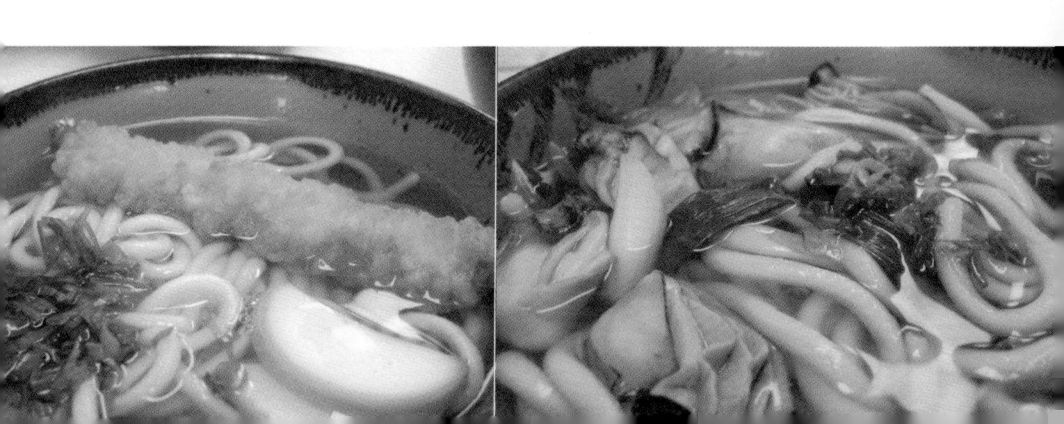

#10

어떤 하루

어제는 아무렇지 않게 넘겼던 하루가 오늘은 갑자기 떠나보내기 싫다.
내일 더 아름다운 삶을 살면 된다지만, 지금 이 순간이 제일 절실할 때가 있다.

이 거리에 후회를 남기는 게 애석하다.

揚げもみじ
一番搾り生ビール

#11

Last moment

바다는 하늘을 닮고 싶어 하고, 하늘은 바다를 닮고 싶어 한다.
서로 마주 보다 보면 누군들 그러하지 않을까 싶다.

미야지마의 하늘이 바다를 닮아 점점 더 깊어지고 있다.
미야지마의 바다가 하늘을 닮아 반짝이는 별을 수놓고 있다.

내가 기억하는 미야지지마宮島 의 마지막 모습이다.

#12

구라시키 미관지구 倉敷美觀地區
300년 전 일본으로…

이름이 참 우스꽝스럽다.
일본인들이야 "뭐가?" 하고 반문하겠지만, 우리나라 사람들 억양으론 한 번쯤 웃게 될 지명이다. 구라시키倉敷. 그 특이한 이름이 인상적이어서 상당한 거리를 무릅쓰고 찾아갔었다.

조금 더 설명을 보태자면, 구라시키는 우리나라 전주 교동마을, 안동 하회마을, 서울 북촌 등 오래된 한옥 보존지구 같은 곳이다. 일본에도 일본 전통 그대로를 유지하는 마을이 있는데, 전국 100여 곳이 넘는 보존지구 중 구라시키 미관지구 倉敷美觀地區가 가장 성공적인 마을로 꼽힌다고 한다. 에도 시대 막부 도쿠가와 이에야스의 직할영지였던 곳. 당시 구라시키에

는 강을 따라 배들이 물건을 실어 나르며 쌀과 면화를 보관하는 창고가 들어섰는데, 물류의 집산지로 번성을 누리던 그때 모습이 지금껏 그대로 보존된 것이다.

구라시키 미관지구倉敷美觀地區에 도착했다.

싱그러운 초록빛의 버드나무가 이어지는 강(江), 구라시키가와倉敷川가 있다. 맑은 강을 따라 회색빛 벽에 검은색 기와지붕이 특징인 혼가와라부키 누리야 츠쿠리本瓦葺塗屋造り란 전통가옥도 늘어서 있다. 버드나무 아래 유유히 흐르는 운하에는 관광객을 실은 작은 나무배가 지나가고, 노를 젓는 사공의 미소가 평화롭다. 배가 잔잔한 수면을 가르며 지나가자 비단잉어와 백로가 뿔뿔이 흩어져버린다. 운하를 따라 이어지는 산책로엔 도자기, 인형, 장신구, 전통신발 등 일본색이 완연한 기념품을 팔고 있었다.
이곳에 거주하는 사람들은 모두 일본 전통의상을 입고 있었고, 방적공장을 개조해 만든 전시관을 비롯해 고고관, 민예관, 완구관 등 민속촌을 방불케 하는 거리가 인상 깊다.
모든 게 한 폭의 그림을 완성시키기 위한 퍼즐 하나하나 같았다.

비현실적인 것들의 현실.
현실적인 것들의 비현실.

내 눈이 기억하는 구라시키의 시간은,
과거도 현재도 아닌 제3의 시간에서 꿈꾸듯 아름답기만 했다.

#13

모네와 피카소, 로댕이 살고 있는 집

명작이다.

눈을 비비며 다시 봐도 명작이다.

모네의 작품이었고, 피카소의 그림이었다.

이렇게 작은 도시에서 거대한 명작이 1~2점도 아닌 125점씩이나 전시되어 있다는 게 믿기지 않았다. 여기는 프랑스 파리도, 이탈리아 로마도, 하다못해 도쿄도 아닌 구라시키倉敷 아니던가.

이 대단한 미술관의 이름은 오하라 미술관.

붉은색 단풍나무로 외관을 멋들어지게 장식한 오하라 저택 맞은편에 위치한 그리스풍 석조 건물이 그 주인공이다.

작은 도시 구라시키가 그 방대함을 못 이겨 오하라 미술관을 뱉어내지 않을까 걱정될 정도인데, 사연은 이렇다.

때는 바야흐로 1929년.

구라시키를 기반으로 폭넓은 활동을 하던 대부호 오하라 마고사부로大原孫三郎가 그의 친한 친구였던 화가 고지마 토라지로兒島虎次郎의 죽음을 기리기 위해 일본 최초의 사립 서양미술관을 설립하게 된 것. 당시 고지마 토라지로는 평생에 걸쳐 엘 그레코, 고갱, 모네 등의 명화를 수집했다고 하는데, 그 뒤 오하라 마고사부로는 사재를 털어 유럽을 누비며 진품을 더 사 모았다고 한다. 구라시키를 기반으로 많은 돈을 벌어들인 그는 이 도시를 위해 뭔가 기념이 될 만한 선물을 남기고 싶어 했고, 지금까지도 자립으로 이 미술관을 운영하고 있다고 한다.

정문에 들어서며 로댕의 작품인 '세례자 요한'과 '칼레의 시민' 동상이

한눈에 보인다. 건물 안 전시실엔 400년 전 명화 3,000여 점이 소장되어 있는데다 엘 그레코, 고갱, 로댕, 피카소, 모딜리아니 등 천재화가의 원작이 125점이나 있다는 점이 충격으로 다가온다.

사실 돈이 많아야 가능한 일이라지만, 돈이 많다고 해서 쉽게 할 수 있는 일이 아니기 때문에 대부호 오하라大原가 남긴 이 미술관은 앞으로 두고두고 빛을 발하게 되지 않을까. 반나절이면 한 바퀴를 다 도는 작은 도시 구라시키에서 이런 특별한 만남이 벌어질 거라고 누가 상상이나 하겠는가.

오하라미술관 大原美術館

- Adress : 岡山県 倉敷市 中央 1-1-5
- Tel : 086-422-0005
- Open : 09:00-17:00 월요일 휴관
- Fee : 어른 1,000円. 학생 6,00円. 어린이 500円.

#14
할아버지 인형가게

좋은 느낌이니까요.

삐거덕거리며 어렵게 열리는 가게 문도,
돋보기안경 쓴 무뚝뚝한 주인 할아버지도,
발걸음 옮길 때마다 소리를 내는 나무 바닥도,
가느다란 나뭇가지에 대롱대롱 매달린 일본인형과
이를 공기방울처럼 감싸고 있는 오색빛깔 실타래도,
모두 좋은 느낌이니까요.

가게 한구석에 곤히 잠들어 있던 토끼인형도,
그 토끼인형을 골라낸 내 선택도,
한참 동안 정성껏 포장해준 할아버지 손길까지도,
참 좋은 느낌이니까요.

#15

기호(嗜好)의 선택

사람의 인생을 달라지게 하는 게 뭐라고 생각해?
운명이란 하늘 뜻, 신비의 힘.
그도 그렇지만 우리를 움직이게 하는 건 기호(嗜好)의 차이라고 생각해.
나의 기호와 너의 기호가 다르다는 건, 매순간 제각각 다른 선택을 하게 했을 테니까. 그 수많은 갈림길을 골라가며 '나는 나'가 되고 '너는 너'로 완성된 걸 거야.

구라시키倉敷로 여행 올 생각을 했다는 것도 쉽지 않았겠지. 하지만 구라시키에 왔다고 한들 이 마을에 '캔디 미술관'이 있다는 걸 반기는 사람이 또 몇이나 될까, 문득 그런 생각이 들었어. 얼마나 여러 차례 너와 나의 기호가 교집합을 보여야 우린 같은 기호를 갖게 될까, 이것도 궁금했고….

어쨌든 난 이 마을에 '캔디 미술관'이 있다는 소식으로 연신 신이 났었어. 뭔가 대단한 것이 있을 거라는 기대감 때문은 아니야. 그냥 존재감 자체로도 힘이 나는 그런 유쾌함이라고 해야 할까. '외로워도 슬퍼도 나는 안 울어~' 어릴 적 따라 부르던 캔디 만화 주제곡을 떠올리며 이 재미난 미술관을 꼭 방문해보고 싶었어.

구라시키 미관지구 메인 도오리에서 살짝 벗어난 한적한 골목.
이곳에 '캔디 미술관'이 있었어.
엄밀히 말하면 〈캔디 캔디〉의 작가 이가라시 유미코 작품을 전시한 미술관으로, 이름 역시 〈이가라시 유미코 미술관いがらしゆみこ美術館〉이야.

그녀는 1950년 추운 지역 북해도에서 태어나 고등학교 3학년 때 〈흰 상

はちまんちゃん
矢がすり
3,500円
ころんでポックル
ころんでポックル
あたしも
オレンジロードを
ジョニー

어가 있는 섬白い鮫のいる島〉이란 만화를 발표하며 데뷔했지. 이후 나카요시なかよし 전속 작가로 활동하며 〈넘어져서 포클〉, 〈앤은 앤〉, 〈팅클스타 2〉 등을 완성했어. 1970년대 후반 TV 만화로 상영되었던 〈캔디 캔디〉를 통해 일약 스타덤에 오르며 일본뿐 아니라 세계 순정만화계에 엄청난 영향을 준 작가로 손꼽히게 됐지.

이 외딴 마을 구라시키에 왜 〈이가라시 유미코 미술관〉이 있는지는 모르겠지만, 안으로 들어가니 〈캔디 캔디〉 원화 30여 점을 비롯해 이가리시 유미코의 만화책들이 책장에 가지런히 꽂혀 있었어. 또한 캔디 주제곡이 신나게 흘러나오는 미술관 안에는 계단마다 캔디 벽화가 그려 있고, 캔디와 테리우스, 안소니 등의 캐릭터 상품도 판매하고 있었어. 한쪽엔 캔디를 그려볼 수 있는 미술 도구들까지…. 재미난 건 이 미술관에서 결혼식을 올릴 수도 있다고 해.

사실 다른 이들의 기호(嗜好)를 염려해보면 '캔디 미술관'에 관심을 가질 사람도 드물겠지만, 기껏 입장료를 내고 들어왔던 사람도 실망감을 안고 돌아갈 가능성이 높아. 미술관 안의 전시자료는 부실한데다 입장료는 생각보다 비싸거든. 하지만 난 〈이가라시 유미코 미술관〉에서 기분 좋은 시간을 보냈어. 때론 그 안에 어떤 것이 실속 있게 담겨 있는지보다, 느낌만으로 마냥 만족할 때가 있잖아. 잊고 있던 동심의 추억. 온갖 고초를 당하면서도 씩씩하게 이겨냈던 캔디를 다시 회상할 수 있게 해준 것만으로도 난 이 미술관이 고마웠어. 그게 바로 너와 다른 내 기호(嗜好)일까?

이가라시 유미코 미술관 いがらしゆみこ美術館

- Adress : 岡山県 倉敷市 本町 9-30
- Tel : 086-426-1919
- Open : 10:00 - 17:00. 연중무휴
- Fee : 성인 600円. 중고생 400円. 어린이 300円.

#16
같지만 다른 티볼리 파크 Tivoli Park

덴마크 코펜하겐Copenhagen에 있는 티볼리 파크Tivoli Park를 가본 적이 있다.
세계에서 가장 오래된 테마파크.
과거 성곽으로 둘러싸인 그곳을 아이들을 위한 꿈과 환상의 공원으로 만들었다는 게 인상적이었다. 안데르센의 나라 덴마크에서 150년이 넘도록 이 놀이동산을 지키는 사람들 마음도 멋스러웠다.

이곳은 일본하고도 오카야마현岡山県 남쪽에 위치한 구라시키倉敷.
이곳에 놀랍게도 티볼리 파크가 또 하나 있었다.
덴마크 티볼리 파크를 모방한 놀이동산으로, 안데르센의 동화와 꽃, 자연을 주제로 꾸며진 곳이란다.

● 구라시키倉敷, 티볼리 파크Tivoli Park, 18:30分, 해질녘 하늘

우린 같은 장소에서 같은 곳을 바라보고 있었다.
하지만 너와 나 사이에 시간 차이가 존재한다.
나에겐 과거지만, 너에겐 현재였다.
난 과거의 추억을 회상하고 있었고, 넌 새로운 추억을 쌓고 있는 중이었다.
그 안에서 묘한 거리감이 느껴졌다.

훗날, 내 마음이 현재인데 네 마음이 과거인 날이 찾아오고,
훗날, 내 마음이 과거인데 네 마음이 현재인 날이 찾아와서,
붙잡을 수 없는 시간 차이를 내며 우리가 어긋나게 살아갈 거라고 그땐 알지 못했다.

구라시키 티볼리파크

◆ Adress : 岡山県 倉敷市 寿町 12-1. JR구라시키 역 내리자마자 바로 있음.
◆ Tel : 086-434-1111
◆ Open : 10:00-20:00.

#17

내 마음의 구라시키倉敷

세계 곳곳을 돌아다니며 어디가 좋았냐는 질문에 내가 거침없이 처음 대답하는 곳, 구라시키. 그곳이 다른 여느 곳보다 더 좋았던 이유를 묻는 사람들에게 난 빙그레 웃으며 짤막한 몇 문장으로 답을 하곤 한다.

티 내지 않고, 억지스럽지 않게, 숨 고르기를 하는 마을.
낡고 오래됨이 유독 더 자연스러운 곳.
때 묻지 않은 일본인들을 만날 수 있는 곳.
버드나무 가지와 맑은 운하의 기교라고 할지어도,
유난히 평화로워 보이는 동네.
스타벅스를 찾아내기는 힘들지만, 몇십 년 된 핸드드립 커피숍과 레스토랑을 어느 곳보다 쉽게 발견할 수 있는 곳.
문화가 흐르고, 전통이 머물며, 고풍스러움이 잘 간직된 곳.
낮의 햇살에도 아름답고, 밤의 달빛에도 눈부신 곳.

또한
낡은 일본을 여행하고 싶게 만든 내 첫 번째 동기부여.
시간이 멈춰 있는 곳. 때문에 내 잃어버린 시간도 찾아줄 것 같은 느낌.
아주 먼 어느 날, 진심으로 꼭 한 번 다시 찾고 싶은 곳.

蒲
鉾

#18

오늘도 난 걷는다

내 가방은 쉽게 때가 타고, 흐물흐물 금방 허름해져.
가방 안에 항상 많은 걸 넣고 다니기 때문이야.
사람들은 도대체 가방 안에 뭘 그렇게 많이 넣고 다니는지 궁금해해.
난 가방 안에 내 꿈을 넣고 다녀.
그 꿈을 가득 짊어지고 목적지를 향해 걷고 또 걷는 거지.

"넌 욕심이 많은 사람이니까…."

내 꿈을 욕심이란 단어로 쉽게 말하는 사람들에게 가끔 화가 날 때가 있어. 이 말을 들을 때면 내가 왠지 심술보 욕심쟁이 얼굴을 하고 구두쇠처럼 아무것도 나눠 갖지 않으려는 사람 같아 보이거든.

그때마다 난 혼잣말을 해.

'내가 이 꿈을 지키기 위해 얼마나 포기하는 게 많은데….
꿈이 많다는 이유로, 내가 외로움을 자처하고 애써 평온한 삶을 거부한다는 걸 사람들은 모르겠지.
나도 생각보다 종종 남들이 부러울 때가 있어. 일찍 결혼한 친구가 부럽고, 월급 받으며 적금 붓는 친구가 부럽거든. 내 이름 석 자로 살아가는 삶이 미치도록 불안할 때도 있고, 달리고 달려도 끝이 보이지 않는 어둠이 찾아와 주저앉고 싶을 때도 많아. 아주 가끔은 무거운 내 가방을 던져버리고 꿈같은 건 포기한 채 평온한 삶을 살고 싶다고 생각하기도 해.'

작은 체구. 새하얀 얼굴. 겁 많은 눈동자. 비리비리한 체력.
이런 나인 걸 알면서도 내가 독하게 나를 마모시키는 진짜 이유는, 사실 말이야. 이렇게 살아야 할 운명이라고 믿기 때문이 아니야. 소소한 행복을 의미 없이 여겨서도 아니야. 외롭고 힘들더라도, 이미 시작된 길. 내 등에 매달린 꿈들을 차마 버릴 수가 없어서야.

낡은 나가사키

#01

나가사키長崎 행 비행기

도쿄에 살면서 난 외로움이 엄습할 때면 종종 나가사키 짬뽕을 먹으러 갔다. 희멀건 국물에 야채와 고기, 해물이 뒤죽박죽 섞여 있는 모양새는 참 정감 안 가는 이국 음식이었지만, 막상 맛을 보면 개운하고 시원하고 맛있었다. 느끼한 음식이 많은 일본에서 그나마 한국인 입맛에 맞는 맛이었다. 나가사키 짬뽕을 한 그릇 먹고 나면 일시적이나마 마음이 평온하고 힘이 나서 좋았다.

오늘 난 나가사키長崎행 비행기를 탔다.
지난 일본여행에서 돌아온 지 한 달도 채 안 돼서다.
내 본분을 망각하면서까지 여행 가방을 자주 싸는 기분이지만, 낡은 일본을 만나기 위해서는 조금의 여유도 부릴 생각이 없다. 프리랜서 방송인이라는 구색 맞는 직업 덕분에 평일에도 몇 차례 시간을 뺄 수 있는 게 지금은 감사할 따름이다.

비행기 창밖 너머로 나가사키가 보이기 시작했다.
도쿄에서 참 멀리 떨어져 있는 곳.
초고속 열차 신칸센이 통하지 않는 인구 45만 명의 소도시.

'내가 이곳까지 여행을 올 줄이야!'

나가사키를 바라보며 나가사키 짬뽕을 떠올리지 않을 수가 없었다. 사실 이번 여행에서 난 나가사키에 대한 정보를 한 줄도 읽고 오지 않은 상태다. 철저한 예습을 선호하는 내가 이렇게 백지상태로 낯선 도시를 만나러 왔다는 게 나조차도 믿기지 않았다. 매번 여행을 할 때면 출력된 A4지 100장 정도에 두꺼운 책 2~3권까지 읽고, 대략의 지도를 외워야 마음이 놓이던 사람이었다. 이런 내가 준비 없이 담담하게 비행기에 몸을 실은 건 나가사키 짬뽕의 위력일지 모른다고, 우스꽝스런 생각을 해봤다.

물론 타인에겐 초라한 국수 한 그릇일지 몰라도, 내게 나가사키 짬뽕은 외로움을 달래준 영혼의 음식이었기 때문이다. 분명 난 이 국수를 탄생시킨 도시와도 교감을 나누게 될 것이라고 믿고 있었다.

#02
착지(着地)

늦은 5시 40분.
옅은 노을이 바다 위를 수놓을 때, 난 나가사키長崎에 도착했다.

온전한 도시도 시골도 아닌 나가사키長崎는
공항에서부터 마을 어귀, 도로까지 온통 어설퍼 보였다.

소박함이 먼지처럼 두둥실 떠다니는 곳. 이는 마치 성심성의껏 멋을 냈지
만 촌스러움을 벗지 못한 시골처녀 얼굴 같았다.
그래서 참 귀여웠다.

カーリース
TOYOTA
リース
レギュラー

#03

낡은 사랑 009, 이별을 하고도 이별에 대처하지 못하는 우리 자세

男: "다시 웃을 수 있을까?"

女: "다시 웃어야지."

男: "따로 따로 행복해질 수 있을까?"

女: "행복해져야지."

男: "…."

女: "왜 말이 없어…. 그럼 이렇게 생각하며 살아.
잊지 못하겠으면, 잊을 수 없으면, 잊지 않을 만큼이라도 행복해지자고."

男: "…."

女: "…."

男: "이렇게 버려두기엔 우리 사랑이 너무 아까워."

女: "…."

男: "우리가 만약 해피엔딩이었다면, 우린 남들에게 자랑할 만큼 멋진
영화 속 주인공이 되었을 텐데."

女: "남들에게 보이기 위해서 사랑했던 거야?"

男: "넌 꼭 이런 식으로 삐딱하게 말하더라.
누가 그렇대? 그냥 하는 소리야."

女: "난 오빠가 그런 사고를 한다는 것 자체가 싫어.
남들한테 으스대기 위해서 사랑했던 게 아니잖아."

男: "넌 참, 항상 잘났다."

女: "… 이런 게 싫다고. 내 행복, 내 마음에 귀 기울여주지 않는 거."

男: "너도 마찬가지야."

女: "…."

男: "…."

女: "휴. 오빠 참 바보다.
내가 오빠 입장이라면, 붙잡고 싶으니까, 일단 참고 설득하겠어.
우리 사랑은 아직 괜찮다고, 희망이라도 주겠어. 근데 이게 뭐야.
매번 자존심도 버리지 못하면서 왜 자꾸 붙잡는 척해. 그만 끊어."

男: "또 이런 식이지. 매번 도망만 가는 너."

女: "…."

男: "미안해. 나도 내가 왜 자꾸 이러는지 모르겠어.
너한테는 이성적이 되지가 않아.
네 말 한마디 한마디에 내 감정이 춤을 춰. 휴."

女: "그냥 끊자."

男: "…."

女: 뚝. 뚜 뚜 뚜 뚜….

#04

운젠雲仙으로 가는 길

깊은 어둠이 깔리기 시작할 때.
난 나가사키長崎에서 운젠雲仙이란 마을로 방향을 돌렸어.
일본 최초의 국립공원으로 지정된 곳. 운젠다케 남서쪽 기슭 해발 700m의 고원지대에 형성된 온천 마을이야.

하룻밤쯤 몸도 마음도 안정을 되찾고 싶은 심정에 이곳이 딱이다 싶었어. 잦은 여행 덕분에 난 넓은 눈과 행복한 기운을 얻게 됐지만, 낯선 곳에서 잠을 청해야 하는 불안감과 두 발 가득 돋아난 굳은살까지 덩달아 얻게 됐거든. 나가사키에서 1시간 30분 정도 차를 타고 가다 보면 도착하는 곳, 운젠 온천登別温泉에서 편안한 하룻밤을 보내고 나면 다시 힘이 불끈 솟아날 것 같았어.

옛날 옛적부터 목욕을 신성시했던 일본은 좋은 온천으로 지정된 곳만도 3,000개가 넘어.
그중엔 7세기부터 일왕과 고관이 즐겨 찾았다는 시라하마 온천雲仙温泉, 8세기 편찬된 〈일본서기〉에 나오는 아리마 온천白濱温泉, 애니메이션 〈센과 치히로의 행방불명〉 배경이 된 3,000년 역사의 도고 온천有馬温泉을 비롯해 고요한 도야 호수가 한눈에 내려다보이는 노보리베쓰 온천道後温泉과 해발700m 고원의 근사한 풍광으로 유명한 운젠 온천登別温泉 등이 이를 대표하는 온천지야.

메이지 시대 당시 캠페르나 지볼트의 저서에 소개될 정도로 많은 외국인의 사랑을 받았던 운젠 온천은 1,486m의 헤이세이신잔雲仙温泉, 1,359m

의 후겐다케平成新山 등 여러 봉우리로 된 복합 화산이 있어 풍요로운 경치로 특히 유명해. 자연과 역사가 만들어낸 유수 깊은 온천지라고 해야 할까. 운젠 온천으로 향하는 1시간 30분 동안, 난 창밖 풍경에 눈을 떼지 못했어.

드넓게 펼쳐진 논과 밭. 그 논과 밭을 가로지르는 오래된 기찻길.
시골 어귀의 조그만 개인병원과 소박한 슈퍼마켓. 낮게 깔린 상점거리.
영화 세트장에서나 볼 법한 허름한 라멘집. 붉게 녹이 슨 육교와 금방이라도 쓰러질 것 같은 3층짜리 맨션. 하지만 이 모든 풍경을 초라하지 않게 만들어주는 하늘 위의 아름다운 수채화, 무지개.

금세 어둠으로 물들어버린 세상. 구불구불 오르내리며 이어지는 산길.
칠흑 같은 어둠 속에서 오른편으로 내려다보이는 바다. 옹기종기 모여 있는 어촌 마을의 희미한 불빛과 깊어가는 어둠이 조화를 이뤄 더 장엄해진 바다.

차를 타고 가는 동안, 난 자연이 만들어낸 수천, 수만 가지 다채로운 그림을 구경할 수 있었어. 하늘과 땅, 바람과 구름, 물과 공기가 조화를 이루면 그 어떤 인간의 완성품보다도 아름답구나, 새삼스레 느껴.

생각해보면 단 하루도 같은 날이 없었을 자연 풍경. 이를 어찌 빌딩숲 드리워진 대도시의 풍광과 견줄 수 있겠어. 거침없이 펼쳐지던 파노라마는 '아름답다'는 단어가 진부해질 정도로 환상 그 자체였어.

#05

료칸旅館에서의 하룻밤

- 특유의 집풀 냄새가 폴폴 풍기는 다다미방.
- 단정하게 기모노를 입고 손님을 맞이하는 주인.
- 고객들의 시중을 일일이 들어주는 여종업원 나카이 상 仲居さん.
- 투숙객만이 즐길 수 있는 노천탕.
- 먹기 미안할 정도로 멋스러운 가이세키 요리會席料理.

료칸旅館에서 갖춰야 할 필수항목이다.

난 일본의 낡고 오래된 것을 만나기 위한 빈티지 에세이를 기획하며, '료칸'을 진즉부터 떠올렸었다.

세계 어느 곳에서도 찾아보기 힘든 일본 고유의 전통 여관.
료칸은 외국인뿐 아니라 국내 일본인들에게 더 큰 사랑을 받으며 오랜 명맥을 이어오고 있는데, 이야말로 오랜 세월 동안 일본인들이 지켜온 이 나라의 대표 문화가 아니겠는가. 우리의 것은 소중한 것이라고 제아무리 외쳐 봐도 오래된 문화는 케케묵은 전통으로 치부되거나 촌스럽게 여기고 마는 우리를 생각하면 부러운 일이 아닐 수 없다.

富貴屋

운젠雲仙에 도착하자마자 난 운젠의 대표 료칸 후키야富貴屋를 찾았다.
예부터 온천(溫泉)이란 한자를 보며 '운젠'이라고 읽었을 만큼 일본인들의 사랑을 오랫동안 받아온 운젠 온천은 피부를 타고 흐르는 부드러운 유황온천수의 촉감이 좋기로 유명한데, 그 유황온천물이 흐르는 곳에서 가장 가까운 곳에 위치한 료칸이 바로 후키야富貴屋이다. 쇼와 시대 4년에 문을 열었다고 하니, 셈을 해보면 90년이 넘은 여관인 것이다.

나카이 상의 도움으로 방문을 열고 안으로 들어갔다.
콜콜한 냄새가 진동을 하는 다다미방에 반듯하게 깔아놓은 이부자리, 가지런히 놓인 유카타를 보니 일본에 온 것이 실감났다.

단조로운 호텔과 달리 료칸은 이모저모가 참 섬세했다. 차를 우려 마실 수 있는 다기세트, 바늘과 실이 담긴 작은 상자, 짝을 맞춰 정돈된 게다까지 준비되어 있다.

모든 게 제자리에 있는 기분. 거기에 소박하지만 단정한 분위기 때문일까. 후키야 료칸은 말없이 겸손하면서도 이상하리만큼 도도했다.
왠지 오늘밤은 경건하게 머물러야 할 것 같은 마음으로, 난 방 안에서조차 사뿐사뿐 발걸음을 내딛고 있었다.

후키야富貴屋

- Adress : 長崎 雲仙市 小浜町 雲仙 320
- Tel : 0957-73-3211
- Time : CHECK-IN 15:00. CHECK-OUT 11:00
- Fee : 18,000円~ (1박 기준).

#06

가이세키 요리

난 언제나 그랬어.
화려하게 꾸며진 신기한 구경거리엔 관심이 별로 안 생겨.
자연스레 숨 고르기를 하는 볼거리에만 내 생각을 담게 되지.

사람도 그랬어.
꾸며서 아름다운 사람이 아니라, 뭘 해도 자연스럽게 예쁜 사람이 좋아.
뱃속이 환한 사람. 마음에 담긴 욕심조차도 간소해서, 자유롭게 웃음 짓고 편안히 행동할 수 있는 사람.

그래서일 거야. 나 혼자만의 생각이겠지만, 일본의 가이세키 요리會席料理는 참 매력 없는 일본의 전통음식이라고 생각해왔었어.
뭔가 자연스럽지가 못하잖아. 팔팔 끓는 청국장 뚝배기에 고슬고슬한 보리밥 한 사발 비벼 먹는 맛을 떠올려보면 말이야.

후키야 료칸에서 가이세키 요리를 먹었어.

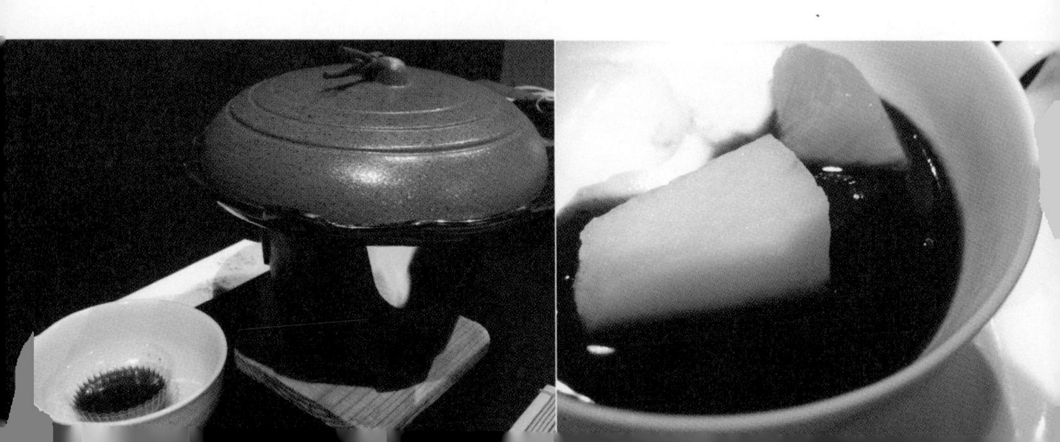

료칸의 전통예법 중 하나가 바로 저녁식사를 가이세키 요리로 먹는 것. 나가사키 지역의 특산물을 중심으로 신선한 제철 식재료만 사용해서 한 상 가득 차린다고 해. 절임을 비롯해 생선회, 구이, 전골, 디저트까지 종류별로 특색 있는 음식이 줄을 지어 나왔지. 따듯한 음식은 따듯하게, 찬 음식은 차게 먹을 수 있도록 한 가지씩 순번을 정해 음식을 내오는 걸 보면, 가이세키 요리에 담긴 철학 역시 '배려심'이 최우선인 것 같아. 일본인답게. 일본답게.

하지만 난 가이세키 요리를 먹으며 맛과 별개로 이 요리의 참뜻을 깨닫지 못했어.
완성된 음식의 모양, 음식을 담는 그릇의 아름다움, 그릇과 음식의 절묘한 조화까지 신경 써가며 '보는 즐거움'을 한껏 살린 일본 전통식(傳統食)이라지만, 억지스런 기교가 불편했다고 해야 할까. 먹는 내내 난 열 손가락을 가득 채운 음식 중 하나의 맛도 제대로 즐기지 못한 것 같아.

'멋'이 아닌 '맛'으로 유혹했으면 더 좋았을 텐데, 내내 아쉬울 따름이야.

#07

진하게 우려낸 녹차 한 잔

도쿄진들과는 다르구나. 이곳 사람들의 눈빛과 억양, 숨결로도 난 내가 도쿄에서 멀리 떨어져 있음을 느낄 수가 있었어.
도쿄진들에게 느껴지던 '부러질 듯 꼿꼿함'이 전혀 느껴지지 않았거든.
순수하고 정감 가는 이 분위기가 편했던 걸까. 난 이곳의 누구와도 즐겁게 말을 섞을 수가 있었어.
갑자기 가이세키 요리를 내오던 나카이 상이 묻더라.

"혹시 한국인이세요?"

고개를 끄덕이며 빙그레 웃었더니, 그녀는 쪼르르 달려가 누군가를 데리고 왔어. 한국인 나카이 상. 그녀는 한 달 전부터 이 료칸으로 연수를 받으러 왔다고 했어. 부산에서 호텔관광학을 공부하는 학생이라며, 이렇게 작은 산골마을에서 한국인을 만나다니 너무 반갑고 기쁘다고.

그녀를 보니 내 생각이 났어. 사실 나도 그랬거든.
도쿄에 살 때 전철 안에서 한국여자를 발견하고 무작정 다가가 핸드폰 번호까지 물어봤으니 말이야.
나는 일본에 온 지 일주일도 안 된 그녀에게 도움이 필요하면 언제든 연락하라고 호들갑을 떨었어. 일본인 친구는 이런 내게 '사고뭉치'라며 애써 일을 만들지 말라고 구박했지만, 외로울 대로 외로웠던 난 그렇게나마 한국을 느끼고 싶었으니까.

한국인 나카이 상이 내게 녹차를 한 잔 내왔어.
운젠에서 재배한 녹차 잎으로 우린 거라며
이곳 녹차가 유독 더 맛있다고 덧붙였어.

내 테이블 위엔 반 이상 남겨진 우롱차가 덩그러니 남아 있었지만, 난 녹차를 열심히 목 넘김 했어. 그리움 한 모금, 외로움 한 모금, 그래서 반가움 한 모금, 내 나라에 대한 애틋함 한 모금… 그렇게 우려낸 녹차 한 잔이었을 테니 말이야.

후미지고 외딴 온천마을에서 그녀는 나를 통해 한국을 봤을 거야.
잠깐이나마 그녀가 한국에 닿을 수 있었다면 나 역시 그걸로 참 기뻐.

#08

온천욕

일본 하면 떠오르는 건 '온천'이야.
화산섬 일본에서 '지진'이 재앙이라면, '온천'은 축복과도 같지.
온천수는 뜨거운 지열뿐 아니라 다양한 성분의 미네랄이 함유되어 있어서 일본인들은 오래전부터 온천욕을 생활화했어. 때문에 물로 병을 고치는 탕치(湯治)라는 개념까지 생겨났다고 해.

이번에 내가 찾은 운젠 온천은 유황을 함유한 강한 산성천으로, 온천치료가 활발한 유럽에서조차 보기 드문 온천이야.
온천 원수의 온도가 약 90℃로 매우 고온이며, 살균 효과가 유난히 뛰어나 피부병 전반에 좋고, 미용 및 근육통, 관절염 등에도 탁월한 효과를 보인다고 해.

하루에 세 번. 일본에서는 온천욕을 아침 식사 전, 저녁 식사 전, 취침 전에 하는 게 원칙이지. 로마에 오면 로마의 법을 따르라고 했듯이, 나 또한 잠자리에 들기 전 몸을 청결하게 하기 위해 료칸 2층에 있는 실내대욕장을 찾았어.

일본의 온천료칸에는 어디를 가나 남녀가 따로 사용하는 실내대욕장이 갖춰져 있는데, 객실에 준비된 유카타로 갈아입고 기타 준비물을 비닐 가방에 담은 후 실내대욕장을 자유롭게 드나들면 돼. 우리나라와 달리 일본에선 료칸 투숙객에게 따로 온천탕 요금을 받지 않거든. 하루에도 몇 번씩 온천욕을 마음껏 즐길 수 있어서 좋아.

모두가 잠든 늦은 시각.
아무도 없는 텅 빈 온천탕에 내 몸을 맡겼어.

유황냄새가 코를 찌르고, 보들 거리는 온천수가 나를 감싸더라. 뜨거운 열기에 숨이 찰 때면 시원한 산 속 바람이 내 얼굴을 간질이는 노천탕에서 남은 온천욕을 즐겼어. 지금 난 달빛 아래 홀로 있어. 완전한 고립은 무한한 자유를 선사한다 했던가. 낯선 땅, 아무도 없는 온천탕 안에서 난 지금까지 느껴본 적 없던 안락함을 느껴. 지금 이대로, 이곳에 남아도 괜찮지 않을까 생각했어. 강한 유황냄새로 머리가 아파지지 않았더라면 나 정말 이곳에 남고 싶었을 거야.

#09

낡은 사랑 010,
내 낡은 사랑이 널 붙잡고 있었니

오랜만이에요.
그대 생각 이렇게 붙잡고 있는 게,
그대 목소리가 생각나는 게,
오늘따라 괜히 서글퍼지네요.

술 한잔 했어요.
그대 보고 싶은 맘에 또 울컥했어요.
초라해지는 내가 보기 싫어 내일부턴 뭐든지 할 거예요.

같은 방향을 가는 줄 알았죠.
같은 미래를 꿈꾼 줄 알았죠.
아니었나 봐요. 아니었나 봐요. 아니었나 봐요.

같은 시간에 있는 줄 알았죠.
같은 공간에 있는 줄 알았죠.
아니었나 봐요. 아니었나 봐요. 아니었나 봐요.

익숙함이 때론 괴로워요.
잊어야 하는 게 두려워요.
그댄 괜찮나요. 그댄 괜찮나요. 그댄 괜찮나요.

그대 결정에 후회 없나요.
그대 결정에 자신 있나요.
난 모르겠어요. 난 모르겠어요. 난 모르겠어요.

내 목소리가 그립진 않나요.
내가 보고 싶은 적은 없나요.
나만 그런가요. 나만 그런가요. 나만 그런가요.

그대 흔적에 나 치어 살아요.
그대 흔적에 나 묻혀 살아요.
나는 어떡하죠. 나는 어떡하죠. 나는 어떡하죠.

– 에피톤 프로젝트, 오늘(BlackSky)

후키야 501室.
고즈넉한 료칸에 방해가 되는 건 아닐까.
그치만 이 노래를 내 손으로 정지시킬 자신이 없었어.
조용한 료칸에 슬픈 이 노래가 한참을 울려 퍼졌을 거야.

응. 난 낡은 일본을 만나기 위해 떠나온 여행에서 내 낡은 사랑과 맞닥뜨렸고, 한참 동안 과거 속 우리를 놓아주지 않고 있었어.
노래를 10번쯤 반복해 들었을 때일까. 이제 그를 놓아줄 때가 왔다고, 내가 먼저 그를 놓아줘야 한다고, 드디어 다짐했어.

사실은 말이야.
헤어진 지 수년이 흘렀는데도, 여전히 날 사랑하고 있다고 말하는 그가 두려웠어. 공중에 흩어져버리는 가벼운 말 한마디 뱉어놓고 그는 참 당당했었으니까. 저렇게 한 가닥 흔들림도 없이 사랑을 말하는 그를 나 또한 어떻게 놓을 수 있었겠어.

마지막으로 기회가 된다면
우리 이 모양새가 사랑의 잔여물인지 확인하고 싶었어.
변치 않고 간절한 그 사람을 위해.
그 간절함에 몇 번이고 고개 숙인 나를 위해.
행여 사랑이 남아 있었던 거라면 용기 내 노력해볼 참이었거든.
꺼지지 않은 불씨를 지키기 위해 비도, 바람도, 흙먼지도 온몸으로 막아보고 싶었어. 남들에겐 억지스러울지라도, 우리 둘을 위해서 정말로.

근데, 다시 만난 그를 앞에 두고 난 금방 알아차렸어.

'많이 버텼던 거구나.

촌스럽게 우리, 안간힘을 내며 붙잡고 있었구나.'

깨달음이 어렵지 않았던 이유가 뭐냐고?
예전엔 24시간의 전부를 내줘도 아깝지 않을 만큼 내 행복의 전부였던 그가 지금 내 앞에 너무도 까슬까슬 묵직한 돌멩이로 느껴졌으니까…. 그리고 그 사람 역시 생전 본 적 없던 낯선 친절에 억지웃음까지 짓고 있었으니까….

어쩜 우리, 가속도가 붙은 지난 사랑에 급브레이크를 차마 걸지 못하고 남겨진 속도로 지금까지 끌려왔던 건지 모르겠어.
케케묵은 우리 미련은 어찌 보면 상황이 만들어낸 속도.
내 앞에 앉아 있는 이 사람 역시 나만큼 멈추고 싶었겠구나, 느껴지더라.

이 모든 사실을 먼저 알아차린 난
그 사람 앞에서 어떤 표정을 지어야 할지 힘들었어.

그를 빤히 바라봤어. 그가 흔들리는 눈빛으로 날 바라보며 웃더라.
난 그가 알아차릴 수 없을 만큼 작은 목소리로 아프게 소리 냈어.

'그렇게 초라하게 웃지 마.

내.가. 먼.저. 떠.날.게.

내 낡은 사랑이 널 붙잡고 있었다면… 응. 내가 먼저 떠나줄게.'

#10

아침 풍경

어젯밤, 소리 없이 흐느껴 울던 내 마음처럼 하늘도 한참을 숨죽여 울었어.
눈을 비비며 료칸에서 아침을 맞이했는데, 하늘은 언제 그랬냐는 얼굴로
밝은 빛을 뿜어내고 있더라.
너도 나도 그냥 웃어넘기자고, 하늘이 말해주고 있었어.

마을 전체가 8,90년대 영화 속 스냅 사진 같아.
분화구에서 하얀 연기 자욱하게 올라오는 거대한 운젠 지옥.
멀리 보이는 청명한 호수와 오래된 료칸들.
성냥갑으로 만든 미니어처처럼 앙증맞고 귀여운 옛날 방식의 집.

맑은 마을.
오래도록 때가 타지 않은 곳에서만 느껴지는 이 풋풋함.
한참을 흘러왔는데도 여기, 처음처럼 싱그러웠으니까.

普賢茶屋

#11

운젠 지옥雲仙地獄, 불안하지 않을 리 없잖아요

마을 전체가 산속에 파묻힌 운젠雲仙은 마을 어디를 가나 유황 냄새가 진동을 한다. 그 유황 냄새를 쫓아가다 보면 만나는 곳이 바로 운젠 지옥雲仙地獄이다.

운젠 지옥은 자연 상태 그대로 산비탈에 화산 연기와 수증기가 뿜어져 나온다. 자욱한 열기와 매캐한 냄새 탓에 이름 그대로 지옥에 온 것 같은 느낌을 받을 터. 산길을 따라 산책길이 있어서 누구나 자유롭게 용암분출을 구경할 수 있다. 거기다 운젠 마을 거리 곳곳에는 뜨거운 수증기로 달궈진 연못과 돌이 쉽게 눈에 띄어 사람들에게 위험하지 않을까 걱정될 정도다.

놀랍게도 이곳 운젠 화산은 아직 살아 있는 화산이다. 다시 말해 언제 폭발할지 모르는 활화산이란 말이다.
일본의 사쿠라지마 화산과 함께 '세계에서 가장 위험한 16개 활화산'에 속하는 곳. 30만 년 전부터 현재까지 용암이 분출되고 있으며, 1992~1993년에는 대폭발도 있었다. 사실 운젠 온천이 90℃ 고온의 온천 원수를 자랑하는 것도 이 때문이다.

료칸 지배인. 버스 운전사. 슈퍼마켓 아주머니. 기념품가게 아저씨.
운젠 지옥에서 계란을 파는 할머니. 기념사진을 찍어주는 할아버지.
언제 폭발할지 모르는 불안한 이 마을에서 하루하루 성실히 살아가는 사람들 얼굴을 바라봤다.

이들은 오늘도 불안을 감춘 채 초연한 얼굴로 관광객을 맞이하고 있다.
마치 달음질을 치고 싶어도 어디 갈 곳 없는 사람들처럼.

#12

지루한 해바라기처럼

만족시켜야 하는 것이 많을수록 더 큰 속박을 당하게 된다.
크게 바랄수록 자유가 적어지기 때문이다.

– 톨스토이

난 꼬마 때부터 다른 사람들의 하루 시간표가 어떤 그림일까 궁금했어.
은밀하잖아. 누군가의 하루를 들여다볼 수 있다는 게.
모두 똑같은 24시간을 부여받지만, 단 한 명도 같은 하루를 살지 않는다는 게 신기했어. 궁금해 죽겠는 거야. 억만장자의 하루, 회사에서 쫓겨난 실업자의 하루, 우리 엄마의 하루, 내 단짝친구의 하루까지도.

누군가는 오늘 하루, 인생의 반전을 꿈꾸며 대모험을 진행 중인데,
또 다른 누군가는 반복되는 일상을 쳇바퀴 돌아가듯 살아가고,
또 누군가는 더 이상 버텨낼 힘이 없어 주저앉아 버리는…
같은 날, 다른 하루일 테니까.

운젠 온천. 한가로이 산책이나 즐기는 휴일 오전이었어.
동네 모퉁이 허름한 가게에서 달그락거리는 소리가 들려왔어.
고개를 빼꼼 내밀었더니 아저씨 한 분이 뭔가에 집중하느라 내가 온 지도 모르고 있더라.

"똑똑– 여기요."

고개를 든 아저씨와 눈이 마주쳤어. 눈빛이 예사롭지 않아.
순간의 스쳐감이었지만 난 그 진지함을 눈치챌 수 있었어.
아저씨는 언제 그런 표정을 지었냐는 듯 금세 홍조 띤 얼굴로 날 바라봤지.

"아, 이거 하나에 얼마예요?"

내가 손으로 가리킨 건, 아저씨가 세심하게 신경 써서 만든 동그란 센베이せんべい였어. 아저씨는 당황스런 얼굴로 조그맣게 대답했어.

"저… 아주머니를 불러 드릴게요."

마치 뭍사람과 내외하는 외딴 섬사람처럼, 아저씨는 나와 더 이상 말을 섞는 걸 두려워했어.

곧 아주머니 한 분이 왔어.
갓 구운 센베이와 거스름돈을 내게 건네며 아주머니는 말했지.

"아, 저분은 센베이만 만드는 사람이에요.
저 사람은 이게 각각 얼마인지 몰라요."

그리곤 행여 내가 생각의 틈을 갖게 될까 봐 아주머니는 서둘러 말을 이어갔어.

"이 센베이는 그냥 센베이가 아니라 '유센베이'라고 불리는 거예요.
운젠 온천물로 만든 센베이거든요.
여기가 60년 된 유센베이가게인데, 맛있어요.
아저씨 솜씨가 일품이죠."

아주머니 뒤편으로 보이는 아저씨를 물끄러미 쳐다봤어. 아저씨는 초지일관 흐트러짐 없는 움직임으로 센베이 굽기에 다시 열중하고 있었어.

바삭거리는 달콤한 유센베이를 베어 물며 아저씨의 하루를 생각해봤어.
이른 아침엔 센베이 반죽을 만드느라 바쁠 테고, 족히 10시간가량은 그 자리에 그대로 앉아 센베이 굽기에만 시간을 쏟겠구나 싶어.

누군가는 아저씨의 24시간을 지루한 삶이라 무시할지도 모르겠어.
하지만 진지한 눈빛의 아저씨를 직접 본 나는 아저씨의 24시간이 어느 누구의 24시간보다 알차다는 걸 느낄 수 있었어.

그는 24시간의 1분 1초를 쉽게 흘려보내지 않으며 살고 있을 거야.
때론 얼마나 다양한 경험을 하느냐, 오색찬란한 꿈을 갖고 있느냐보다 더 의미 있는 삶도 있어. 아저씨 하루를 보니 그래.

욕심내어 스스로에게 무리하지 않고,
속세의 유혹에서 눈과 귀를 막은 채 주어진 일에 최선을 다하되,
반복되는 일상에서 행복과 만족을 찾아내는 삶.

많은 걸 바라지 않는 아저씨는 사실 이 세상 누구보다 자유롭지 않을까.
마치 조금은 지루해 보일 수 있는 해바라기처럼.

#13

다이조브大丈夫
괜찮아

마음 놓아요.
이곳에서라면 그 어떤 당신도 괜찮아요.

울음 참지 말고 소리 내어 꺽꺽 울어도 상관없고,
못난 치아 다 드러내놓고 큰 소리로 웃어도 돼요.
키가 커 보일 필요도, 삐져나온 살을 감출 필요도 없어요.
오장육부 긴장일랑 말고 흐트러진 당신 모습 보여 봐요.

뭐 어때요.

우리도 먼지 쌓인 얼굴로 당신 보고 있는 걸요.
있는 그대로의 모습으로 한참을 여기 있었는걸요.

당신 자신을 부끄러워한다는 건,
마주 앉은 나에게 마음을 열지 말라는 뜻과 같아요.

バニラ
チョコレート
カプチーノ
黒ごま
ヨーグルト

#14

여행을 생각하다

하나.

여행이 갖는 1천8백7십4개의 목적 중 내가 가장 크게 의미를 부여하는 건 '선택의 자유'에 있다.

언제부터인가 난 철저히 계획되어진 삶을 살아왔다. 때문에 예정에 없던 길을 선택했다가 지금 가진 걸 모두 잃게 될까 봐 항시 두려웠다. 하지만 여행자의 신분이 되면 이야기는 달라진다. 내가 어떤 길을 선택해도 난 잃어버릴 게 없다. 때론 예상할 수 없는 길에서 더 큰 걸 얻게 되는 짜릿함도 존재한다.

난 여행자가 되어 걷는 이 길이 좋다.

쭉 뻗은 탄탄대로를 외면해도 상관없고,
이정표를 따라 낯선 호텔에서 하룻밤을 자도 상관없는 시간.
이 시간만큼은 온전히 내 마음이 춤추는 대로 내 몸도 응해주면 그뿐이니 얼마나 자유로운가.

コスモス
HOTEL
HOTEL

사람이란 어쩔 수 없다.
내가 본대로 세상을 단정 짓게 되니 말이다.
특히 태어나서 처음 가본 여행지에서는 더더욱 그렇다.
날씨가 맑았다면 그 여행지는 나에게 평생 화창한 곳으로 기억될 것이며, 온종일 비가 내렸다면 그 여행지는 왠지 모르게 슬프고 우울한 곳이 될 것이다.

나 역시도, 내가 본 일본이 내 모든 일본이었다.

그래서 생각한다.
하늘의 뜻과 내가 지금 서 있는 이곳의 맺어짐이 얼마나 중요한지를.

하얀 연기를 뿜어대는 운젠산을 가운데 두고 타원형 모양의 시마바라 반도를 내다봤다. 눈부시게 맑은 하늘과 바다가 혼연일체가 되어 미소를 짓고 있다. '난 오래도록 나가사키를 반짝반짝 아름답게 기억하겠구나.' 예감할 수 있었다.

사실 여행을 하며 쾌청한 하늘과 만날 확률은 생각보다 높지 않다.

#15

작은 도시라고 무시하지 마요

언젠가부터 난 일본 소도시에 눈을 돌리게 됐다.
–물론 우리가 그렇지 않다는 건 아니지만– 일본은 작은 도시에 가도 볼 거리, 즐길 거리, 먹을거리가 넘쳐나서 여행의 맛이 난다. 도시 본연의 색을 잃지 않기 위한 노력이 엿보인다고 해야 할까. 도시마다 특산물을 잘 개발한 것도 크게 한 몫 하는데, 그게 가능한 이유는 일본인들의 인식과 행동에서 비롯된다고 볼 수 있다.

일본인들은 의무감을 갖고 있을 정도로 각 지역 고유의 것을 존중하는 문화가 짙다. 간단한 예를 들자면, 일본인들은 다른 지역에 갔다 돌아올 땐 반드시 오미야게お土産라는 지역 특산물을 사 들고 온다. 뿐만 아니라 지역 특성을 살린 열쇠고리부터 핸드폰 줄, 손수건, 심지어 수첩에 볼펜까지 다채로운 기념품을 수집하는 오타쿠オタク도 일본에선 집단화 되어 있다. 물론 소도시 젊은이들이 어떻게든 도쿄로 진출하고 싶어 하는 마음이야 우리와 별반 다르지 않지만, 그렇다고 해서 지역 문화나 경제가 휘청대는 일은 일본에서 찾아보기 힘들다. 그만큼 지역의 밥그릇을 뺏고 뺏기는 일에 열을 올리지 않는다는 말이다.

나가사키에 도착해서도 난 이 도시에서만 느낄 수 있는 개성 넘치는 분위기에 이미 매료가 돼 있었다.
이국적인 바다의 낭만과 일본 특유의 전통적인 아름다움이 혼재돼 나가사키만의 색깔을 또렷이 내고 있었는데, 이 도시에 '낡은 일본'의 흔적이 많을 거란 기대는 너무 당연한 일이었다.

- 1570년 '일본 최초의 무역항'으로 개항한 도시.
- 전국적인 쇄국 정책에도 유일하게 네덜란드 상관을 인정했던, 세계화 원조의 도시.
- 유일신 사상을 꽃피울 수 없는 일본에서 이례적으로 인구 대비 기독교인이 가장 많이 살고 있는, 유서 깊은 가톨릭의 도시.
- 동양의 나폴리로 불릴 만큼 아름다운 자연 풍광을 지닌 도시.
- '천만 달러의 야경'이란 애칭을 가질 만큼 야경이 아름답기로 유명한 도시.
- 오래전부터 서양인과 일본여성 사이의 절절한 사랑이 많이 싹텄으며, 푸치니의 오페라 〈나비 부인〉의 배경이 되기도 한 도시.
- 반면 인류 최초로 핵무기가 실제 사람들에게 사용된 비극의 도시. 원폭 투하의 슬픈 땅.

그 이름은 바로, 나가사키長崎.

#16

낡아서 불편할 테지만

전 세계 50개국에 아직도 노면전차 트램이 달리고 있다지만 첨단 교통수단이 하루가 멀다 하고 양산되고 있는 요즘 노면전차는 이제 신기한 요깃거리가 아닐 수 없습니다. 일본에서도 1895년 교토에 처음 노면전차가 도입된 이래 1930년대에는 65개 도시에 노면전차가 달릴 정도로 전성기를 누리던 시절이 있었습니다. 하지만 1960년대를 전후해 자동차 보급률이 증가하고 결국 1970년대 말부터 노면전차는 급격히 사라지게 된 것이죠. 이렇게 다른 지역에서 할 일이 없어진 노면전차는 나가사키 지역으로 하나 둘 모여들면서 현재 나가사키가 살아 있는 노면전차 박물관이 된 것입니다.

덜컹덜컹 몸이 좌우로 흔들리는 것도 모자라, 느림보 거북이걸음으로 도시를 횡단하고 있습니다. 몸통은 또 왜 이리 작은지 몇 명 타지 않았는데도 금방 사람들로 만원이 되어버리고 맙니다. 이 노면전차 때문에 도시는 고가도로를 만들 수 없게 됐고, 교통 정체의 원흉이라는 비난을 피해갈 수도 없습니다. 19세기 말부터 20세기 초를 풍미하던 노면전차가 이렇게 골동품 취급을 당하는 건 슬픈 일이 아닐 수 없습니다.

하지만 나가사키에서만큼은 예외입니다.
나가사키에서는 노면전차가 비단 관광객들의 눈요기 상품이 아닌 도시인들의 생활수단으로 당당하게 자리를 잡았으니까요.

낡고 불편한 도구를 생활수단으로 선택하기까지는 나가사키의 고집스런 노력이 필요했습니다. 오래된 골동품을 누가 선뜻 타려 할 것이며, 모두에게 외면받는 노면전차를 어떻게 계속 운행해나갈 수 있었을까요.

물론 일본에서는 나가사키 뿐 아니라 구마모토, 가고시마, 히로시마 등 20개 도시에서 노면전차를 운영하고 있습니다. 하지만 다른 지역보다 나가사키 노면전차의 이용도가 높은 이유는 -다른 지역의 노면전차 기본요금이 160円이고 이동거리에 따라 요금이 할증되는 것과 달리- 이동거리에 상관없이 균일 100円의 요금을 그대로 고집하고 있기 때문입니다.

낡아서 불편한 건 사실 맞죠.
하지만 낡음을 지켜내는 일은 불편함을 감수하고서라도 과거와 미래를 연결해주는 우리 현재 사람들의 의무일지 몰라요.
낡음을 지켜내기 위해서라면 지금 뭔가 손해 보는 기분이어도 노력해봐야죠.
그런 점에서 나가사키의 노면전차는 훌륭한 본보기가 되어주고 있습니다.

우리 너무 짧게 보지 말자고요. 길게 세상을 내다보자고요.
우리가 이 세상 떠나고 난 다음에도 세상은 존재할 거잖아요.

#17

낡은 사랑 011, The End of Love

#1. The End of Love

마지막 남아 있던 그에 대한 마음의 모양이 사랑인지, 미련인지, 청승인지, 그도 아니면 정인지 모르겠지만, 마지막 한 움큼이 떨어져 나가던 순간 난 그제야 소리 내어 울음을 터뜨렸어.

내 가슴에서 이런 소리가 나는구나, 처음 알았어.
어루만져주고 싶을 만큼 심장이 너무 아픈데, 내가 할 수 있는 일이라곤 꺽꺽 소리를 질러대며 울어대는 수밖에 없었어.
길거리에 한 움큼, 커피에도 설탕 대신 한 움큼, 빗방울과 함께 한 움큼,

배터리처럼 조금씩 닳아가고 있었나 봐.

끝도 없이 깊어져 가는 그. 날. 밤.
모두가 잠들어 혼자 남겨진 그. 날. 밤.
난 한참을 소리 내어 울다 잠들었어.
그렇게 그와 진짜 이별을 했어.

내 마음의 기둥

그대 마음의 기둥은 누구입니까.
누구 손을 어렵게 잡았고, 누구와 깊은 마음을 나눴으며,
누구와 젊은 날 청승을 함께했고, 누구에게 그다지도 미련스러웠습니까.

옆에서 살 부대끼지 않은지 백만 년이 지난 것 같은데
굳건하게 그대 마음 중심부를 지켜온 사람이 있다면,
그가 바로 당신 마음의 기둥일 겁니다.

빙그르르 돌고 돌아도 사랑의 완성은 결국 그일 거라고,
다른 누구를 만나고 있어도 변치 않고 그리워한 사람이 있다면
그가 바로 당신 마음의 기둥일 겁니다.

지금, 내 마음의 기둥이 사라지고 없습니다.
사라지고 없다는 건 다시 존재할 수 있는 여분의 밝은 빛이라지만
한참을 다독여도 웃어지지가 않습니다.

더 이상 내가 아무리 발버둥쳐도, 그와 사랑한 날보다 다른 사람과 사랑할 날이 더 많이 남아 있다는 게 슬퍼집니다.

#18

신치주카가이新地中華街

이방인들의 거리엔 왠지 모를 차가운 분위기가 감돈다.
요코하마 차이나타운, 고베 모토마치, 나가사키 신치주카가이.
일본의 3대 중화거리를 다 갔다 와서 느낀 거다.

나만의 착각일지 모르겠지만, 여기서 만난 중국인들은 잔뜩 긴장하고 있거나 한껏 주눅 들어 있는 느낌이었다.
어떤 날엔 슬픔이 흥건하게 전해질 때도 있다.

현재 신치주카가이新地中華街 는 나가사키 최고의 관광명소지만, 이곳에 사는 '이방인'들은 이곳에 여행 온 '이방인'들과는 본질이 다른 이방인이라고 할 수 있다. 행여 같은 중국인이라 할지라도, 중국인 여행객이 이곳에 사는 중국인들 마음을 이해할 수 있을까.

타국에 산다는 건, 엄마의 품을 애써 등진 것과 같다.
아무리 엄마 품을 떠나 잘해내고 있을지라도, 엄마 품에 안겨 있는 못난이보다 자신감이 떨어지기 마련이다.

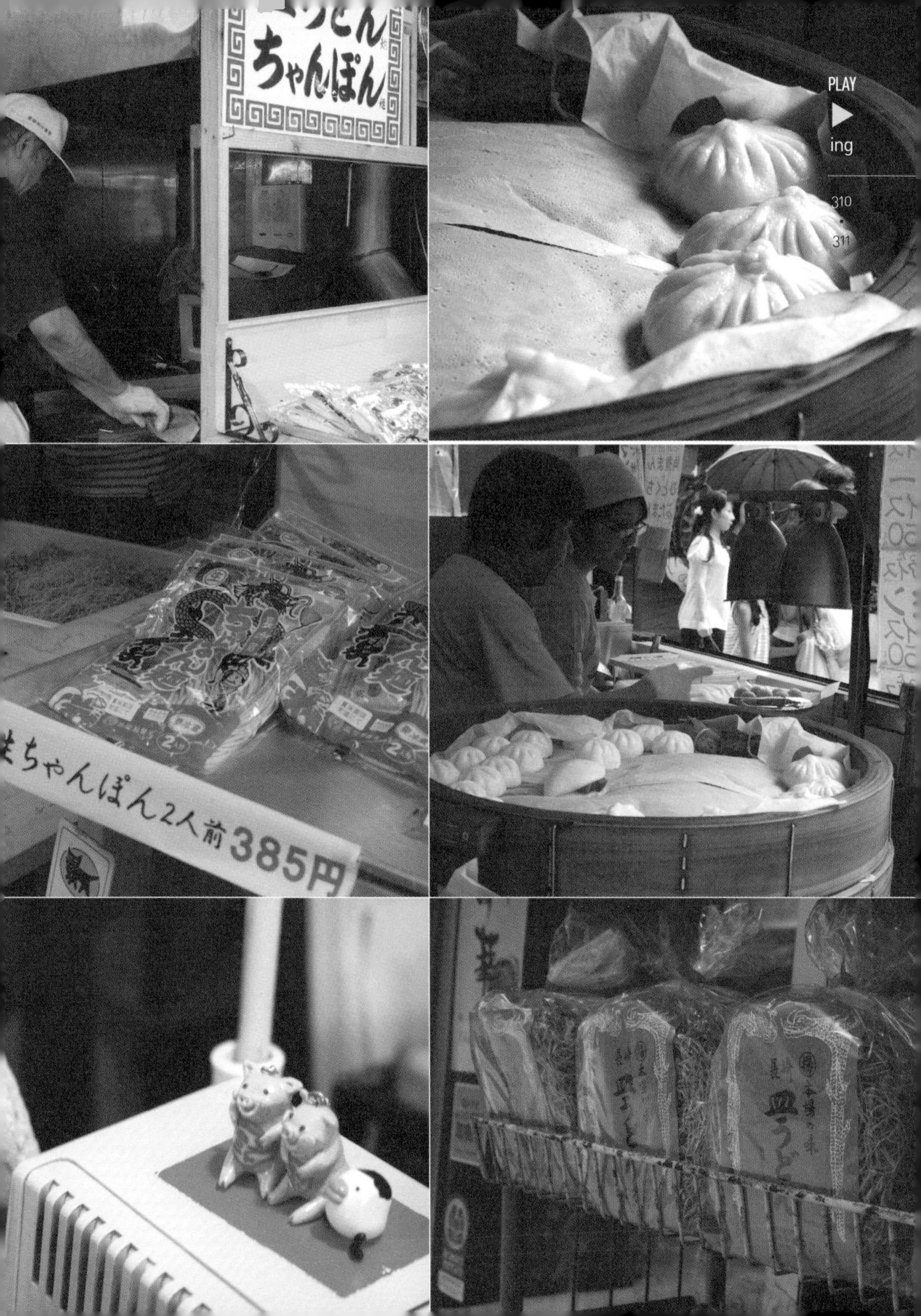
ちゃんぽん
ちゃんぽん2人前 385円

#19

나가사키 짬뽕 한 그릇

'뒤죽박죽 복잡하게 틀어진 내 감정을 차곡차곡 정리하지 않고 그냥 뒤섞어 버리면 차라리 나을지 몰라.'

나가사키 짬뽕을 먹으며 생각했다.

닭고기와 돼지고기, 야채와 해산물이 정체불명으로 뒤섞인 희멀건 국물이 이렇게 시원한 맛을 낼 수 있다는 게 난 매번 감동이다.
어쩌면 나 역시 오갈 데 없는 내 마음을 기쁨은 기쁨대로, 슬픔은 슬픔대로, 행복은 행복대로, 고통은 고통대로 정리정돈할 필요가 없었는지 모른다. 마음속 모든 감정을 죄다 뒤섞어 놓는다면 오히려 예상과 달리 평온이 찾아올 수도 있지 않은가.

그래 보지 않았기 때문에 미처 몰랐던 걸 수도 있다는 생각을 했다.
이렇게 반전이 생길 수 있다. 나가사키 짬뽕처럼.

★ **나가사키 짬뽕**
'짬뽕' 은 일본하고도 나가사키에서 처음 생겨난 말이다.
일본의 타 지역과 달리 쇄국 정책 속에서도 유일하게 서양문물을 받아들인 나가사키는 진즉부터 여러 나라의 음식문화가 유입됐다. 그러다 보니 음식의 재료도 각 나라에서 즐겨 쓰는 재료를 마구 섞어 만든 짬뽕ちゃんぽん 이란 요리가 탄생한 것. 일설에 의하면 중국에서 온 요리사가 나가사키의 가난한 중국 유학생들을 위해 야채찌꺼기와 고기토막 등을 볶아 중화면에 넣고 끓여 만들었는데, 그게 지금 나가사키 짬뽕의 원조라는 얘기도 있다. 어찌 됐던 120년 역사의 나가사키 짬뽕은 이제 나가사키의 대표 음식이 되었다. 돼지 사골과 닭고기를 배합해 만든 뽀얀 국물에 채소와 고기, 해산물 등 산해진미가 어우러진 건더기까지 시원하고 구수한 맛이 일본인들에게 큰 사랑을 받고 있다.

西湖 Seiko

신치주카가이의 대표 중화요리집 중 한 곳으로, 〈신와로〉, 〈가이라쿠엔〉, 〈시카이로〉와 함께 오랜 역사를 자랑한다. 특히 사천요리로 유명한 〈세이코 西湖〉는 칠리소스의 매콤한 맛이 별미인 에비칠리 エビチリ뿐 아니라 나가사키 짬뽕, 사리우동 등이 인기다.

- Adress : 長崎市 新地町 9-11
- Tel : 095-827-5047
- Open : 10:30~15:00, 17:00~21:30. 연중무휴.

#20

코도모こども

하늘에 닿을 만큼 키가 크고 싶던 한 꼬마 아이.
어느덧 그 꼬마는 어른이 되어 구름 두둥실- 떠다니는 하늘을 바라보며 공허함을 메우고 있어.

어릴 적 추억을 떠올리다 요즘 아이들을 바라보면 나에게 유년기 시절은 없었던 것 같아. 지금 아이들은 그때의 나와 너무도 다르니까….
시대에 뒤처진 한물간 사람이 되어버린 걸까. 컴퓨터 앞에서 게임을 하거나 손바닥 크기의 닌텐도에 빠져 있는 아이들이 낯설기만 해.

우리 어릴 적엔 가지고 놀 것이 별로 없어서 친구들끼리 도란도란 모여 앉아 새로운 놀이를 직접 만들곤 했어.

5개의 작은 공기로 '공기놀이'를 하다가 지루해지면 좀 더 어렵고 까다로운 공기놀이로 변형해. 놀이터에서 '모래성 쌓기'를 하거나 '무궁화 꽃이 피었습니다', '얼음땡' 놀이를 하다가 지치면 '요요'를 사서 친구에게 요요 기술을 배워도 보고, 색깔 고무찰흙으로 인형도 만들어봤다가 싸인펜으로 그림편지지를 만들어 친구에게 선물도 하곤 했지. 어디 그뿐인 줄 알아. 우리 아파트 안에 빨간 마스크*가 숨어 있다고 삼삼오오 편을 나눠 탐정이 되어보기도 했다가, 가난한 두부장사 할머니를 돕기 위해 동네방네 뛰어다니며 '두부 사세요'를 외쳤던 기억도 있어. 주머니에 단돈 100원, 200원만 있으면 동네 문방구로 쪼르르 달려가 '쫀드기'니, '쫄쫄이'니, '아폴로'니, '꿀맛나'니 각종 불량식품을 사먹고, 충치 제조기인 '달

* **빨간 마스크**
일본에서 유래한 전설 중 하나로, 입 찢어진 여자와 관련된 괴담을 말한다. 빨간 마스크를 쓴 여자는 사람들에게 "나 예뻐?"를 묻는데 이때 예쁘다고 이야기하든 그렇지 않다고 대답하든 상대방을 잔인하게 살해하는 걸로 알려져 있다. 90년대 초중반과 2000년대 중반에 한국에서도 유행했다.

고나'를 먹기 위해 길거리에 쭈그리고 앉아 순번을 기다렸지. 근사한 장난감 하나 내 차지가 되면 세상을 다 얻은 양 기세등등했고 말이야.
그땐 세상 모든 도구가 우리의 장난감이었고, 세상 자체가 우리의 놀이터였거든.

더 이상 뛰놀지 않는 아이들.
더 이상 친구와 무리지어 놀지 않는 아이들.
더 이상 싸구려에 관심 갖지 않는 아이들.
더 이상 50원, 100원의 귀한 가치를 깨닫지 못하는 아이들.
더 이상 세상을 마음껏 상상하지 않는 아이들.

요즘 아이들이 안타까워서일까.
나가사키 한 문구점에서 소박한 장난감을 가지고 놀던 꼬마 아이 모습이 유독 기억에 남아.

'언니는 말이야. 네 나이에 그랬어. 네가 들고 있는 변변찮은 장난감만으로도 참 즐겁고 행복했거든.
시간이 흘러 네가 언니처럼 어른이 되었을 때도 소소한 기억들로 추억할 게 많았으면 좋겠어. 어릴 땐 어릴 때만의 특권으로 어른들이 조장하지 않는 세상에서 마음껏 뛰놀아야 해.
어른이 되면 말이지, 내가 꿈꾸는 대로 살아지지가 않더라. 모든 게 쉽지가 않아. 그러니 지금이라도 마음껏 뛰놀고 마음껏 꿈꾸고 마음껏 세상구경 하렴.

인생에서 행복을 가장 많이 느끼는 지금 그 시절에.'

SWEET

LOTTE CHOCOLATE PIE
LOTTE CHOCOLATE PIE

#21
치린치린 아이스
チリンチリンアイス

치린치린- 치린치린- 조용한 나가사키에 종소리가 울려 퍼졌다.
주변을 살폈더니 그곳엔 금방이라도 부서질 것 같이 허름한 손수레가 하나 있다. 그 손수레 옆엔 '치린치린 아이스'를 파는 백발의 할머니와 몇 명의 젊은이들이 유쾌한 대화를 나누고 있는 중이다.
뭐가 그리 즐거우신지 할머니는 치아를 다 드러내놓고 한참을 웃는다.

나가사키엔 1960년부터 50년째, 골목을 돌아다니며 치린치린 아이스チリンチリンアイス를 파는 할머니들이 있단 얘기를 들은 적이 있다.
세월이 흘러도 변함없이 100円을 받는 이 아이스크림은 치린치린- 종소리를 내는 손수레와 변치 않는 맛, 변치 않는 할머니 때문에 전국적으로 유명하다. 물과 설탕, 탈지분유만 넣어 만든 간단한 아이스크림이지만 그 맛이 그리워 일부러 찾아오는 사람도 많고, 할머니와 이야기를 나누다가 그 자리에서 3,4개를 해치우는 사람도 종종 있다고 한다.

할머니에게 다가갔다.

"저도 하나 주세요."

정성껏 아이스크림을 콘에 담아준 할머니는 더없이 환한 얼굴로 나를 보며 말을 건다.

"今日は 暑いね. きをつけて. かわいいむすめ!!
오늘은 덥네. 조심해. 귀여운 아가씨!!"

할머니의 '키오쯔케테きをつけて, 조심해'란 말이 어찌나 진한 여운을 남기던지, 한여름 갈증을 단번에 날려준 상큼한 치린치린 아이스チリンチリンアイス만큼이나 인상적이었다.

할머니에겐 우리 엄마의 향기가 났다.
엄마처럼 따듯한 말 한마디로 내 마음을 포근하게 감싸줬고, 엄마처럼 입안에서 사르르 녹아내릴 만큼 달콤한 존재였다.

오래 인기를 얻는 데에는 정말 그만한 이유가 다 있는 것이다.

#22

나가사키의 오랜 보물들

1. 일본 최고(最古)의 돌다리, 메가네바시

일본에서 가장 오래된 아치형 돌다리가 나가사키長崎에 있다고 해서 찾았다.
메가네바시眼鏡橋.
이 다리는 1643년에 세워진 것이니 올해로 367년이나 됐다.
일설에 의하면 나가사키 사람들은 이 다리를 통해 데라마치寺町의 사원으로 참배를 다녔다고 한다.

실제로 보니 참 아담하다.
몇 걸음 안 걸었는데 금방 다리가 건너질 정도로 짧다.
하지만 메가네바시가 나가사키 강에 놓인 여러 다리 중 가장 아름답기로 유명한 이유는 화창한 날이 되면 알 수 있다.
밝은 햇살에 수면이 훤히 비칠 때면, 메가네바시 2개의 아치는 수면에 비

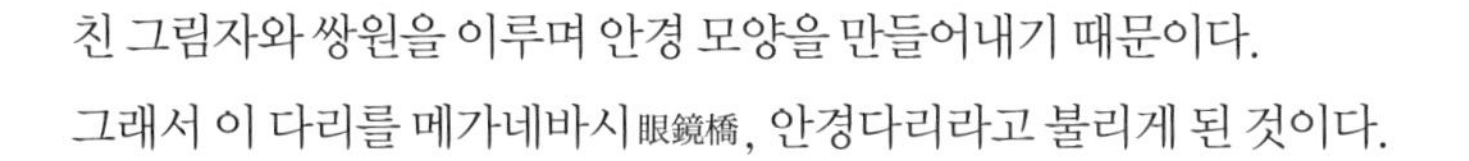

친 그림자와 쌍원을 이루며 안경 모양을 만들어내기 때문이다.
그래서 이 다리를 메가네바시眼鏡橋, 안경다리라고 불리게 된 것이다.

2. 1km 거리의 사찰 동네, 데라마치寺町

나가사키에서 산책하기 가장 좋은 동네가 어디냐고 묻는다면, 난 나카지마가와中島川 일대를 꼽고 싶다.
유유히 흐르는 강을 중심으로 서쪽에는 에도 시대 말기의 풍운아 사카모토 료마와 인연이 깊은 비탈길과 공원이 있어 싱그러운 녹음을 즐길 수 있다. 반면 강의 동쪽에는 2개의 신사와 14개의 절이 모여 있는 데라마치寺町가 있는데, 관광객이라면 누구라도 들리는 유명한 명소이다.

데라마치寺町에는 고후쿠지興福寺부터 소후쿠지崇福寺까지 1km 거리에 저마다 개성 강한 사찰들이 줄을 지어 있다. 산책을 하다 마음에 드는 사찰에 잠시 잠깐 들려 봐도 좋을 듯.
특히 고후쿠지는 17세기에 창건된 절로, 나가사키에서 가장 오래됐다. 당시 나가사키에 거주하던 중국 난징 사람들의 요청으로 중국에서 건너온 승려 진원이 창건한 절이라고 한다. 또한 고후쿠지의 2대 주지인 묵자가 메가네바시眼鏡橋를 세운 것으로 유명하다. 위풍당당하고 강렬한 색감의 고후쿠지는 데라마치 다양한 사찰 중 단연 눈에 띈다. 반면 소후쿠지崇福寺는 서일본 최고의 문화재를 자랑하는 당나라 사원으로, 2개의 국보와 21개의 문화재가 있다. 하나의 절에서 이렇게 많은 문화재를 보유하고 있는 건 교토京都와 나라奈良 지역을 제외하고 드문 일이다.

3. 가장 오래된 카스텔라 전문점, 후쿠사야 福砂屋

촉촉하고 부드러운 카스텔라는 어릴 적 최고의 인기 간식이었다.
이 카스텔라 カステラ가 일본하고도 나가사키에서 최초로 만들어진 빵이라는 걸 아는가. 17세기 포르투갈 사람에 의해 빵의 기법이 전수됐는데, 당시 스펀지케이크와 비슷한 제조법은 일본에 들어오며 일본인 입맛에 맞게 지속 발전해 지금의 카스텔라 カステラ가 완성됐다고 한다. 당시 일본에서는 구하기 힘든 우유를 사용하지 않고 계란과 설탕을 사치스러울 정도로 많이 넣어 '카스텔라는 비싸고 귀한 빵이다'라는 이미지가 생겨났다.

카스텔라를 처음 만들어 판 가게는 1624년 문을 연 후쿠사야 福砂屋 다.
390년 가까이 15대째 명맥을 이어오고 있다.
박쥐 모양의 상표로 유명한 이 후쿠사야 福砂屋 는 일본을 대표하는 카스텔라 전문점으로 도쿄와 오사카 등 대도시에서도 분점을 만나볼 수 있지만, 난 일부러 후쿠사야 본점을 찾아가 카스텔라를 한 상자 샀다.
처음 자리, 그 느낌 그대로.

한결같은 전통기법을 고수하며 이곳만의 맛과 향을 유지하는 후쿠사야 福砂屋 카스텔라. 맛을 본 사람이라면 누구라도 반하지 않을 수 없는 맛이다.
진한 카스텔라 향과 쫀득쫀득 끈적이는 빵의 촉감, 카스텔라 바닥에 깔린 오도독 씹히는 설탕의 풍미까지 잘 어우러진다. 단연 최고다.

福砂屋 후쿠사야

- Adress : 長崎市船大工町 3-1
- Tel : 095-821-2938
- Open : 8:30~20:00. 일요일 休.

4. 나가사키 전통 유리제품들

나가사키를 돌아다니다 보면 기념품가게에 유독 유리로 만든 제품이 많다. 이것 역시 나가사키가 개항하며 포르투갈에서 전수받은 유리세공 기술을 지금까지 발전시킨 것 중 하나인데 액자에서부터 거울, 인형, 스탠드 등 그 종류가 다양하다.

나가사키의 유리제품 중 가장 눈여겨볼 만한 건 '나가사키 비드로Vidro'이다. 비드로Vidro는 유리에 공기를 불어넣은 것으로, 뜨겁게 녹인 유리를 파이프 끝에 묻혀서 비눗방울 부는 요령으로 모양을 만들어내는데, 유리가 식어서 굳기 전에 공정을 재빨리 마치기 때문에 색상과 모양이 다채로운 비드로가 완성되는 것이다. 그중 '폿펜'이란 유리제품은 입에 대고 후후- 불면 투박하고 구수한 소리를 내는데, 노점상 아저씨들이 이 '폿펜'을 가지고 재미난 연주를 들려주기도 한다.

#23

데라마치寺町 의 기운

무작정 걸었다.
걷기에는 다소 부담스러운 1km 거리지만 2개의 신사와 14개의 절이 있는 데라마치寺町 는 필경 욕심내어 걸어볼 만한 곳이 맞다. 특히 불교에 조예가 깊은 사람이라면 이렇게 다채로운 사찰을 한꺼번에 만나볼 수 있다는 게 얼마나 큰 기쁨일까. 불교에 문외한인 나조차도 '거리 분위기'에 동화돼 뭔가 새로운 깨달음을 전달받는 기분이었으니 말이다.

종교적 색채와 상관없이 신(神) 기운이 넘치는 곳에 가면 이상하리만큼 마음이 차분해진다. 간과하기 쉬운 생각들을 놓치지 않게 되고, 나란 사람에 대한 진지한 사색을 하게 된다.
특히 나가사키의 데라마치寺町 는 300년 넘게 불교문화를 꽃피운 곳이어서 스쳐가는 풍경 모두 낡아도 초라하지 않고 기품 있었다.
그리고 무엇보다, 착한 사람들 동네임이 느껴졌다. 매일 부처님께 불공을 드리고 불경을 읊조리며 '선의 열매'를 맺기 위해 살아가는 사람들의 동네. 때문에 내 마음도 맑은 호숫가의 수면처럼 잔잔해졌다.

「악의 열매가 익기 전에는 나쁜 사람도 복을 받는다.
하지만 악의 열매가 익은 뒤에는 나쁜 사람은 벌을 받는다.

선의 열매가 익기 전에는 착한 사람도 복을 받지 못한다.
하지만 선의 열매가 익은 뒤에는 착한 사람은 복을 받는다.」

– 법구경(法句經)

かじや町通り
消火栓
御報参上
古書
買入所

#24

최고의 순간

나도 누구나처럼 잊고 살지 못하는 추억이 하나 있다.
한 번도 상처받지 않은 사람처럼 철없이 용감할 수 있었던 때.
태어나 처음으로 내 머리와 내 가슴이 통제되지 않는 상황.
분명 나는 나인데 내가 내가 아니었던 그때.
내 마음에 첫사랑이 자라고 있었다.

반팔 티셔츠를 달랑 하나 입기엔 아직 이른 날이었던 걸로 기억난다.

"어디야? 아직 집에 안 갔으면 같은 방향이니까 집에 같이 갈까 하는데…."

갑자기 걸려온 그의 전화였다. 반가움도 잠시.
주변이 쥐죽은 듯 조용해 주었으면 좋겠다는 내 바람과 달리, 다음 역을 알리는 안내원의 쩌렁쩌렁한 목소리는 내 위치를 단번에 알려주었다.

"너 집에 가고 있구나? 그래 그럼. 먼저 집에 가. 끊는다."

남몰래 좋아하던 그에게서 이런 전화가 오리라곤 꿈에도 생각 못 했다. 떨리는 마음 반, 귀한 기회를 놓쳤다는 후회 반. 다른 생각은 전혀 나지 않았다. 오로지 그가 전철을 타고 곧 도착역에 내릴 테니 무작정 기다려봐야겠단 생각뿐이었다. 수많은 사람 속에서도 난 단번에 그를 알아볼 수 있을 거라 자신했고, 언제 올지 모르는 그를 기다리는 것 따윈 전혀 문제가 되지 않았다. 적어도 그때 내 마음은 그랬다.

살랑살랑 차가운 밤바람이 내 몸을 간질이는데 그는 아직 오지 않았다.
그를 기다린 지 3시간째다. 높은 하이힐에 무거운 전공서까지 들고, 난 같은 자리에서 꼿꼿하게 서 있었다.
이제 곧 막차가 들어올 시간인데, 마지막 열차에서 그가 내려주지 않는다면 금방이라도 울음을 터뜨릴 기세였다.

마지막 열차가 왔다. 수많은 사람들 사이로 다.행.히. 그.가. 있.었.다.

그는 놀란 눈을 크게 뜨며 내게 달려왔다.

"너 여기서 뭐하는 거야? 아까 집에 간 거 아니야? 혹시 나 기다리고 있었어? 근데 왜 전화는 안 했어? 지금이 몇 시인데 집에 안 들어가고 아직까지 있어. 내일 만나면 될 거 아냐. 너 정말 바보구나."

하염없이 질문공세를 퍼붓는 그를 보며 난 빙그레 미소만 지었다.
그는 그 뒤 우리가 만들어간 수많은 날들을 기억하느라 이날을 까맣게 잊고 있는지 모른다. 하지만 나는 이날을 기억하고 있다. 차갑게 식어버린 내 손목을 잡아끌며 그가 처음으로 우리 집 앞까지 나를 데려다 줬던 날이었다는 것을….

「기다려야 얻을 수 있는 게 있다.」

그때 이후로 난 기다림의 미학을 배웠다. 물론 간절한 마음 없이 무작정 기다리기만 한다고 해서 얻을 수 있는 건 없다. 하지만 때론 아무런 계산도 없이 바보스럽게 기다림을 지속하다 보면 그 기다림에 따른 보상이 주어지는 것 또한 인생이다. 행여 손으로 거머쥐는 보상이 없다손 치더라도, 기다림의 과정에서 우리는 마음속 뭔가를 선물받기도 한다.

나가사키에 갔다면 한 번쯤 기다려볼 만한 게 있다. 사람 기다리듯 기약 없는 기다림은 아니다. 오늘 기다림에 실패하면 내일 다시 한 번 기다리면 되니 부담도 덜하다. 하지만 식사를 건너뛴 채 초저녁부터 분주히 서둘러야 하고, 구불구불 언덕길을 오르며 아나사야마稲佐山 공원까지 가야 하는 수고가 필요하다. '여행까지 가서 기다림 끝에 얻는 게 무엇이냐' 묻는다면, 그건 바로 나가사키의 천만 불짜리 야경이다.
들어본 적 있는지 모르겠지만 나가사키 야경은 하코다테, 고베의 야경과 함께 일본의 3대 야경으로 꼽힌다. 바다와 항구, 산과 시가지가 만들어내는 입체적인 야경을 본 사람이라면 누구라도 찬사가 터져 나올 정도. 완전히 해가 진 다음 풍경도 멋지지만 어둠이 깔리기 시작할 무렵의 야경이 아름답다기에, 난 서둘러 이나사야마 공원을 찾았다.

전망대 위에는 이미 100여 명 남짓한 사람들이 해가 저무는 시간을 기다리고 있었다. 가장 아름다운 순간을 카메라에 담기 위해 사진사 아저씨는 잔뜩 긴장한 얼굴로 낡은 수동 카메라를 매만지고 있었고, 누구라고 할 것 없이 수많은 사람이 작든 크든 카메라를 하나씩 손에 든 채 어둠이 찾아오는 시간을 준비하고 있었다. 나 역시도 전망대 위에서 360도를 빙그르르 돌며 최고의 야경을 상상해보고 있었다.
누구도 서로를 알지 못했지만, 우리는 모두 기다리고 있었다.
마치 약속이나 한 것처럼 아무 말도 하지 않은 채.

서서히 어둠이 찾아들며 바다를 향해 두 팔을 펼친 나가사키 항이 신비로운 모습을 드러내기 시작했다.
도시의 현란한 네온사인이 바다에 비쳐 마치 은하수를 여기저기 뿌려놓은 것 같다. 안개가 끼어 푸근하게 느껴졌던 수많은 섬들은 마치 금방이라도 타버릴 것처럼 붉은 노을에 몸을 담그고 있었다. 그 장엄한 광경 앞에 누구도 섣불리 말을 내뱉지 못했다.

함께 기다려본 사람만이 안다. 기다려준 이들끼리 말없이 공유되는 분위기. 그 뒤로도 우리는 모두 한참을 그 자리에 말없이 멈춰 서 있었다.

#25

그라바엔グラバー園에 가다

#1

원 없이 바다를 보고 싶어 나가사키로 갔는가.
유난히 언덕이 많은 나가사키에는 바다가 잘 보이는 언덕이 하나 있다.
미나미야마테南山 에 위치한 그라바엔グラバー園 이란 서양식 공원.
이곳에서라면 정말 마음껏 나가사키 항을 바라볼 수 있다.
단 600円의 입장료를 지불해야 하는 단점이 있을 뿐.

예부터 그라바엔グラバー園 일대는 개항 시대 일본을 찾은 외국인들의 거류지였는데, 1863년 건축된 영국 상인 토머스 글로버의 집 주변에 개항 당시의 저택들을 이전, 복원시켜 그라바엔이란 공원을 조성한 것이다. 다시 말해 시내에 흩어져 있던 9개의 메이지 시대 서양건물을 모아 광대한 정원을 만든 것. 때문에 그라바엔에 가면 일본으로 이주한 네덜란드, 포르투갈 출신 상인들이 거주했던 흔적이 잘 보존되어 있어 나가사키 최고의 이국적인 풍경을 감상할 수 있다.

그중에서도 토머스 글로버 저택은 일본에서 가장 오래된 목조주택으로 제일 잘 알려져 있다. 당시 이 집주인이었던 토머스 글로버는 일본에서 무기, 선박 사업에 뛰어들며 이름을 날렸고, 각종 사업체를 운영하던 재력가였다고 한다. 이 집은 그가 직접 설계한 것으로, 위에서 내려다보면 지붕이 네 잎 클로버의 모양을 띠고 있다. 또한 천장 뒤편에 '비밀의 방'이 숨어 있어 특별한 재미를 더해준다.

談話室
SALOON

어느 갠 날에
수평선 너머로
한줄기 연가가 솟는 것이 보이고,
그리고 배가 나타나겠지.

그다음은 하얀 배가
항구에 들어오면 축포가
울려 퍼질 거야. 보이지?
도착했어!

난 그를 맞으러 내려가지 않을 거야.
가지 않고 저쪽
언덕 끝에서 기다리겠어.
몇 시간이건 기다리고,
오랫동안 기다려도
힘들지 않아.

– 오페라 〈나비 부인〉, 어느 갠 날Un bel di vedremo 中

만약 벚꽃이 흐드러지게 피었을 3,4월의 봄이었다면 더 마음껏 상상의 나래를 펼쳤을지 모른다.
나가사키 항구가 잘 내려다보이는 언덕 위의 예쁜 집, 그곳에 살던 가련한 여인의 기구한 삶과 죽음을 말이다.

"쵸쵸 상, 배가 들어오고 있어요."

3년의 시간 동안 간절히 기다려왔던 남편이었다.
하지만 미국 해군 중위였던 그가 미국인 여자와 다시 결혼해 돌아올 걸 쵸쵸 상은 꿈엔들 알았을까.
3년 만에 남편이 돌아온 기쁨도 잠시, 기쁨이 절망으로 바뀌던 순간 차가

운 비수로 스스로 목숨을 끊어야 했던 그녀의 가슴 아픈 사연. 이는 바로 유명한 푸치니 오페라 〈나비 부인〉의 이야기이다. 덧붙여 말하자면, 지금 내가 서 있는 이곳 그라바엔グラバー園이 오페라 〈나비 부인〉의 실제 무대였으며, 토머스 글로버의 부인인 쓰루가 나비 부인의 모델이었던 것이다.

멀리 떠난 임을 그리워하는 여인들의 한숨이 끊이질 않는 곳이 항구라기에 이 세상 어느 항구가 애달프지 않겠느냐마는, 오페라 〈나비 부인〉의 2막 1장에서 나비 부인이 노래하는 '어느 갠 날Un bel di vedremo'은 그 슬픔을 한층 더 돋우는 것 같다. 글로벌 저택에서 내려다보이는 나가사키항을 바라보다 보면, 그녀의 오랜 희망이 한낱 물거품으로 변해버렸다는 게 애석해질 뿐이다.

#3.

구구절절한 사연을 붙여놓기 좋아하는 일본인들 취향 덕에 여행을 가는 곳마다 재미난 이야깃거리가 넘쳐흐른다. 덕분에 난 일본을 여행하면서 심심할 새가 없었다. 특히 '사랑이 이루어집니다'라는 전제가 깔리면 사랑을 갈망하는 사람 누구라도 귀가 솔깃하지 않을 수가 없는 터이다. 나가사키 그라바엔グラバー園이라고 예외는 아니었다.

드넓은 그라바엔グラバー園 바닥에 하트 모양의 돌이 2개 있다고 했다.
그리고 이 2개의 하트 스톤을 발견하면 운명적인 사랑이 찾아온다고 한다. 제각각 모양의 돌이 촘촘하게 박혀 있는 공원 바닥에서 하트 모양의 돌을 찾아내기란 여간 힘든 일이 아닐 텐데 참 많은 사람들이 이 돌을 찾아 공원 곳곳을 헤매고 있었다. 나도 이에 질세라 가이드북의 도움을 받아 2개의 하트 스톤을 발견하고 말았다. 필경 그라바엔グラバー園에서 퍼트린 유언비어란 걸 알고 있으면서도 나 또한 사랑엔 나약한 인간이구나, 남몰래 겸연쩍어진다.

그 라 바 엔 グラバー園

- Adress : 長崎県 長崎市 南山手町 8-1
- Tel : 095-822-8223
- Open : 8:00-18:00. 하절기 08:00-21:30. 연중무휴
- Fee : 어른 600円. 15세-17세 300円. 6세-14세 180円.

#26

우리, 그렇게 결혼하자 – 친구에게 보내는 편지

너의 반려자는,

평생 너와 하나가 되기 위해 노력해주는 사람이길.
불타는 사랑이기보단 은은하게 너를 달궈주는 사람이길.
젊은 날의 아름다웠던 너를 누구보다 오래 기억해줄 사람이길.
너만큼 너를 사랑해서 네 꿈과 미래에 장애가 되지 않는 사람이길.
네 부족한 부분을 들춰내기보단

네 사랑스런 모습을 한껏 살려줄 수 있는 사람이길.
네 아이 앞에서도 사랑하고 있다는 걸 당당하게 표현할 줄 아는 사람이길.
황혼에 접어든 어느 날, 노을진 바닷가를 함께 바라보며
말없이 손을 꼭 잡아주는 사람이길.
할머니 할아버지가 되어서도 잔뜩 주름진 얼굴로
너에게 마음껏 웃어주는 사람이길.

너는,

마음에 한 방울 슬픔도 없이 그를 선택하길.
이 세상 단 하나의 인연이라 믿으며 그를 따르길.
그와 그의 가족을 절대로 남이라 여기지 말길.
축 처진 그 사람의 어깨까지도 사랑할 줄 알길.
때론 둘이 함께인데도 초라하게 느껴지는 순간이 찾아오면
그보다 먼저 웃어 보이길.
네 꿈과 미래만큼 그의 꿈과 미래를 항상 존중해주길.
네 아이의 엄마이기 이전에 한 남자의 여자로 살아주길.
그의 아침밥과 빳빳하게 다린 와이셔츠,
구멍 나지 않은 양말을 항상 신경 쓰길.
시간이 흘러 서로가 많이 편해졌다고 하더라도
절대로 남 앞에서 그를 무시하지 말길.
할머니, 할아버지가 되어서도 사랑하는 눈빛으로 그를 바라봐주길.
생이 끝나는 순간까지도 많은 사람 앞에서 했던
사랑의 맹세를 반드시 지켜주길.

우리, 그렇게 결혼하자.

#27

무시아쯔이蒸暑い 무더위

질척이던 마음속 물기까지 쫙 빠질 정도로
땅도, 공기도, 사람도 바짝 타버리는 무더위였다.
사람들은 카키고오리かき氷(일본식 전통빙수)로 이 열기를 달래며 말라버린 마음에 물기를 촉촉이 적시고 있었다.

다시, 다시
사랑할 수만 있다면.

#28

Gap

같은 공간에 다른 시간이 흐르고 있다.

박물관에 놓인 물건들은 -화려한 축제의 하룻밤을 재현이라도 하듯-
예전 얼굴 그대로 시간을 정지해놓고 있을 뿐이지만,
사람들에게 이 시간은
흘러가면 다시 오지 않는 아주 짧은 찰나에 지나지 않았다.

#29

도루코 라이스トルコライス의 힘

좀 솔직해져도 괜찮다면, 난 일본에 부러운 게 많다.
무조건적인 동경은 아니지만, 우리도 그랬으면 좋겠는 게 많단 말이다.

똑같은 시간을 흘러 보냈음에도 우리가 간직한 전통보다 일본이 남겨놓은 과거가 많다는 건 애석한 일이었다.
우리가 성의없이 버려버린 것들 그래서 잃어버린 것들에 비해, 일본인들은 뭐든 쟁여놓는 근성으로 오래된 것들을 잘 간직하며 살아가고 있다. 때로 어떤 것은 우리가 먼저였는데 일본이 원조인 양 탈바꿈된 것들도 있고, 때로 어떤 것은 우리가 과거에 훨씬 능했음에도 일본만큼 발전시키지 못해 쇠퇴한 것도 있다. 난 그런 것들을 마주할 때마다 우리가 더 늦기 전에 변해야 하지 않을까 조바심이 났다. 가슴으로 보듬어도 모자랄 우리 것들이 얼마나 쓸모없는 것들로 변질되었던가. 오래된 일본과 마주하며 그런 애석함이 더 간절해졌다.

나가사키에서의 마지막 저녁은 1925년에 개업해 규슈에서 가장 오래된 카페 레스토랑으로 알려진 〈쓰루찬シル茶ん〉에서였다.
창업 당시부터 지금까지 변치 않는 맛을 자랑하는 〈쓰루찬シル茶ん〉은 특히 도루코라이스トルコライス를 맛보기 위해 찾는 사람들이 많다. 나 역시 1950년대부터 일본에서 독창적으로 개발한 도루코라이스를 맛보기위해 몇 차례 길을 헤매가며 〈쓰루찬〉을 찾아냈다.

도루코라이스는 동서양의 식문화가 어우러진 음식으로 평가받고 있지만, 사실 일본이 지켜온 일본만의 특별한 요리다. 카레 필라프와 나폴리탄 스파게티, 데미글라스 소스를 뿌린 포크커틀릿이 한 접시에 함께 나오

는데, 나가사키에 서양문물이 개방되면서 '나가사키 짬뽕'과 함께 독창적으로 개발된 음식인 것. 50년 넘게 그 전통을 이어오던 도루코라이스トルコライス는 2003년 세븐일레븐, 로숀 등의 편의점에서 도시락 메뉴로 채택하며 전국적으로 그 이름을 알리게 됐다.

늦은 시각이었지만 〈쓰루찬〉에는 꽤 많은 사람들이 북적이고 있었다.
80년을 훌쩍 넘긴 카페 레스토랑.
변치 않고 같은 음식을 만들어내는 주방과 도루코라이스를 즐겨 먹는 사람들.
난 레스토랑 내부를 더 찬찬히 둘러보며 생각의 꼬리를 이어갔다.
삐거덕거리는 나무 테이블과 싸구려 접시, 덕지덕지 빛바랜 신문기사로 장식한 가게 벽면, 고급 이탈리언 레시피에 익숙한 사람들에겐 오래전 한물간 맛. 한편으론 감점 요인이 될 수 있는 이 낡은 요소들.

그때 건너편 테이블에서 한 여자의 탄성이 들려왔다.

"すばらしい스바라시이(근사해)!!"

그녀는 도루코라이스를 한 접시 받아들고 친구와 행복한 미소를 짓고 있었다.
그래. 맞다. 전통은 전통을 지켜내는 사람들의 노력만큼, 전통을 존경해주는 시선들로 거대한 힘을 만들어내고 있는 것이다.

#30

낡은 사랑 마지막, 슬픔은 좋은 거다

다시 사랑이 찾아올 것 같았어.
그때처럼 가슴이 터질 듯 두근대진 않았지만, 나를 바라봐주는 시선에 나도 따라 멈추고, 작은 몸짓과 소박한 말들에 내 마음이 울렁댔어. 하지만 이상하지. 쉽게 행복을 찾진 못하겠더라. 새로운 사람이 좋아지면 좋아질수록 마음이 찌릿찌릿- 아팠으니까.

'더 이상 사랑을 할 수 없게 된 걸지도 몰라.'

눈초리가 예민해졌다는 주변 사람 말에 입술을 삐쭉 내밀며 혼자 중얼거렸어. 이런 내가 눈에 밟힌 걸까.
평소 친분이 있던 지휘자 선생님이 어느 날 내게 말을 거셨어.

"다시 사랑해야지. 그치? 신나게 연애하며 젊음을 만끽해야지."
"선생님. 사랑해봤자 아프기만 하잖아요. 차라리 안 아프고 사랑 안 하는 편이 낫지 않을까요?"

선생님은 정색을 하며 나를 다그치셨어.

"슬프다는 건 좋은 일이야.
누군가 좋아지면 행복할 것 같지?
아니야. 좋아하면 좋아할수록 마음이 아프고 슬퍼져. 오히려 그게 맞아.
마냥 방방 떠서 헤벌쭉 웃기만 하는 건 10대의 사랑이겠지.
몇 번쯤 상처받은 우리가 다시 사랑을 하겠다는데 어떻게 마냥 좋을 수 있겠니."

"…"
"잃고 싶지 않은 무언가가 생긴다는 건 원래 슬픈 일이야."
"…"

사랑은 원래 슬픈 거다. 사랑은 원래 슬픈 거다. 사랑은 원래 슬픈 거다…. 슬프다는 건 좋은 일이다. 슬프다는 건 좋은 일이다. 슬프다는 건 좋은 일이다….
이 말이 온통 내 마음을 울려대기 시작했어.
낡은 사랑 이후 어떻게든 슬픈 감정을 피해 살아왔던 나는, 다시 슬퍼할 용기가 있어야 사랑이 찾아온다는 걸 모르고 있었던 거야.
선생님은 조바심이 나셨나 봐. 멍해진 내 얼굴을 한참 바라보더니 다시 한 번 내 마음에 도장을 진하게 찍어주셨어.

"마음껏 슬퍼하렴. 그래야 네 삶이 풍성해지고, 네 눈이 더 깊어지지.
글로 세상을 창조하는 너는 슬픔을 거부해선 안 돼.
슬픔이 있어야 네 생각이 더 많은 사람들을 품을 수 있는 거란다.
슬픈 게 좋은 거라는 걸 왜 미처 알지 못했니."

어쩌면 내게,
'슬픔'은 선택이 아닌 의무였는지 모른다.

어쩌면 내게,
'사랑'도 선택이 아닌 의무였는지 모른다.

#31

바람의 냄새

바람 냄새를 가득 담아 한국으로 돌아왔다.
마치 하룻밤 꿈을 꾼 것처럼, 난 흐트러짐 없는 일상을 다시 살아가고 있었다. 내게 남겨진 것이라곤 수많은 흔적을 기록한 사진과 스치듯 흘러내리는 나가사키 바람 냄새뿐이었다. 바람 냄새가 한 줌도 남김없이 나를 떠나간다면 난 내가 나가사키를 다녀왔단 걸 믿지 못할 수도 있겠구나, 생각했다.

돌아올 곳이 있다는 건
다시 짐을 챙겨들고 떠날 수 있는 힘을 갖게 하지만,
돌아올 곳이 있다는 건
내 여행의 시한부를 예고하는 것이기도 하다.

때론 나조차도 믿기지 않을 만큼, 어느 날 문득 여행의 기억은 아무것도 아닌 일이 되어버리기도 한다.

그럼에도 불구하고 난 돌아오고 떠남을 반복하며 살아간다.
돌아올 곳이 있어서 떠나고, 떠날 곳이 있어서 다시 돌아온다.
때론 아무 목적 없이도 떠났다가 한낱 기대도 없이 모두 지워버리기도 하면서, 여행을 포기 못 한 채 살아간다.

낡은 교토

#01

교토京都행

간무 천황시절인 서기 794년 이후,
약 1천년 동안 일본의 정치, 경제, 문화를 이끈 천년 고도의 도시.
비록 140년 전 수도를 도쿄에 넘겨줘야 했지만,
여전히 일본인들에겐 마음속 고향과도 같은 곳.
일본 국보의 약 20퍼센트, 중요문화재의 14퍼센트가 모여 있으며,
17개의 유네스코 세계문화유산을 보유하고 있는 곳.
최첨단의 21세기에 마땅히 사라질 법한 것들을 마땅히 사라지지 않게 지켜내고 있는 일본 전통문화의 정수.

드.디.어. 교토京都행이다.

차일피일 미뤄왔던 건 아니지만, 교토는 내게 줄곧 묵직했었다.
그 묵직함은 중량의 무게가 아닌 존재감의 무게였다.
가벼운 마음으로 교토를 만나러 갔다간 교토의 거대함에 금방이라도 주눅 들 것 같았다. 몇 권의 책을 수험생처럼 밑줄 그어가며 읽어댔는데도 교토는 친숙해지기보단 더 고매해졌다.

교토행 열차 안.
하염없이 나를 향해 달려드는 철로를 바라보다가 문득 하루키의 단편소설 '바람의 노래를 들어라' 일부분을 기억해냈다.

「조건은 모두 마찬가지야. 고장 난 비행기에 함께 탄 것과 같다구. 물론 운이 좋은 자도 있고 운이 나쁜 자도 있어. 그리고 건강한 자도 있고 약한 자도 있어. 부자도 있고 가난한 자도 있어. 하지만 말야. 보통사람과 다른 강함을 가진 자란 아무도 없을 거야. 모두가 마찬가지지. 뭔가를 가지고 있는 자는 언제 잃을지 몰라 겁내고, 아무것도 가지고 있지 않은 자는 영원히 아무것도 가질 수 없는 건 아닐까, 하고 걱정하는 거야. 모두가 마찬가지야. 그래서 빨리 그걸 깨달은 인간이 조금이라도 강해지려고 노력해야 하는 거야. 하는 척을 하지만 해도 괜찮아. 그렇지? 강한 인간이란 어디에도 없다구. 강한 척할 수 있는 인간이 있을 뿐이야.」

– 무라카미 하루키, 〈우울한 오후의 화려한 예감〉 中

콧대 높은 교토라지만 하루키의 표현대로 모든 게 마찬가지일 거다.
강한 인간은 어디에도 없듯이, 전 세계 어디에도 강한 도시란 없다.
오히려 대단한 걸 품고 사는 교토는 고고한 자태 이면에 극심한 초조함을 겪고 있는지 누가 아는가.

여느 때처럼 그냥 만나면 되는 거다.
여느 때처럼 자격지심 없이 그냥 바라보기만 하면 되는 거다.

#02

400년 된 교토의 부엌 니시키 이치바錦市場

무더위가 기승을 부린다. 덥고 습한 공기가 내 몸을 감싸자 난 그제야 교토에 온 것을 실감했다. 분지지형의 교토는 한여름 폭염을 자랑하는 곳. 오늘로 며칠째 비는 내리지 않고 35도의 고온만 지속될 뿐이다.

교토에서 내가 처음 찾은 곳은
400년 전통의 재래시장 니시키 이치바錦市場였다.

고요한 교토다움을 뒤로 하고 교토에서 가장 시끌벅적한 니시키 이치바錦市場에 간 게 의아할 수도 있겠지만, 난 교토 사람들의 사랑을 받아온 재래시장에 가서야 진짜 교토다움을 찾아낼 수 있을 것 같았다.

니시키 이치바錦市場는 교토 도심 한복판, 데라마치 도오리와 다카쿠라 도오리 사이에 있다. 400미터 길이에 폭 3미터의 좁은 길이지만, 이곳은 오랜 세월 '교토의 부엌'으로 사랑을 받아왔다. 과거, 궁궐 식재료를 납품하던 시장이었기 때문에 지금도 전국 각지의 좋다는 음식이 죄다 모인다. 또한 일본의 가장 큰 명절 신정연휴가 되면 일본 방송사의 카메라들은 니시키 이치바로 모여드는데, 새해 전통음식인 오세치 요리에 사용될 식재료를 사고파는 진풍경을 찍기 위해서이다.

니시키 이치바錦市場로 들어섰다.
400년 전통의 오랜 시장이라지만 우리의 재래시장과는 사뭇 분위기가 다르다. 낡고 허름하기는커녕 지나치게 단정하고 깔끔했다.
누가 교토 사람들 아니랄까 봐 생선 비린내도, 야채 썩는 냄새도 하나 없이 말끔하다.

金券
使えます

난 동네 사람인 양 역할극을 해본다. 오늘 저녁 해먹을 찬거리가 어디 없을까? 길 건너 대형마트보다 뭐가 저렴할까?

한참을 둘러보다 보니 내가 지금까지 보고 느낀 일본의 모든 것이 한 자리에 모여 있다. 갓 재배된 채소와 과일뿐 아니라, 신선한 어패류, 뜨끈뜨끈 즉석에서 부쳐주는 달걀말이, 장어구이, 절임음식 츠케모노漬物, 수작업으로 제작한 노포 칼, 즉석에서 튀긴 가마보코蒲(어묵), 센베이와 모찌, 220년 전통의 유서 깊은 술 등… 130여 개 상점이 다닥다닥 붙어 앉아 재미난 볼거리를 제공해주고 있었다.

허기진 배를 달래려고 니시키 이치바錦市場 어느 생선가게를 찾았을 때의 일이다.
사람 얼굴보다 큰, 어마어마한 생선을 통째로 구워 파는 신기한 가게.
이곳은 시장 사람들 간식거리를 위해 튀긴 생선과 야채 조각을 끼운 꼬치를 팔고 있었다.

"이거 하나만 주세요. 아! 그리고 꼬치 굽는 사진을 찍어도 될까요?"
"물론! 근데 아가씨는 어디서 왔는고?"
"아… 한국에서 왔어요."
"예쁘게도 생겼네. 실례가 안 된다면 뭐 하는 사람인지 물어봐도 돼?"

참 이상한 일이지. 정체를 드러내기 꺼리는 내가 아주머니 질문에 스스럼없이 답을 하고 말았으니 말이다. 이는 마치 교토 사람에게 지기 싫어 퉁명스럽게 대답하는 어린아이 얼굴과 비슷했으리.

"저 한국 텔레비전에 나오는 사람이에요."

내 말이 끝나기 무섭게 생선가게 아주머니는 쩌렁쩌렁한 목소리로 외쳤다.

"한국 TV 스타가 우리 가게에 왔어요. 우리 니시키 이치바에 찾아왔어요."

"네? 그게 아니라…."

순식간에 수십 명의 사람들이 나를 향해 달려들었고, 심지어 몇 명은 악수를 청한다. 맙소사! 전통과 규율을 으뜸으로 치는 도도한 교토 사람들은 어디 가고, 허풍떨기 좋아하는 정겨운 이웃사촌만이 내 주변을 가득 메우는 걸까. **역시 세상은 예상할 수 없는 일들의 연속이다.**

#03

교토의 정취

이해할 수 없는 일이 발생했다.

몇 년째 줄곧 차고 다니던 손목시계가 조금씩 늦게 간다.
건전지도 갈아 끼워 봤고, 시간도 몇 번이고 맞춰봤는데 시계가 자기 자리를 자꾸 헤맨다. 처음엔 몇 분 늦어지는 것 같더니 이젠 한 시간 넘게 차이가 났다.

무브먼트의 톱니바퀴에 먼지가 껴서 빡빡해진 걸 수도 있고 갑작스런 충격에 시곗바늘이 휜 걸 수도 있다지만, 애써 시계방에 데려가고 싶진 않았다. 이유가 있겠거니. 이유가 있겠거니. 남들 시계와 '다른 시간'을 갖게 됐을 뿐 '틀린 시간'은 아닐 거라고….

니시키 이치바錦市場 재래시장을 나와
교토의 한적한 상점가를 걸으면서 내 손목시계를 떠올렸다.

교토京都는 도쿄나 서울, 뉴욕과는 시간의 흐름 자체가 다른 동네였다.
혹시 교토 사람이라면 더디 가는 손목시계를 차고 다니지 않을까,
난 엉뚱한 상상을 해봤다.
이곳에서라면 내 손목시계도 유용하게 쓰일 수 있지 않을까 하고….

FUJICOLOR
アイボリー・フォト・スタヂオ
TEL 075 561-4235

#04

세계문화유산 기요미즈 상さん

다이고지醍醐寺, 뵤도인平等院, 엔랴쿠지延暦寺, 금각사金閣寺, 은각사銀閣寺, 가미가모진자延暦寺, 시모가모진자延暦寺, 료안지銀閣寺, 기요미즈데라清水寺… 숫자에 연연하고 싶진 않지만 죽기 전에 꼭 한 번 가볼 법한 유네스코 세계문화유산이 교토에만 17개란다.
난 교토를 몇 번 더 와보게 될까, 한 번 올 때마다 2개씩 보면 될까, 이런 계획을 세우지 않더라도 난 이번 여행에서 17개 문화유산을 죄다 보고 갈 마음은 애당초 없었다. 교토 사람들 뼛속 깊이 자리한 자긍심을 이해할 수 있다면 그뿐이라 생각하고 있었다. 와르르 쏟아져 내리는 종합선물세트도 아니고 말이다.

쭉 나열된 교토의 세계문화유산을 보며 어딜 갈까 고민했다.
그렇게 선택한 곳이 바로 〈기요미즈데라清水寺〉다. 17개 문화유산 중 가장 관광객이 많이 찾는다는 〈기요미즈데라〉.
구차한 변명일지 모르겠지만 나는 여행을 하며 자고로 절반은 숨겨진 곳, 절반은 익히 알려진 곳을 잘 분배해 돌아다니는 편이다. 뭐든 적당해야 생각도 치우치지 않는다고 믿고 있다.

우리 말로 청수사清水寺, 〈기요미즈데라〉는 일본에서 가장 축복받은 절이다. 교토 동쪽 지역인 히가시야마의 고즈넉한 풍경과 환상적인 조화를 이루는 건축물이기 때문이다. 또한 높은 지대에서 훤히 내려다보이는 교토 시내와 병풍처럼 펼쳐진 푸른 녹음까지 한 폭의 그림 같다.
지금으로부터 1,200여 년 전인 778년에 승려 엔친에 의해 창건되었는데 2007년에는 만리장성, 에펠탑, 콜로세움, 마추픽추와 함께 '신, 세계 7대 불가사의' 21개 후보 중 하나로 오를 정도였다. 물론 최종 7개 명단에는 오르지 못했지만…. 교토인들은 이런 〈기요미즈데라〉를 '기요미즈 상~'이라는 따듯한 애칭으로 부르고 있다.

가파른 언덕길을 따라 〈기요미즈데라〉로 향했다.
'교토에 갔다면 돌길에 익숙해져야 한다'는 말이 맞다. 울퉁불퉁한 언덕길을 오르는 동안 재밌는 구경거리가 없었더라면 자칫 중도하차 했을 수도 있을 것 같다. 예쁜 그림이 수놓인 도자기 기요미즈야키清水焼도 구경하고, 교토스타일 디저트와 야채절임도 시식해보고, 장인이 직접 만든 부채까지 구경하다 보니 어느덧 난 교토의 대표 문화유산 〈기요미즈데라〉를 바라보고 있었다.

어마어마한 규모가 놀랍다. 국적불명의 수많은 외국인이 이곳을 찾고 있단 사실도 놀랍다. 하늘에 드리워진 먹구름 사이로 기세등등한 자태를 뽐내고 있는 그 위력도 놀랍다.

"기요미즈 상~ はじめまして(처음 만나네요). 만나서 반가워요."

#05

참는 게 미덕인가요

열이 났습니다.
의사가 머리에 양손을 댑니다.
머리 꼭대기 숨구멍, 백회에서 뜨거운 김이 나온다네요.
체력적으로 피곤해서 몸이 아픈 게 아니라 너무 참아서 생긴 병이랍니다.
그냥 그렇게 웃고 있었던 거냐고, 누구에게도 기대지 않고 혼자 버텼던 거냐고 묻습니다.

〈기요미즈데라〉 입구에 도착했을 때의 일이었습니다.
주룩주룩 빗방울이 땅을 향해 수직하강을 하기 시작했습니다.
비를 피해 모두 건물 안으로 들어가는데 나와 그 사람, 우리 둘만 비를 맞은 채 서 있습니다.
얼굴을 올려다보지 않았는데도, 난 그의 발을 보며 지금 그가 무리하고 있다는 걸 단번에 알 수 있었습니다.

물론, 교토 사람은 잘 참아내는 성격의 소유자라고 합니다.

자신의 나약함이나 사사로운 감정을 타인 앞에 드러내지 않는 걸 미덕으로 삼고, 개인의 욕심 따윈 포기한 채 살아간다고요.
또한 교토는 계승문화를 중시하기 때문에 새로운 걸 싫어하고 파격을 두려워하는 사회라고도 했습니다.
몇백 년째 이어온 풍습이 내년, 내후년도 변치 않고 반복되길 원하는 것일 테죠. 때문에 교토는 '격식'과 '예법', '기풍'이란 단어를 중히 여깁니다. '3대가 살아야 진짜 교토인'이라는 말이 나올 정도로, 교토는 그들만의 관례를 피부로 체득할 수 있어야 비로소 교토 사람이 된다고 생각합니다.

하지만 그의 발을 바라보며 문득 교토 사람들의 속내가 궁금해졌습니다.
하물며 외지 사람들도 보수적인 이들의 답답함에 염증을 느끼곤 하는데, 교토인 스스로 힘에 부칠 때가 정말 없을까요.

오랜 법도를 지키기 위해 무리하며 살아온 사람들의 도시.
참는 게 정녕 미덕인지 묻고 싶었습니다.

#06

오마모리お守り

내게는 '친구'라는 익숙한 단어로 정의 내리기에는 너무 아까운 사람이 하나 있다. 그녀는 10년 넘게 내 영혼의 지지대였고, 그녀가 있기 때문에 난 몇 번의 외로운 고행을 이겨낼 수 있었다.

소중한 그녀가 진심으로 행복해지길 바랐던 난,
몇 년 전 그녀에게 이런 말을 했었다.

"우리 하고 싶은 거 하며 살자. 현실이란 장벽을 두려워하지 말고."
"넌 지금도 잘해나가는 걸. 나도 그러고야 싶지만…."
"뭐가 문제야. 물론 꿈을 이루는 게 쉽지는 않겠지만 우리 함께라면 다 이겨낼 수 있을 거야."
"…."
"왜 그래. 내가 도울게. 네가 하고 싶은 거라면 뭐든 도울게."
"솔직히 말해도 돼? 난 사실 끝이 보이지 않는 사막 위에 홀로 서 있는 기분이야, 줄곧.
내가 진짜 바라는 게 뭔지 나 스스로도 잘 모르겠어.
세상엔 말이야. 꿈꾸는 거 없이 그냥저냥 살아가는 사람들도 많아. 넌 하늘이 선택한 사람인 거고…."

착한 그녀 눈에 그렁그렁 맺힌 눈물을 난 오래 잊지 못했다.
꿈꿀 게 많은 세상에서, 하고 싶은 게 많던 나는….
하고 싶은 게 많은 세상에서, 할 수 있는 게 많던 나는….
내 가장 소중한 친구의 마음을 깊이 공감해주지 못했던 게 마음 아팠다.

長寿守¥500
安産守¥350
御守護
健康守
For Health ¥500
幸守 ¥350
For Happiness
干支幸せ鏡
招福守¥350

세월이 흘렀다.
세월이 흐르고 나에게 변화가 찾아왔다.

인생을 송두리째 걸고서라도 매달리고 싶은 게 생긴 것이다.
다른 걸 모두 잃게 되더라도 오로지 이거 하나 이뤄지길 바라는 일.
간절함이 갖는 농도는 에스프레소 더블샷의 진하기보다 훨씬 진하고 더 걸쭉했다.

단 하나의 꿈이 생기고 나서 내 행동도 달라졌다.
일본 신사神社에서 합장을 하며 소원을 비는 사람들이 눈에 밟히기 시작하고, 에마繪馬란 나무판에 소원을 적어 경내에 매달기까지 했다. 오마모리お守り(부적)를 사서 내 몸에 지녀야겠단 생각도 했다. 바라고 또 바라다보면 마법이 이루어진다는 말을 믿고 싶었다.

교토의 〈기요미즈데라〉.
잔뜩 진열된 오마모리를 한참 동안 물끄러미 쳐다봤다.
'고르기 힘드세요?'란 얼굴로 판매원이 날 바라본다. '제 간절한 소원을 이루게 해줄 오마모리お守り가 있을까요?' 이렇게 묻고 싶었지만 난 혼자 힘으로 골라봐야겠다 결심했다. 너무 간절하다 보면 그 간절함을 입 밖으

로 내뱉기가 조심스러워진다. 행여 모든 게 공중분해가 될까 두려웠는지도 모르겠다. 여기서 잠깐 부연설명을 더하자면, 일본 신사神社는 팔백만 종류의 신을 모시고 있는지라 제신에 따라 별의별 오마모리를 판매한다. 건강을 지켜주는 부적, 재물 부적, 순산 부적, 미인 거울 부적, 화재예방 부적, 교통안전 부적, 출세 부적, 공부 부적, 상업번창 부적 등. 물론 각 신사神社마다 유명한 오마모리가 한두 개씩 있지만, 난 수많은 오마모리 중 내 간절함을 가장 잘 대변해줄 오마모리를 고르고 싶은 마음이었다.

'For Better Fortune and Success' 마침내 선택한 내 오마모리의 속뜻이다.
난 지금까지와는 전혀 다른 행복이나 성공을 꿈꾸고 있지 않다.
물론 간절한 목표 하나 가슴 정중앙에 심어뒀지만, 지금까지 내게 주신 행복부터 감사드리는 게 먼저라고 생각한다. 다만, 한시적이지 않고 영속적인 행복을 얻기 위해 난 도전하겠노라고, 성공하겠노라고 기도했다.
이런 내 간절함이 오마모리에 고스란히 담겼길 바라며….

오마모리お守り의 유효기간

오마모리(부적)의 유효기간에 대한 의견이 분분하다. 산 날로부터 1년이라는 얘기도 있고, 소원이 이루어질 때까지라는 얘기도 있다. 어찌 됐든 대부분의 일본 사람들은 오래된 오마모리나 이미 소원이 이루어진 오마모리는 근처 신사에 헌납한다.

#07
낮음을 지향하는 교토

높을수록 빛날 것 같았어.
높을수록 우러러보일 거라 생각했어.
하지만 낮음을 지향하는 교토京都에 가면, 생각이 달라질 거야.
시야를 가리는 높은 건물이 없는 교토에선 땅의 굴곡이 훤히 보이고, 사람과 하늘이 하나 된 풍경을 만날 수 있어.
완만한 비탈길에 삐죽 솟은 까만 목조탑은 낮게 내리깔린 전통가옥과 함께 교토 특유의 그림을 그려내지.
동서남북 어느 방향에서라도 쉽게 찾아낼 수 있는 이 오층탑은 히가시야마 일대에서 가장 높은 랜드 마크가 되어주고 있으니까.

높을수록 빛날 것 같았어.
높을수록 우러러보일 거라 생각했어.
하지만 낮음을 지향하는 교토京都에서처럼 사실 우리도 알고 있잖아.
자신을 높이려는 사람보다 스스로 낮추는 사람에게 빛이 나고,
이기려는 사람보다 져주는 사람에게서 아름다운 향기가 난다는 진리를… 우리도 알고 있잖아.

人形卸
津
信
八
鍋島
和裁教室
魚藤

#08

추억이 넘실대는 계절이 왔습니다

"なつがきましたね. 여름이 왔어요."

일본 드라마 〈호타루의 빛〉 마지막 회에서 여주인공 아메미야는 타카노 부장에게 말했다. 여름이 왔다고… 맥주가 맛있는 계절이 왔다고….
그날 저녁 아메미야는 오랜 공백을 깨고 타카노 부장에게 돌아간다. 그 역시 그녀에게 잘 돌아왔다며 앞으로의 사랑을 약속했다.
이 대목에서 내가 뜬금없이 드라마 얘기를 꺼낸 건 드라마 속 주인공들의 사랑을 운운할 생각에서가 아니다. '여름'이란 계절에 대한 이야기다.
나에게도 "なつがきましたね. 여름이 왔어요"는 가장 설레는 일본어 중 하나다. 덥고 습한 데다 거리가 온통 사우나 같은 일본 여름이 왜 좋을까 싶지만, 나에게 일본의 여름은 '가슴 뛰는 낭만의 시간'과도 같다.

예전에는 하얀 눈이 소복이 쌓인 쾌청한 겨울을 좋아했었다.
비(雨)보단 눈(雪)을 기다렸고, 더위보단 추위를 즐겼고, 땀 맺힌 얼굴보단 꽁꽁 언 손과 발을 마음에 들어 했던 사람.
하지만 언젠가부터 난 여름을 좋아하게 됐다. 이렇게 된 연유를 살피다 보니 사람에게 기호(嗜好)보다 지배적인 것은 추억이란 결론에 도달하게 된다. 생각해보면 난 여름마다 추억 만들기에 열심히 집중했던 것 같다.
연거푸 뿜어져 나오는 후텁지근한 열기 속에 추억이 덕지덕지 붙어 있다.
물론 그 안엔 도쿄도 있고, 교토도 있고, 후지산도 있으며, 오사카도 있다.
추억은 사람을 초라하게 만들기도 하고 멈칫거리게도 하지만, 없던 용기를 북돋아주기도 한다. 때문에 난 10대의 여름보다 20대의 여름을 더 좋아하게 되었으며, 20대의 여름보다 3,40대의 여름을 더 기대하고 있는 게 아닐까.

自転車を除く
浅野裕子
富乃井
メンバーズ ミンク
てっさい堂
佐藤敏子
白扇小伊寿
祇園 貴久政
割烹 さか本
古代裂 今昔西村
祇園 みかく

#09

악연을 끊어 드립니다, 야스이콘피라구 安井金毘羅宮

마음이 께름칙했어. 께름칙한 기분이 항시 나쁜 결말을 예고하는 건 아니지만, 그냥 인연이란 단어로 그럴싸하게 포장하는 게 찜찜했거든.
몇 차례에 걸친 악연 때문일 거야. 마음을 닫아놓고 사람을 보게 된 게 말이야. 하지만 나쁜 사람을 만나서 상처받긴 싫어. 좋은 인연이 남긴 상처와는 본질적으로 다른 느낌이니까.

지금 와서 고백하건대 너에게도 난 마음을 닫고 있었어. 네가 5円짜리 동전을 내게 내밀기 전까지는….
5円짜리 동전을 내밀며 넌 말했지. 5円은 '좋은 인연'이란 단어와 똑같은 소리를 낸다고. 일본어로 5円은 [고엔], 좋은 인연도 [고엔].
더 이상 네가 어떤 말을 하지 않았는데도 난 네 진심을 알 것 같았어. '믿어 봐. 난 너의 좋은 인연이야.' 이런 소리가 네 앙증맞은 몸짓에서 흘러나오고 있었거든.

사람이 사람을 등지는 일이 얼마나 스스로를 외롭게 하는 일인지 잘 알고 있던 나는 다시 한 번 인연을 믿어보기로 다짐했어. 그래서였는지 몰라. 교토 지도를 펼쳐놓고 '야스이콘피라구', '야스이콘피라구', '야스이콘

피라구'… 마치 도깨비 주문을 외우듯 괴상한 이름의 〈야스이콘피라구安井金毘羅宮〉를 찾고 있었으니 말이야.
이름도 특이한 〈야스이콘피라구〉는 악연을 끊는 신사로 유명해. 물론 좋은 인연을 맺어주는 신사들이야 일본 전역에 셀 수 없이 많지만 악연을 끊어주는 신사는 생소할 따름이지.

소박한 규모의 〈야스이콘피라구〉엔 하얀 부적을 덕지덕지 붙인 괴상한 바위가 하나 놓여 있었어.
높이 1.5m, 폭 3m 크기의 둥그런 바위 한가운데 큰 구멍이 나 있는데, 이 구멍을 앞에서 뒤로 통과하면 악연이 끊어지고 다시 뒤에서 앞으로 통과하면 좋은 인연을 맺어준다고 해. 믿거나 말거나이겠지만, 참 재밌지. 더 신기한 건 말이야. 새해 첫날부터 3일간 이 신사에 1만여 명의 사람들이 찾아와 악연을 끊어달라고 기도한대. 참 가슴 먹먹해지는 수치야. 그치? 사람한테 상처받는 일은 무릎에서 피가 나는 상처보다 백만 배쯤 더 쓰라린 아픔일 테니.

나도 부적을 하나 샀어.
남들 보기 민망한 자세겠지만 용기를 내어 앞에서 뒤로, 뒤에서 앞으로 구멍을 통과했지. 부적을 손에 쥔 채.
내가 떠나고 난 〈야스이콘피라구〉 바위엔 바람에 나풀대는 부적이 하나 붙어 있었겠지?

「제 악연은 이제 모두 끊어 주세요.
마음을 다해 내 사람들과 사랑하게 해주세요. – 2009.7.28.」

야스이콘피라구 安井金比羅宮

- Adress : 京都市 東山区 東大路松原上ル下弁天町70
- Tel : 075-561-5127
- Fee : 무료.

#10

고멘네ごめんね

소박함과 수수함을 덧입혀서라도 네게 편안한 집이 되어주지 못한 게,
난 두고두고 아플 것 같아.

가슴 졸이며 불편하게 사랑하라고 해서 미안해.
네 가슴 짓이겨가며 사랑하라고 해서 그것도 미안해.
난 참 겉보기에만 화려할 뿐 네게 깔깔한 집이었겠구나, 깨달았어.
이제 와서 후회해도 소용없다는 걸 알면서….

#11
150년짜리 교토소바

교토에선 쉽게 허기가 지지 않았다.

바짝 타들어가는 무더위에 식욕이 급격히 떨어진 것도 있겠지만, 도시 자체가 워낙 정갈하고 간소해서 배를 채우는 일에 욕심부리고 싶지 않아진다. 교토에서라면 눈을 채우고 마음을 채우는 일에 매진해야 할 것만 같다.

가볍게 한 끼 해결하면 그뿐이겠다 싶었다. 교토의 사계절을 맛으로 보여주는 교료리京料理, 교토풍 가정식 백반인 오반자이おばんざい 맛도 궁금했지만, 뭐랄까, 단품요리 한 그릇으로 충분할 것 같은 느낌! 이런 내 마음을 알아주기라도 하듯 교토엔 소문난 원조 소바가게가 있었으니, 가던 방향을 돌려서라도 그곳에 가고 싶어졌다.

간판엔 〈소혼케 니신소바 마츠바総本家にしんそば松葉〉라고 쓰여 있었다. 시시비비를 가릴 필요 없는 진짜 원조집이란다.

'니신소바'의 유래는 이러하다. 분지 지형의 교토는 예부터 해산물을 구하기 어려웠기 때문에, 머리와 꼬리를 자르고 등뼈를 따라 포를 뜬 후 햇볕에 말린 청어를 즐겨 먹었다고 한다. 1860년 〈소혼케 니신소바 마츠바〉의 2대 점주가 이 말린 청어를 소바에 넣어 먹는 '니신소바'를 고안해낸 것. 물론 교토를 돌아다니다 보면 니신소바를 파는 가게가 종종 눈에 띄지만 어디 원조집에서 먹는 맛과 비교할 수 있으랴.

150년이나 된 특별한 소바집. 깔끔한 청어 국물에, 바삭한 새우튀김 듬뿍 적셔서, 소바 면과 함께 먹는 맛은 상상에 맡기겠다.

단, 일본에서 소바를 먹을 때 후루룩 후루룩~ 소리를 내며 먹어야 한다는 걸 잊지 말길. 로마에 가면 로마법을 따르라고, 일본에선 소바를 먹을 때 소리를 내 먹어야 복이 들어온다고 믿고 있으니 말이다.

소혼케 니신소바 마츠바 総本家にしんそば松葉

- Adress : 京都府 京都市 東山区 川端町192 南座西隣
- Tel : 075-561-1451
- Time : 10:30~21:30. 일요일 休.
- Website : http://www.sobamatsuba.co.jp

#12

특명!
기온祇園 거리의 문구점을 찾아라

어스름한 달빛이 교토를 비춘다.
오색빛깔 기온祇園 거리는 몽환적이었다.
꿈을 꾸는 기분 탓일까, 4번째 왕복으로 이 거리를 걷고 있다.
난 지금 〈기온노 모리타祇園のもりた〉를 찾고 있는 중이다.

교토에 오면 반드시 들르고 싶던 1순위 가게. 〈기온노 모리타〉는 교토 토박이들이 꽤 오랜 세월, 즐겨 가던 문구점이라고 한다. 또한 예부터 게이샤와 마이코의 발길이 잦았던 곳. 한때 향기를 편지에 동봉한다는 의미로 '문향'이 인기를 누렸는데, 특히 게이샤와 마이코에게 날개 돋친 듯 팔렸다고 한다. 상상만으로도 재미난 전통이 숨어 있는 신비의 가게. 이곳을 찾고 싶었다.

1시간쯤 지도를 펼쳐들고 가게를 확인하고 있을 때였던가. 〈기온노 모리타〉를 발견했다.

하지만 이게 웬일! 가게를 발견하자마자 난 어이없는 웃음이 삐져나왔다. 이 가게는 내가 며칠 전부터 카메라에 담아놨던 곳이다. 아니, 심지어 어제도 들렀다. 다만 이곳이 〈기온노 모리타〉라고는 꿈에도 생각 못했을 뿐.

그도 그럴 것이 난 '교토의 가장 유명한 문구점'은 '도쿄의 가장 유명한 문구점'과 유사할 거라고 미루어 짐작하고 있었나 보다. 긴자 한복판의 100년 넘은 문구점 〈이토야ITOYA〉는 9층 건물을 통째로 다 쓰는 거대한 규모를 자랑하고 있기 때문에 말이다. 협소한 공간에, 금방이라도 폐업을 선포할 것 같은 낡은 기념품 가게가 유명한 〈기온노 모리타〉라니…. 교토 사람들의 간소함과 수수함에 다시 한 번 놀라지 않을 수가 없었다.

마음에 쏙 드는 편지지를 한 뭉치 샀다. 귀여운 마이코 상과 사계절 교토 풍경을 담은 10개짜리 예쁜 책갈피도 샀다.
하지만 난 이 편지지와 책갈피를 섣불리 사용하지 않으려고 한다.
시간이 흐르고 이번 교토여행이 잊힐 만한 순간이 찾아왔을 때, 난 소중한 사람들에게 이를 하나씩 나눠주며 오늘의 행복을 공유하려 한다.
만약 누군가 이걸 어디서 구했는지 묻는다면, 몇 년 전 꿈속에서 샀노라고… 아무도 믿지 않을 것 같아서 지금껏 숨겨왔었다고… 장난스레 대답하고 싶다.

기온노 모리타 祇園のもりた

- Adress : 京都市 東山区 祇園町 北側 250
- Tel : 075-561-3675
- Time : 09:00~21:00, 일요일休.

#13

물빛 황홀한 가모가와鴨川

강이 좋아, 바다가 좋아? 누군가 묻는다면 난 머뭇거리다가 바다가 좋다고 대답하겠지.
하지만 사실 49:51의 근소한 차이로 바다가 살짝 더 좋은 거거든.
바다가 모든 걸 가슴에 품고 인자하게 미소 짓는 아저씨의 얼굴을 하고 있다면, 강은 마음이 훤히 보여서 기쁨과 슬픔을 감추지 못하는 어린아이 얼굴을 연상케 해. 바다는 사람들에게 동경의 대상일지 모르지만, 강은 사람들 옆에서 편하고 친숙한 친구일 테니까.

교토엔 '교토의 혼'으로 여겨지는 강이 있어. 가모가와鴨川.

교토 도시 전체를 남북으로 관통하기 때문에 어디로든 다 연결되는 이 가모가와鴨川는 교토 사람들에게 얼마나 든든한 존재일까.
아침 일찍 조깅을 나온 사람들. 초저녁 선선한 바람을 맞으며 자전거를 타는 사람들. 어스름한 저녁에 사랑하는 애인 손잡고 강변을 거닐며 낭만을 즐기는 사람들… 일상이 되어준다는 건 참 특별한 일이야. 매일 시간을 내어준다는 건 사람을 길들이는 일과도 같거든. 시간이 흘러도 가슴에 오래 남는 법이지. 교토 사람들에게 가모가와鴨川는 일상이니까… 얼마나 특별한 존재겠어.

어둠이 찾아왔고 난 가모가와鴨川가 훤히 내려다보이는 다리 위에서 턱을 괴고 강을 바라봤어.
강변에 늘어선 본토쵸先斗町 식당엔 노료유카納涼床(여름에 가모가와를 바라보며 식사를 할 수 있도록 강 쪽에 만들어놓은 자리)에 앉아서 식사를 즐기는 사람들도 보이고, 강변에 걸터앉아 이야기를 나누는 사람들도 많이 눈에 띄었어.

눅지근한 저녁 공기 마시며 평화로운 가모가와를 바라보다 보니 이곳 교토에서만큼은 '강'이 '바다'보다 더 좋아질 것 같은 예감이 들었어.

물빛 황홀한 가모가와先斗町.
아름답고 싱그러운 강의 축복을 눈으로 직접 본 사람이라면,
내 마음을 이해할 수 있을 거야.

#14

교토의 밤은 짧아, 걸어 아가씨야

> 나는 어두운 본토초의 돌이 깔린 보도를 걸었습니다.
> 애초에 내가 왜 이와 같은 밤의 여로에 나서게 됐는지, 그때의 나는 이미 알 수가 없었습니다. 그건 매우 신나고 배울 게 많은 밤이었기 때문이겠지요. 뭔가를 배웠다는 것은 단지 나의 느낌일 뿐일까요? 그런 건 뭐 아무래도 좋습니다. 병아리 똥같이 작은 나는 어쨌든 아름답고 조화로운 인생을 목표로 앞을 향해 걸어갈 것입니다.
> 차고 맑은 하늘을 뽐내듯 올려보다가 술잔을 주고받을 때 이백 씨가 내게 한 말이 떠올랐습니다. 기분이 유쾌해졌습니다. 그 말이 내 몸을 지켜주는 주문처럼 느껴져 작게 소리 내어 말해보았습니다.
> "밤은 짧아, 걸어 아가씨야."
>
> *– 모리미 토미히코, 〈밤은 짧아 걸어 아가씨야〉 中*

밤이 왔다. 모리미 토미히코의 소설 〈밤은 짧아 걸어 아가씨야〉를 읽고 나서, 난 교토의 밤을 은근 기다리고 있었다.
물론 이 소설이 교토의 밤거리에 대한 환상을 심어준 건 아니지만, 뭐랄까. 왠지 교토의 밤거리를 걷다 보면 작가와 내가 하나가 되는 특별한 느낌을 받게 될 거란 기대감이 있었다. 작가가 밤바람을 타고 나타나 내 귀에 "밤은 짧아, 걸어 아가씨야". 소근 댈 것 같은 예감.

교토의 밤엔 누구라도 본토쵸先斗町 골목을 찾는다. 잠잠한 교토에서 유일하게 들썩이는 밤거리.
좁디좁은 골목 사이로 선술집과 요정이 빼곡하게 들어차 있다. 꼬치 굽는 자욱한 연기와 야키소바 볶는 냄새도 그럴싸하다.
사람이 사랑을 애타게 찾는 소리. 인생의 노곤함이 배어든 소리. 한바탕

웃음으로 술잔 부딪치며 아픔을 이겨내는 소리. 이 거리를 걸으며 생각했다. 이곳 사람들에게 밤은 하루의 끝이 아닐 거라고…. 밤을 잊은 이들에게 하루의 시작은 오히려 '아침'이 아닌 '밤'일 수도 있다. 아니, 어쩜 오늘 이 밤이 이들에게 일생의 시작일지 누가 또 아는가.

#15

교토타워 : 도쿄타워

● 좋아하지 않는 거죠? 교토타워 京都タワー

금방이라도 울음 쏟아낼 것 같은 하늘엔 교토타워가 삐쭉 솟아 있었어. 초고층 빌딩이 불야성을 이루는 도시였다면 모를까, 낮음을 지향하는 교토京都에서 높은 타워가 어울릴 리 없지. 한밤중 교토타워에 올라가 시내를 보면 칠흑 같은 어둠만 존재할 텐데….
이런 교토타워가 만들어진 지 벌써 50년이 되었어. 멋을 중시하는 교토 사람들은 이 교토타워를 수치스런 건축물로 여기고 있다지. '교토를 비추는 등대'라는 이미지로 열심히 주력은 하고 있지만, 색이 바랠 대로 바랜데다 희멀겋기만 한 교토타워가 교토 사람들 눈에 예뻐 보이지 않나 봐.

교토타워도 이런 교토 사람 마음을 알고 있는 눈치였어. 백일이 갓 지난 아기도 자기를 좋아해 주는 사람과 싫어하는 사람을 구별해낼 줄 아는 것처럼 말이야. 교토타워는 한껏 주눅 든 얼굴로 날 바라봤어. 사물에 느낌을 부여한다는 게 무슨 의미일까 싶겠지만, 사랑받고 있지 못한 느낌은 쉽게 지워지지 않는 법이거든.

● 싫어할 수 없는 거죠? 도쿄타워東京タワー

> 추운 밤이다. 입김이 하얗다. 이 비탈길을 올라갈 때, 뒤돌아보면 그곳에 도쿄타워가 보인다. 언제나. 바로 정면에.
> 밤의 도쿄타워는 온화한 불빛으로 빙 둘려, 그 자체가 빛을 발하고 있는 것처럼 보인다. 곧은 몸으로, 밤하늘을 향해 '우뚝' 서서.
>
> *– 에쿠니 가오리, 〈도쿄타워〉 中*

파리의 에펠탑을 본떠 만든 도쿄타워는 창조력 제로의 인위적인 상징물이라고만 생각했어, 처음엔.
하지만 도쿄에서 살아본 이후로 나에게 도쿄타워는 어느덧 애틋한 존재가 되어 있어. 평평한 도심 한복판에 높게 솟은 도쿄타워는 도쿄 어느 곳에서든지 까치발을 들고 바라볼라치면 멀리서도 찾아낼 수가 있거든.

콩닥콩닥– 도쿄가 심장 뛰는 소리를 내는 건, 도쿄타워 덕일지도 몰라. 도쿄 사람들은 모두 도쿄타워를 바라보며 하루를 열고 하루를 마감하거든. 때문에 도쿄타워에 갖가지 의미를 부여하게 되지. 싫어하고 싶은데도 싫어할 수가 없는 걸 거야. 이미 도쿄에 발을 디딘 우리는….

#16

노렌暖簾이 나풀대다

교토 사람이 말했어.

"여기서 나고 자란 나는 여태껏 교토에 살면서 전통을 이어오는 수많은 가게를 봤어.
노렌京都을 우습게 여기지 마. 노렌이 얼마나 사람의 인생을 좌지우지 하는지 넌 모르잖아."

바람이 살랑대. 가게 문 앞엔 천 조각이 나풀대고 있지.
그의 이름이 바로 노렌京都.
천 조각엔 가게 상호나 가문 이름이 적혀 있어.
손으로 정성껏 쓴 한자 혹은 히라가나 글씨. 최첨단의 그럴싸한 그래픽 글자와 비교해보면, 참 정감 가는 아날로그 감성이야.

이 무명 천 조각이 뭔 의미가 있을까 싶지만, 사실 노렌은 교토의 심볼 Symbol과도 같대.
노렌 중엔 50년, 많게는 100년, 200년의 역사를 지닌 것도 있거든.
노렌을 이어왔다는 건 주인집 가게의 명예와 신용을 그대로 물려받았다는 걸 뜻하지.

자그마한 점포의 빛바랜 노렌.
그 노렌을 지키기 위한 교토 사람들의 숙명.
우리 사는 기준으론 작은 천 조각 하나에 사람 인생을 건다는 게 신기할 뿐이겠지만, 그 위용에 교토 사람들은 한 번 사는 인생을 모두 걸어.

#17

기온 거리에서 난 게이샤를 만날 수 있을까

이곳이 교토라면
당신 또한 우연히 마주치길 기대하는 신비스런 존재가 있을 겁니다.
또각또각– 나무 굽 소리를 내며 골목에서 금방이라도 튀어나올 것 같은 이들.
세계 어느 박물관에도 소장할 수 없는, 교토만의 보물.
그건 바로 21세기인 지금까지도 교토에 존재하는 게이샤芸者 들일 테죠.

새하얀 얼굴. 새빨간 입술. 곱디고운 기모노. 딸각거리는 게다…
게이샤芸者의 상징입니다.
게이샤는 일본 요정에서 술자리의 흥을 돋우는 여성을 말하는데, 술시중을 들면서 샤미센(일본 전통악기)을 연주하고 춤을 추는데다 교양을 갖춰 화술도 뛰어나다고 합니다. 게이샤에게는 엄격한 규율이 있습니다. 바로 연회장에서 들은 이야기를 절대로 발설하면 안 되고, 손님의 이름 또한 먼저 물으면 안 된다는 것입니다. 또한 '접대를 하는 예술가'로 평가받는 게이샤들은 고객과 잠자리를 갖는 걸 금지하고 있으며, 고객과 잠을 잔다고 해도 절대로 돈을 받지 않는다고 합니다.

한때 풍기를 문란하게 한다는 이유로 금지령이 떨어지기도 했지만, 400년 가까이 교토에서는 그 명맥을 이어오고 있습니다. 현재 교토에는 196명의 게이샤와 77명의 마이코(게이샤가 되기 위해 수련 중인 소녀)가 생활하고 있습니다.

교토엔 6대 하나마치가 있습니다. 예부터 게이샤들이 명성을 떨치던 화류 거리. 기온코부祇園申部, 기온히가시祇園東, 미야가와초宮川町, 본토초先斗町, 가미시치켄上七軒, 시마바라島原가 바로 그곳이죠. 하지만 현재까지도 명맥을 이어오는 곳은 기온코부祇園申部와 기온히가시祇園東 입니다. 이 일대엔 400년 넘는 목조건물과 전통주택 사이로 게이샤의 보금자리 오차야お茶屋가 산재해 있습니다. 어둠이 깔리고 고급 승용차 몇 대가 골목 안으로 미끄러져 들어오죠. 곧 정장 차림의 나이 지긋한 신사들이 차에서 내려 빨간 주렴이 걸린 목조건물로 들어갑니다. 이제 그 안에서 일어나는 모든 일은 철저히 외부와 차단되죠.

기온코부祇園申部를 걸으며 생각했습니다.
이 거리에서 나는 게이샤와 마주칠 수 있을까.
베일에 감춰진 신비스런 게이샤. 이들을 보기 위해 주변을 살핍니다.
참! 간혹 가다 게이샤 복장을 한 사람들이 눈에 띄는데,
이들 중 대부분은 '이샤 체험'에 나선 관광객들이니 주의하셔야 해요.

#18

외톨이
마이코 상舞妓さん

공중에 흩뿌려지는 수만 가지 말보다 강렬한 눈빛 1초가 더 많은 마음을 표현할 때가 있어. 살면서 말을 주고받는 게 가장 중요한 삶의 도구라고 생각하지만 이럴 때 보면 말이 참 하찮아져.

기온코부祇園申部 를 걸으며 난 게이샤를 만날 수 있을까 기대에 부풀어 있었지. 카리스마 넘치는 얼굴로, 요염한 자태 뽐내며, 도도하게 날 지나가겠지? 마음껏 상상 중이었거든.

그때였어. 끼익– 내 앞으로 택시가 섰어.
금방 관광객들이 우르르 달려들더라.

택시 안에는 게이샤가 앉아 있었어. 그녀는 고개를 숙이고 몸을 정지한 채 석고상처럼 멈춰 있었지. 곧 집 안에서 마이코 상舞妓さん이 나왔어.
마이코 상舞妓さん. 그들은 중학교를 졸업하자마자 마이코로 데뷔해서 20살이 되면 게이샤가 되는 거지. 한 사람의 마이코를 게이샤로 데뷔시키기까지는 몇 년의 시간과 막대한 돈이 필요하다고 해. 기모노 한 벌 값만도 수천만 원을 호가하니, 어림짐작으로도 수억 원이 필요하단 얘기지.

보따리를 가슴에 안고 대문 앞에 서 있는 마이코 상舞妓さん을 보는데 왜 난 갑자기 가슴이 울컥했을까.

도도하게 지나칠 줄 알았어. 관광객들 시선 따윈 무시한 채. 하지만 그녀는 그녀를 가로막고 카메라 셔터를 눌러대던 사람들 사이에서 금방이라도 울음을 터뜨릴 얼굴이었어. 잠시 잠깐이었지만, 난 난감해하던 그녀

눈빛과 주춤대던 발을 보고야 말았지. 나도 따라 눈시울이 붉어졌어. 가냘픈 체구, 무거운 가발, 온몸을 꽉 조이는 공포의 기모노… 몸도 마음도 여린 그녀는 세상 사람과 단절된 얼굴로 살아가는 게 얼마나 쉽지 않을까. 머리는 헝클어지지 않게 나무 베개만을 써야 한대. 태어날 때 부모님이 지어준 이름은 절대 사용하면 안 되고, 개인 신상에 관한 건 모조리 지워버려야 하는 운명이래. 세상은 이들을 희귀종으로 보겠구나, 그래서 한 인간으로 그녀는 참 많이 외롭겠구나, 생각했어.

나 마이코 상을 본 순간, 세상 편견 모두 던져버리고 마이코 상을 좋아하고 싶어졌어. 사실 그렇잖아. "길 좀 비켜주시죠?"라고 당돌하게 외칠 수 있었을 텐데….

그 후로 지금껏 난 그녀의 슬픈 눈빛을 잊을 수가 없어.

#19

‘걷는다’는 아름다운 행위

‘걷는다’는 뉘앙스가 좋다.
‘뛰다’ 혹은 ‘타다’, ‘멈춰 있다’의 단어와는 본질이 다르다고 생각한다. 때문에 난 종종걸음으로 조급하게 달리듯 걷는 모양새나, 흐트러지게 걷다가 택시를 날름 타버리는 행위에 ‘걷는다’는 공식적인 단어를 사용하고 싶지는 않다. ‘걷는다’는 단어 저변에는 ‘마음속 깊이 우러나는 발걸음’이 필요하다고 생각하기 때문에 말이다.

난 걸으면서 스트레스를 푸는 사람이다.
마음이 틀어져 더 이상 머리가 굴러가지 않을 때. 모든 세포가 하나같이 예민해질 때. 난 다리의 뒤쪽 근육이 찌릿찌릿 아파올 때까지 걷곤 했다. 어디에서부터 어디까지 걸었는지는 중요하지 않다. 하염없이 걷는 행위를 통해 그냥 내 마음을 다독이면 되는 거다. 몸이 피곤해질 대로 피곤해지면 난 모든 게 부질없다는 결론을 맺게 된다. 사람도, 사물도, 사랑도 욕심내면 안 된다는 생각까지 들면 이래도 저래도 상관없어지는 것이다.

19세기 일본 최고의 판화가 안도 히로시게安藤重는 에도(지금의 도쿄)에서 교토에 이르는 500km의 도보 여행을 그림에 담아냈다. ‘도카이도 53 역참安藤廣重’이란 작품인데, 도카이도 53 역참, 기점인 니혼바시, 종점인 교토 등 총 55점으로 구성된 연작판화다. 오로지 걷는 것만이 여행을 할 수 있는 유일한 수단이었던 당시, 히로시게는 ‘도카이도 53 역참’을 통해 로드무비를 담아냈다. 이 작품들을 가만히 들여다보면 걷기의 묘미가 무엇인지를 알 수 있게 된다. 멈춰 있지 않고 걸을 수 있다는 게 얼마나 아름다운 행위인지를 말이다.

비단 이 작품처럼 도쿄에서 교토에 이르는 1,200리 여정을 살피지 않더라도, 교토京都에 갔다면 그냥 하염없이 걸어보는 건 어떨까.
교토란 도시는 기약 없이, 마음이 멈추고 싶을 때까지, 한참을 걸어도 좋은 도시다. 교토 토박이들조차 전철이나 버스의 요긴함을 느끼지 못한 채 걷는 걸 즐기며 살아간다. 사실, 튼튼한 두 발로 한참을 걸어야 진정한 교토의 묘미를 느낄 수 있는 까닭도 있다.

나도 지도를 가방에 구겨 넣고 무작정 교토를 걷기 시작했다. 뚜렷한 목적지도, 정해진 시간도 없이. 방향을 잘못 잡아서 길을 잃을지라도 지금 이 순간만큼은 발걸음이 가볍다. 콧노래도 흘러나온다.

난 이미 '걷는다'는 아름다운 행위에 취해 있는 건지도 모르겠다.
걷고 싶은 도시, 여기는 교토京都니까.

#20

어둠 속에서 길을 잃다

일찍 일어나고 일찍 잠드는 모범생 도시, 교토京都.
이곳에 밤이 찾아들면 난 길을 잃게 될 줄 알았어. 위치를 알려주던 불빛들이 일제히 스위치를 내려버릴 테니 말이야.
하지만 난 길을 잃고도 담담했어. 흔들림 없는 얼굴과 머뭇거리지 않는 발걸음. 그냥 오던 길을 되짚다 보면 답이 있겠지, 싶었거든.

길을 잃어버리는 일 따윈 아무것도 아니야.
어차피 헤매봤자 길 위이고, 찾아내도 길 위이니까.

진짜 두려운 일은,
이 세상 누구의 마음에도 머물지 못하는 내 마음이었어.

사람이 있을 곳이라곤 누군가의 가슴뿐이라고 하거늘, 내 마음은 언제쯤 잃어버린 길을 찾을 수 있을까.

#21

노부부의 녹차가게

차를 마시는 습관은 중국에서 시작됐지만,
예의범절을 갖춘 다도로 발전시킨 건 일본에서다.
그중에서도 물 맑은 교토는 차의 거장 센노 리큐千利休의 등장으로 다도문화가 유독 더 발전한 도시다. 뿐만 아니라 교토 남부에 위치한 우지宇治는 현재 최고의 녹차 품질로 인정받는 '우지차'의 생산지로 정평이 나 있다. 교토 사람들이 '좋은 녹차'와 '질이 안 좋은 녹차'를 눈 감고도 판별해낼 수 있다는 말이 괜히 나온 건 아니구나 싶어진다.

교토 '철학의 길'로 가는 길목엔 백발의 할아버지와 수줍음 많은 할머니가 꾸려나가는 녹차가게가 하나 있다. 녹차 인스트럭터 자격증까지 딴 첫째 딸이 60가지 차를 직접 테이스팅 해주고, 매일 밤마다 가족들이 둘러앉아 다음날 판매할 맛차 모나카를 직접 만든다는 가게. 90년도 더 된 이곳은 〈다케무라 교쿠스이엔 혼포竹村玉翠園本舗〉이다. 교토 토박이들에게 양질의 우지차를 저렴한 가격으로 판매해서 오랜 신용을 쌓아왔다고 한다.

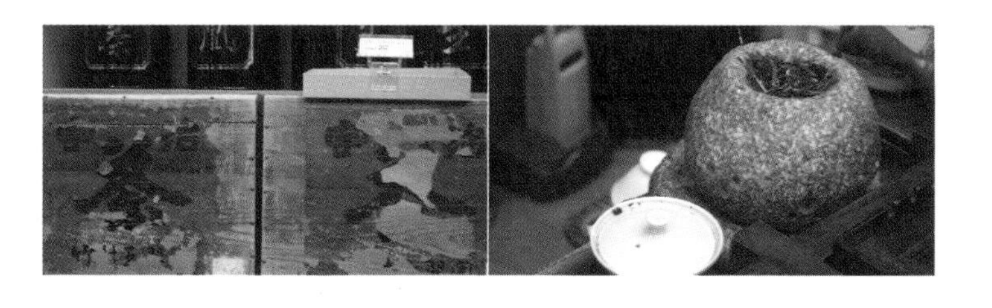

어둠이 찾아든 교토. 7시를 살짝 넘긴 시각.
가게 문을 닫으려던 찰나였던 것 같다.
난 드르륵 나무문을 열고 들어섰다. 나와 눈이 마주친 건 〈다케무라 교쿠스이엔 혼포〉의 주인 할머니였다. 할머니는 뜻밖의 손님에 당황한 눈치였다. 멀리 한국에서 왔다고, 이곳 녹차를 마셔보고 싶어서 걷고, 버스 타고, 또 걸어서 여기까지 왔다고 너스레를 떨었더니 할머니는 그제야 고개를 끄덕이며 나를 반겨주셨다.

가게 안은 온통 찻잎 말리는 냄새가 진동을 했다.
오랫동안 차(茶)가 담겨 있던 통. 돌 위에 갈아놓은 녹차 잎. 달달 소리를 내는 낡은 아이스크림 기계. 이 모든 게 주인 할머니의 주름진 손과 너무 잘 어울리는 느낌이다.

나는 따듯한 우유에 초록빛 살짝 감돌게 맛차 가루를 섞는 '맛차라떼'를 좋아하는지라 센차(녹차 잎을 찌거나 건조시켜 만든 차)와 호지차(강한불로 녹차를 볶아서 만든 갈색 빛의 차)를 과감히 포기하고 맛차(녹차 잎을 갈아서 만든 가루차)를 주문했다. 할머니는 정성스런 손길로 맛차가루를 작은 통에 담고 진공포장까지 해서 내게 건넸다. 뿌듯해졌다. 교토 토박이들을 사로잡은 〈다케무라 교쿠스이엔 혼포〉 녹차 맛이 이제 내 손안에 있으니 말이다.

다케무라 교쿠스이엔 혼포 竹村玉翠園本舗

◆ Adress : 京都府 京都市 左京区 聖護院山王町 13 番地
◆ Tel : 075-771-1339
◆ Time : 09:00~19:00. 일요일 休.

#22
사람인형

가끔 멍하니 초점 잃은 눈빛으로 세상을 바라볼 때가 있어.
이런 내 모습에 사람들은 인형처럼 그렇게 있지 말라고 다그쳐.
숨 쉬지 않는 인형 같다고… 그래서 가슴이 철렁 내려앉는다고 말해.

가슴 아픈 기억들을 지퍼 팩에 담아두었어.
봉인된 추억들. 떨쳐내고 싶은 생각. 멀리 두고 오고 싶던 사람.

정신을 조금이라도 흐트러뜨리면 밀봉해놓은 아픔들이 자꾸 삐져나오니까 난 한순간도 약해지지 않으려고 바짝 긴장해서 하루하루를 살아.

하지만 말이야. 아주 가끔은 힘에 부칠 때가 있어. 숨도 못 쉬게 꽉 묶어둔 아픔들이 어느 틈엔가 새어나올 때. 그럴 때 내가 할 수 있는 일이라곤 잠시 세상을 정지시키는 일뿐이었어. 잊어버리면 그만일 텐데, 잊고 싶다고 내 마음대로 잊어지는 게 아니었으니까.

#23

교카시京菓子

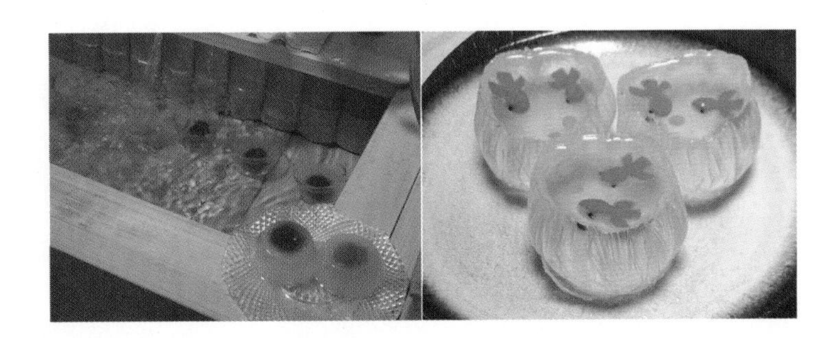

"교카시京菓子는 전통을 중시하는 명과점에서 만드는 과자야.
백화점에 입점하는 건 물론이고 광고조차 하기를 꺼렸지. 누가 콧대 높은 교토 사람 아니랄까 봐.
2,3대째 이어오는 전통과자점에선 유명한 다도가나 다도회에 내놓을 교카시京菓子만 소량으로 만들었다고 해."

"교카시京菓子엔 사계의 풍경이 녹아 있어.
봄꽃의 향기를 담고, 시원한 강바람을 표현하고, 짙게 물든 단풍과 새하얀 설경을 그려낸 과자.
교카시京菓子는 눈, 혀, 마음으로 먹는 과자라고 해.
때문에 계절이 바뀌면 교카시京菓子도 따라 바뀐다고 하니, 전통과자의 세계는 얼마나 깊고 오묘한 걸까."

교토京都의 수많은 특산품 중 〈교카시京菓子〉란 이름의 화과자는 외부인에게 가장 큰 관심거리라고 해.
여기서 말하는 화과자는 '꽃花과자'가 아니라 '일본 과자'를 의미해. 일본에선 '화和'란 단어 자체가 일본이란 나라를 뜻하거든.

거리마다 화과자和菓子 가게가 가득했어.
비단 6대째 전통을 이어온 터줏대감 〈감춘당甘春堂〉이 아니어도, 교토는 100년 넘게 화과자를 계승, 발전시키고 있는 곳이니 말이야.
파란 눈의 관광객도 까만 얼굴의 여행자도 탄성을 자아낼 정도로 아름다워. **이들만의 과자.**

#24

밤의 야사카진자八坂神社

'다리가 부르틀 때까지 걸었는데 3시간째 허탕만 쳤어.
그래도 뭐, 억울해 말자. 이런 게 인생인걸.'

어둠 속에서 버스는 기온 거리를 향해 달리는 중이었어.
긴카쿠지金閣寺 야경을 보기 위해 한참을 헤맸는데 결국 포기하고 돌아섰거든.
오가는 인적 하나 없이 깜깜한 세상에서 기운이 쭉 빠져버렸지 뭐야.
애써 아닌 척했지만 아쉬움이 자랐나 봐. 오늘은 교토에서의 마지막 밤.
이럴 땐 나 스스로를 다독이는 수밖에 없지.

한참을 달리던 버스가 급브레이크를 걸고 멈춰 섰어.
신호를 기다리나 대수롭지 않게 생각했는데, 5분이 넘도록 도통 버스가 움직이지 않는 거야.
버스 안 사람들이 웅성거리기 시작했고, 난 고개를 내밀어 그제야 앞쪽을 쳐다봤어.

거대한 행렬이 보여. 어? 저건 뭘까.
앞자리에 앉은 할머니가 모두 들으라고 큰 소리로 말씀하셨어.

"오늘이 7월 마지막 날이지. 지금 기온마쯔리祇園祭り의 마지막을 기념하는 가두행진이 벌어지고 있어."

물론 도쿄의 연례행사인 산자마쯔리三社祭り와 칸다마쯔리神田祭り를 갔던 나로서는 그다지 신기한 광경은 아니었어. 하지만 기온마쯔리祇園祭り는 일본의 3대 마쯔리 중 하나. 교토의 여름을 한층 더 아름답게 해주는 교토 최고의 축제라고 해. 거기다 천 년이 넘은 마쯔리지. 869년 신에게 제를 지내며 역병이 사라지기를 기원하는 목적으로 만들어졌다니까 말이야. 이 기온마쯔리에선 야나카신사八坂神社의 주신을 태운 3대의 가마 '미코시'와 초대형 수레인 '야마', '호코'가 교토 번화가를 몇 차례 순례하는데, 그 가두행진이 가히 압권이란 얘기를 나도 언젠가 들은 기억이 있어.

참 신기한 일이야.
내가 만약 긴카쿠지祇園祭り에서 길을 헤매지 않았더라면,
정류장에 도착하자마자 203번 버스가 제때 와주지 않았더라면,
기온 거리를 가냐고 버스기사에게 용기 내어 묻지 않았더라면,
여자 승객 하나가 도로 한복판에서 내리겠다고 하지 않았더라면,
그 승객을 따라서 나도 후다닥 내리지 않았더라면,
난 기온마쯔리 마지막 10분의 황홀한 광경을 바로 눈앞에서 볼 수 있었을까.

아무것도 얻은 게 없다고 생각할 때 비로소 더 큰 선물을 주는 게 인생이구나, 다시 한 번 깨달았어.
내 교토의 마지막 밤은 이렇게 기온마쯔리祇園祭り의 화려한 엔딩을 바라보며 서서히 저물어가고 있었지. **행운이 넘치는 7월 31일의 꿈 같은 밤.**

#25

낮의 야사카진자八坂神社

화려한 기온마쯔리 가두행렬 너머로 〈야사카진자八坂神社〉는 카리스마 넘치는 밤의 얼굴을 하고 있었어. 만약 내가 강렬한 '밤의 야사카진자'를 보지 못했더라면, 난 수수할 대로 수수한 '낮의 야사카진자'만을 기억했겠지?

사실 '낮의 야사카진자' 는 너무 얌전한 얼굴이어서
내가 그곳을 다녀갔는지조차 잊게 할 정도였거든.

'낮의 야사카진자' 는 참 고즈넉했어. 교토 최고의 관광스폿으로 꼽히는 기온祇園 거리와 히가시야마東山를 잇는 정중앙에 위치해 있는데 어쩜 이렇게 조용할 수 있을까 궁금할 정도로…. 하지만 사실 〈야사카진자八坂神社〉는 나쁜 액을 막아주고 번성을 도모한다고 해서 교토 사람들이 제일 친밀하게 생각하는 신사래. 12월 31일이 되면 이들은 〈야사카진자〉의 불씨를 집으로 가져가는 전통의식을 치르는데, 새해 아침에 먹는 오조니お雜煮(떡국과 흡사함)를 끓일 때 이 불씨를 사용한다고 해. 뿐만 아니라 1월 1일엔 전국각지의 일본인들이 몰려와 발을 디딜 곳이 없을 정도래. 〈야사카진자〉의 신년운수 점괘는 유독 잘 맞기로 유명하다고 하니 말이야.

하지만 내가 본 '낮의 야사카진자' 는 그런 복작거림을 상상할 수 없을 정도로 조용하기만 했어. 마치 두 얼굴을 갖고 사는 사람처럼.

神札・お守り授与所
恋みくじ
初穂料　200円
おみくじ
初穂料　200円
第十五番
吉
千早ぶる神の園なる姫小松
萬代ふべきはじめな

#26

교토 서민들의 오래된 식당

폼생폼사 교토京都는 일본 중에서도 물가가 비싸기로 유명하다. 1,000円짜리 한 장으론 제대로 된 식사 한 끼도 어려운 천정부지 물가 탓에 여행객들 주머니도 쉽게 안 열리는데, 과연 교토 사람들은 이 높은 물가를 어떻게 감당해 내는지 궁금했다. 때깔 좋은 기모노를 입고 도도하게 걸어 다니는 부유한 사람들만의 도시는 아니지 않은가.

서민의, 서민에 의한, 서민을 위한 곳을 가보고 싶었다. 오랜 세월 서민들 마음을 어르고 달래줬을 곳. 〈잇센 요소쿠壹錢洋食〉는 이름부터가 그런 분위기를 풍기는 식당이었다. '1전(錢)에 먹을 수 있는 서양 음식'이란 뜻인데, 저렴한 가격 덕분에 100년이 넘도록 교토 서민들 사이에서 선풍적인 인기를 끌었다. 지금도 '잇센 요소쿠' 1장에 630円이란 값싼 가격에 판매하는데, 한 끼 식사대용이나 술안주로도 가능하다. 인상적인 건 이 식당의 메뉴가 '잇센 요소쿠'딱 하나라는 점.

얇게 부친 밀가루 안에는 으깬 생선살을 구운 치쿠와ちくわ 와 교토를 대표하는 구조네기九條ネギ 라는 파, 잘게 다진 쇠고기와 붉게 물들인 생강 등이 들어 있다. 그 위에 짭짤한 소스를 뿌리는데, 맛이 달작지근하고 오묘해서 한국인 입맛엔 다소 안 맞을 수 있다. 하지만 우리네 파전과 왠지 닮은 느낌이랄까. 난 시원한 라무네ラムネ(유리병에 담긴 일본의 오래된 청량음료) 한 병에 '잇센 요소쿠'를 먹으며 식당을 둘러봤다. 테이블마다 기모노 입은 인형이 마주 앉아서 홀로 온 사람들의 외로움을 달래주고 있고, 벽면에는 우스꽝스런 그림이 그려 있다. 술 한잔 기울이며 시끌벅적 소리를 질러대는 아주머니와 아저씨 모습도 정겹다. 해학과 유머가 살아 있는 공기. 이 안에는 서민들의 애환과 끈기, 좌절과 희망이 동시에 춤을 추고 있었다.

잇센 요소쿠 壱銭洋食

- Adress : 京都府 京都市 東山区 祇園四条通 縄手上ル
- Tel : 075-533-0001
- Time : 11:00~01:00. 일 · 공휴일 10:30~22:00.
- Website : http://www.issen-yosyoku.co.jp

#27
혼자ひとり

교토에서의 일정이 끝났다. 아직 교토를 떠난 건 아니지만, 교토에서 습득하기로 한 모든 걸 마무리 지었다는 뜻이다. 물론 교토를 다 체화했단 얘기는 절대 아니다. 처음 만난 교토에서 이 정도면 됐다고 생각했을 뿐이다. 언제나 여행은 아쉬움이 남아야 다시 찾게 되는 법이니…. 퉁퉁 부은 발을 달래줄 최고의 방법은 역시 휴식이다. 비록 흔해빠진 패스트푸드점이라지만 난 일본에 올 때마다 즐겨 마시는 달콤한 카페오레를 사들고 자리에 앉았다.

천성적으로 외로움을 많이 타는 사람이지만, 며칠째 난 혼자 여행을 하며 혼자 생활에 익숙해졌나 보다.
아침에 혼자 눈을 뜨고 혼자 하루를 계획하며, 로밍해온 핸드폰의 울림 따윈 일절 무시한 채 홀로 밥을 먹고 홀로 걸으며 때때로 혼자 대화를 나눴다. 여기서 간과하지 말아야 할 가치가 하나 더 있다면, 24시간 동안 난 나만을 위해 통째로 시간을 썼다는 점이다. 온종일 내가 먹고 싶은 걸 먹고, 내가 가고 싶은 곳만 가고, 내가 하고 싶은 대로 행동할 수 있었으니… 타인을 향한 배려도, 타인과의 어우러짐도 며칠 동안 내려놓을 수 있었다. 홀가분했고 자유로웠다.

하지만 늦은 시각 혼자 배를 채우는 아저씨의 뒷모습은 이런 내 의식을 단절시키고 말았다. 분명 아저씨는 당신 뒷모습이 가슴 쓸어내릴 정도로 외로워 보인다는 걸 모르겠지. 마치 내가 내 뒷모습을 상상하지 못하는 것처럼. 당장이라도 아저씨에게 달려가 어깨를 토닥이며 속삭이고 싶었다.

"아저씨, 어서 집에 가세요.
우리 아무리 편해도 오래 혼자이진 말아요."

Café
Au
Lait
カフェオーレ

#28

교토를 기억하겠습니다

"ありがとうございます 아리가또고자이마스."

교토에서 이 말을 들었을 땐 심사숙고하라는 얘기가 있습니다.
생긋 웃으며 교토 사람이 고맙다고 하더라도 그걸 모두 긍정의 뜻으로 받아들이면 안 된다고요.
직설적인 표현이 촌스럽다고 여기는 교토 사람은 거절할 때도 "ありがとうございます 아리가또고자이마스."를 사용한다고 합니다. 예를 들어 "차 한잔 하실래요?"라고 물었을 때 교토 사람이 "고맙습니다"라고 대답한다고 해서 차를 마시겠다는 의미는 아니라는 거죠.

그래서인지 교토 사람과 말을 주고받다 보면 어디부터 어디까지가 진심인지 아리송할 때가 있습니다.

하지만 반면 교토 사람은 일본의 어느 도시보다 예의 바르고 단정했습니다. 도쿄에서 느끼지 못했던 또 다른 얼굴의 천년고도 교토京都는, 과거가 박제된 것처럼 옛 모습을 잘 간직하면서도 현재와 과거를 조화롭게 공존시키는 똑똑한 도시였죠. 만약 오래됨을 중히 여기는 교토 사람들이 없었다면 이 도시는 노력대로 일궈내지 못했을 겁니다.

한낮에 곤히 잠든 느긋한 고양이를 닮은 교토를 기억하겠습니다. 부귀영화(富貴榮華)나 일확천금(一攫千金) 같은 단어 따윈 잊어버린 채, 하늘이 정해준 숙명대로 경건하게 살아가는 교토 사람의 기품도 잊지 못할 겁니다. 1,600여 개의 절과 400여 개 신사가 있는 교토에서 기도를 생활화하며 마음 동요를 잠재우는 이들의 반듯한 마음가짐도 기억할 겁니다. 그리고 무엇보다 '교토는 특별한 도시다. 고로 교토인도 특별해야 한다'는 신념을 갖고 똘똘 뭉치는 교토 사람들의 칼날 같은 자긍심도 함께 기억하겠습니다.

#29

작별인사

과하지 않을 만큼 마음을 준 것 같습니다.

많이 부대끼고 많이 관계하지 않았기 때문에
교토는 여전히 제게 '조금 불편한 깍쟁이'이지만,

만약 모든 걸 허심탄회하게 보여줬더라면…
넘치듯 모든 사랑을 털어줬더라면…
난 교토와 이별 후, 교토를 다시 떠올리지 않았을지 모릅니다.

인사를 이렇게 하겠습니다.
またね마따네. **또 봐요, 우리.**

自転車を除く
21－4
土曜、日曜は
9－17・21－4
郵〒便
POST
日本郵便
火迺要慎
西御座
御神酒
西御座
御神酒

낡은 도쿄

#01

너의 도쿄

「오늘 그녀는 방의 짐을 모두 뺐습니다. 손때 묻은 물건들.
역으로 향하는 버스 안에서 평상시처럼 친구에게 문자를 보내보지만, 그녀는 오늘이 어제와 다른 하루란 걸 알고 있습니다. 그녀 손엔 낡은 기타 하나가 덩그러니 들려 있습니다. 그리움이 짙어질까 봐 소중한 사진은 모두 두고 나왔습니다. 가진 것 없이 이곳에 왔던 것처럼, 그녀는 이번에도 빈털터리로 떠나려고 합니다. 전차가 달리기 시작하자 그녀가 눈물을 글썽입니다. 창밖의 낯익은 풍경들이 변치 말아 주길 기도하고 있습니다.

"도쿄는 참 무서운 곳이지." 낡은 기타를 선물한 사람이 그녀에게 냉랭한 목소리로 말했습니다. '옳지 않은 선택일지 몰라. 하지만 착각이어도 난 좋아.' 그녀는 스스로 이렇게 다독여봅니다. 물론 그녀도 알고 있습니다. 며칠을 펑펑 울다 지쳐 잠들지 모른다고… . 새로운 아침이 왔는데도 여전히 방황만 하는 하루일지도 모르겠다고…. 그럴지도 모르겠죠. 도쿄란 도시는 절대로 녹록하지 않은 곳이니까요.」

공상에 빠져 있었다, Yui의 〈Tokyo〉 노래를 들으며.
어느새 난 도쿄東京에 도착해 있다.

나의 도쿄가 아닌, 너의 도쿄는

철저한 개인주의자들이 숨소리도 내지 않고 살아가는 곳.
한껏 긴장된 어깻죽지에 힘이 뻗치는 느낌.
팽팽한 피아노 줄처럼 외로움과 고독함으로 사람이 위태위태한 장소.
미치광이가 일반인처럼, 일반인이 미치광이처럼 알 수 없는 표정을 짓는 곳.
상상조차 하기 힘든 끔찍한 사건 사고가 매일 밤 벌어지는 공포의 도시.

때문에 '꿈'과 '이상'을 찾기 위해 도쿄란 도시로 흘러온 사람들은
서로가 서로에게, 사람이 도시에게, 도시가 사람에게 정을 주면 안 된다고 다짐해.

너의 도쿄는 그렇게 보일 수도 있겠구나, 생각했어.
오랫동안 기계처럼 굴러온 세상.
무미건조함을 버리지 못한 불행한 도시.
꿈의 무대 이면에 펼쳐지는 무시무시한 난투극.
그 안에서 점점 작아지는 너.

#02
나의 도쿄

너의 도쿄가 아닌 나의 도쿄는

누구라도 자전거를 즐겨 타는 소박한 도시.
낡고 허름한 식당이 100년째 유지되는 도시.
시키지 않아도 줄을 잘 서는 사람들의 도시.
스피커 볼륨을 제로로 놓은 것처럼 고즈넉한 도시.
감사함과 미안함을 표현하는데 인색하지 않은 도시.
평생 한 우물을 파는 사람들이 모여 사는 도시.
오래됨과 최신식, 변두리와 도심이 아주 적절하게 잘 배분된 도시.

또한

변치 않고 나를 반겨주는 곳.
아름다운 추억들이 몇 년째 살아 숨 쉬는 곳.
내가 머물던 그때 그대로의 모습을 지켜주는 곳.
변덕쟁이인 내가 싫증 내지 않고 여전히 흥미를 갖는, 고마운 곳.

아주 가끔은 말이야.
'너의 도쿄'와 '나의 도쿄'가 다른 얼굴을 하고 있단 사실이 혼란스러울 때가 있어. 이런 망상을 하게 되거든.

「도쿄 = 차가운 냉동 창고.
도쿄 사람들 = 그 안에 꽝꽝 얼어버린 생선들.
나 = 홀로 푸른 바다를 꿈꾸며 죽기 직전까지 퐅짝퐅짝 뛰고 있는,
외로운 생선 한 마리.」

#03

다시 도쿄東京여야 했던 까닭

"넌 도쿄에서의 너는 어땠어?"

"넌 외로웠는지, 행복했는지, 자유로웠는지 궁금했어. 내내."

"넌 사진 속 네가 웃고 있었어. 도쿄에선."

아무 말도 할 수 없었다.
단어 하나라도 쉽게 내뱉었다간 그리움이 폭발할 것 같았다.
이럴 땐 감정을 억눌러야 한다.
한국으로 돌아오고 나서, 난 내 생활에 충실히 만족하고 있다.
몇 달에 한 번 도쿄를 갈 수 있는 것만으로도 괜찮다고 생각했다, 줄곧.

하늘은 먹구름이 깔려 잿빛 얼굴인데, 빛 한 줄기 없는데, 따듯한 바람이 불고 있었다. 하나도 춥지 않은 포근한 바람. 비릿한 냄새가 코를 간질였다. 곧 비가 오겠지.

이런 날엔 도쿄 냄새가 난다. 한국에 있어도. 어디 강바람이 바닷바람을 이기겠느냐마는, 한강을 타고 흘러오는 바람은 도쿄만東京灣의 바닷바람을 대신하고 있었다.

일본 친구에게서 소포가 왔다, 오늘.
내가 좋아하는 미야자키 하야오宮崎駿 감독의 〈벼랑 위의 포뇨ポニョ〉 DVD가 출시됐다며, DVD와 함께 포뇨ポニョ 캐릭터가 그려진 기념품을 잔뜩 챙겨 보냈다. 소포 겉면에 쓰인 그의 집 주소로 시선이 갔다. 구불대는 일본어. 참아왔던 그리움이 밀려온다. 어느새 소포 안에서 도쿄 공기가 흘러나오고 있었다.

'뭐든 참으면 병이 돼.' 마음의 목소리가 들렸다.
사실 난 책을 쓰기 시작하며 6개월이 넘도록 도쿄행을 거부하고 있었다. 도쿄는 내게 오사카, 고베, 나라, 교토, 나가사키 등 여느 도시와 견줄 수 없는 특별한 존재니까. 객관적이 될 수 없는 도쿄에 갔다가 내 감정이 흐트러질까 봐 겁이 났었다. 모든 원고를 마무리 짓고 최종적으로 도쿄를 다녀올 계획이었다. 하지만 지금 도쿄가 날 부르고 있다. 낡고, 오래되고, 소박하고, 서민적인 도쿄를 만나고 오라고 내게 손짓하고 있다.

밤을 새워가며 여행 가방을 쌌다.
다시, 도쿄여야 했던 까닭은 바로 여기에 있었다.

#04

한밤중의 가부키쵸

어두컴컴한 밤이었지만, 괜찮다.
재회의 기쁨을 누릴 수 있다면 난 발목이 시려 와도 한참을 걸을 작정이었으니….

자정을 넘긴 시각. 이 시간 도쿄에서 유일하게 깨어 있는 곳은 신주쿠 가부키쵸歌舞伎町 뿐이었다.
도쿄의 가장 화려한 밤거리. 은밀하고 후미진 환락가. 낡은 도쿄와도 잘 어울리는 곳. 난 주저 없이 그곳으로 달려갔다.

변한 게 없다, 가부키쵸는….
여전히 휘황찬란한 네온사인이 가득하고, 술 취한 사람들이 거리의 방랑자처럼 떠돌고 있다. 호객꾼이 건넨 종이 나부랭이가 바닥에 흩어져 있고, 으슥한 곳에 걸린 간판은 하나같이 남자들을 대상으로 번쩍이고 있었다.

코마극장을 비롯해 망사킷사(만화PC방), 러브호텔, 선술집, 카바쿠라(카바레와 나이트클럽이 섞인 형태), 소프란도(목욕시설을 갖춘 고급업소), 이메쿠라(손님의 취향에 따라 서비스를 해주는 이미지클럽), 어덜트숍 등 3,000개가 넘는 유흥, 위락시설이 넘실댄다.

도쿄의 치부를 보여주는, 포장되지 않은 이 밤거리.

깔깔한 풍경에 홀연해지기로 했다.
사실 어떤 얼굴이어도 상관없다. 이래도 저래도 도쿄는 도쿄이니까.
못난 얼굴로 첫인사를 한다고 해서,
사람 마음이 쉽게 변할 리는 없지 않은가.

#05

손가락질 마요

이방인으로 외면받던 재일 화교들이 만들어낸 땅.
수많은 인종이 뒤섞여 비틀대는 무국적(無國籍) 거리.
가난에 찌들어 혹은 인생을 포기해
이곳으로 흘러온 호스티스와 호객꾼들.
순간의 쾌락으로 깊은 한숨을 잊어 보려는 사람들.

무시해도 좋은 사람들이라고 손가락질 마요.
마음이 참 여린 사람들. 세상에서 가장 나약한 인생.
사실 우리, 그들을 따듯하게 안아준 적 한 번도 없잖아요.

料金システム(総額)
下記金額以上一切かかりません
日の出～8時
8時～12時 7,500円
12時～16時 8,500円
16時～18時 9,000円
18時～24時 9,500円
本日の営業は
終了致しました。

#06

천사처럼 아름답고 사탕처럼 부드러운 커피

새벽 2시.
신주쿠 번화가 한복판.
오랫동안 그 자릴 지켜온 〈CAFE Edinburgh〉.

붉은 벽돌을 촘촘하게 쌓은 벽면과 왁스칠을 해서 광이 나는 나무 바닥. 이 10평 남짓한 좁은 공간에 사람들이 가득 차 있다.
마주앉은 여자는 진한 화장을 덧입히느라 바쁘고, 쉰 냄새 폴폴 풍기는 옆자리 아저씨는 생크림 잔뜩 올라간 카페모카와 초코케이크를 삼키듯 먹어치우더니 깊은 잠에 빠져 있다. 50대 아저씨들은 뭔가 진지한 대화 중이었고, 깔깔깔– 요란한 웃음소리를 제조하는 20대 두 커플은 뭐가 그리 신이 났는지 무척이나 즐거워 보인다.
주문한 블렌드 커피와 치즈케이크 세트가 나왔다. 한 모금 커피를 입에 물었다. 오물오물. 오물오물. 타들어갈 것같이 진한 커피 향이 입 안을 통해 코끝으로 전달된다. 기분이 좋다. 이 야심한 시각. 도쿄에서 일본 커피다운 일본 커피를 마시고 있다는 사실이….

내 예민한 혀끝 탓일까. 난 나라마다 조금씩 다른 커피 맛을 느낀다.
일본 커피보다 독일, 프랑스 커피는 훨씬 진하고 강렬하다. 악마처럼 검고, 지옥처럼 뜨겁다는 표현이 적절하다. 반면 일본 커피보다 우리나라 커피는 대체로 연하고 구수한 편이다. 물론 다국적 브랜드 커피 맛이야 전 세계 어디든 똑같겠지만.

난 도쿄에 가면 다소 비싸게 돈을 지불하더라도 오랜 전통을 지닌 '카페'를 애써 찾아간다.
카페에선 일본만의 특별한 방식으로 커피를 내려주는데, 바로 사이폰(Siphon) 방식의 추출법이다. 두 개의 유리구 중 아래엔 물을 담고 위에는 원두가루를 담는데, 수증기의 압력으로 램프 불을 끄게 되면, 추출된 커피가 아래 플라스크로 떨어지게 된다. 1800년대에 개발된 추출법이지만, 현재 유일하게 일본에서만 대중적으로 애용되고 있다. 일본의 경우엔 '사이폰 커피추출법을 겨루는 바리스타 챔피언십'이 따로 있을 정도로 인기가 높다.

커피도 일본답단 생각을 했다.
사이폰 방식은 두 개의 유리구를 사용하기 때문에 쉽게 깨질 수도 있고, 도구를 청소하는 데도 손이 많이 간다. 또한 커피 한 잔을 추출하는데 많은 시간이 걸리기 때문에 손님이 많은 카페에선 무리가 따를 수 있다. 그럼에도 불구하고 일본 카페에서 사이폰 방식을 고수하는 이유는 로맨틱한 분위기를 자아낼 수 있는 멋스러움 때문일 거다. 물론 그렇다고 해서 맛이 뒤지는 건 절대 아니다. 커피는 무척 진한 데도 가볍고 산뜻한 풍미가 느껴진다. **마치 천사처럼 아름답고, 사탕처럼 부드럽게….**

CAFE Edinburgh

- Adress : 東京都 新宿区 歌舞伎町1-5-3 小菊ビル1F
- Tel : 03-5272-7767
- Open : 24시간 영업.

#07

헌 옷을 샀습니다

내가 알던 한 사람은 시련의 상처를 잊기 위해 프리마켓Flea Market을 갔대. 버려진 물건을 보며 버려진 자기 마음을 위로받을 수 있었다고 며칠 만에 처음으로 웃음 지었어. 결국 세상엔 평생 소유할 수 있는 게 없다는 것도 깨달았대.

나 역시 도쿄에 가면 일요일 오전마다 빠지지 않고
〈요요기 공원代々木公園 프리마켓〉을 찾아가.

프리마켓에 가면 왠지 마음이 편해져.
버려야 할 것과 버리지 못한 것을 내다 파는 사람들.
바닥에 널브러진 물건들엔 어떤 사연이 있을까. 알 수 없는 이야기와 채워지지 않은 시간들로 묘한 분위기를 자아내지.

어떤 날엔 주저앉아 가격흥정을 해봐. 어차피 사봤자 한 번도 안 입을 옷이란 걸 알면서도….

가격흥정을 하다 보면, 물건 팔러온 사람들 마음이 보이거든.
1,000円을 달라던 니트 카디건을 800円으로 깎아봤어. 그러라는 걸 보니 이 옷엔 미련이 없구나 싶지. 또 1,500円을 달라던 원피스를 1,200円으로 깎아봤어. 고개를 절레절레 흔들어. 안 된대. 이 옷엔 뭔가 사연이 있는 게 아닐까 싶어지지.

여행에서 돌아와 세탁을 했어.
도쿄 프리마켓에서 샀던 알록달록 무지개무늬 원피스. 하얀 카디건. 핑크색 두터운 니트. 햇빛에 바짝 말리곤 예쁘게 개서 서랍장 깊은 곳에 넣어두었지.

그.냥. 입고 싶었던 게 아니라 갖고 싶었던 거니까….
버려지지 않았으면 좋겠다 싶어서 데리고 온 것뿐이니까,
넌 거기 그대로 편하게 있어도 돼.

#08

페코짱ぺこちゃん의 저력

'닌교야키人形焼'라고 불리는 인형 모양의 풀빵이 있다, 도쿄에는.

인형을 만드는 장인들의 동네 닌교초浅草에 가면 100년이 넘은 닌교야키 가게를 만날 수 있고, 아사쿠사人形焼에만 가도 장인이 직접 구워주는 닌교야키 전문점을 쉽게 목격할 수 있다. 옛날 방식을 그대로 고수하며 일본인들의 간식거리로 자리 잡은 닌교야키人形焼. 이 닌교야키 중에는 앞서 미래를 살아가는 닌교야키도 있다. 대표적인 것이 바로 페코짱야키ぺこちゃん焼다. 이름부터 뭔가 장난스럽고 우스꽝스럽지만, 페코짱야키는 〈후지야FUJIYA〉라는 100년 전통 양과자점의 대표 캐릭터 모양의 풀빵이다. 얕잡아 봐선 안 된다. 이래봬도 페코짱야키는 40년 역사를 갖고 있다.

1910년 이래로 100년째 명맥을 이어오는 양과자점 〈후지야〉.
〈후지야〉가 지금까지 잘 버텨온 데에는 페코짱의 역할이 컸다.
양 갈래 머리를 하고 혀를 내민 귀여운 여자아이는 캐러멜에서부터 아이

스크림, 푸딩, 슈크림 빵, 케이크까지 도배를 하는데, 일본인들에게 페코짱은 이미 국민 캐릭터이다. 당연히 페코짱 얼굴이 찍힌 페코짱야키ぺコちゃん焼를 누군들 좋아하지 않을 수 있을까. 빵을 한 입 베어 물면 다양한 맛이 숨어 있다. 현대적인 입맛을 맞춰 팥고물뿐 아니라 초콜릿, 크림치즈, 녹차, 딸기, 슈크림 등 다양한 종류의 소를 사용했기 때문에 말이다.

일본의 힘은 이런 데 있는 게 아닐까.

전통을 응용한 또 하나의 전통.
한 번 사랑은 영원한 사랑.
미래를 준비하는 전통의 과감한 변화.

후지야FUJIYA 카쿠라자카점

- Adress : 東京都 新宿区 神楽坂 1-12
- Tel : 03-3269-1526
- Time : 10:00~21:30, 주말 · 공휴일 10:00~21:00.

아! 참고로 일본 전역에서 유일하게 페코짱야키를 맛볼 수 있는 곳은 〈후지야 카쿠라자카점〉이니, 다른 후지야 매장에 가서 페코짱야키를 찾는 일은 없도록.

#09

행복한 느림보 : 카쿠라자카神楽坂

오래된 거리를 걸으며 생각했어.

'나도 이곳 풍경으로 묻어나기 위해서는 느림보가 되어야겠구나.
거북이처럼 엉금엉금 걸어야 이곳 풍경과 하나가 될 수 있겠구나.'

여기는 도심의 번잡함에서 살짝 비켜난 '카쿠라자카神楽坂'야.

오래된 삶의 방식을 지켜내는 동네 사람들 덕분에 산책이 즐거워지는 곳이지. 운치 있는 거리와 독특한 분위기의 상점, 더구나 이곳은 옛날 고급 관료들의 거주지여서 품위가 느껴져. 골목을 돌아다니다 보면 요정이나 오치야야가 이따금 눈에 띄기도 한대.

하나 둘 셋. 하나 둘 셋. 하나 둘 셋.
한 걸음 내디딜 때마다 난 속으로 숫자를 세면서 걸었어.
기모노 상점 안에서도 하나 둘 셋. 골동품 가게에서도 하나 둘 셋.
아이들 문방구에서도 하나 둘 셋.
아이스커피 한 잔 들고 하나 둘 셋. 야키토리焼き鳥 들고 하나 둘 셋.
효고요코쵸兵庫横丁 에서는 더더욱 하나 둘 셋.

어느덧 난 낡은 풍경 속에서 '행복한 느림보'가 되어 있어.

바닥에 정성스레 깔린 돌길과 일본 전통 음식점들이 어우러져 교토의 느낌을 자아내는 효고요코쵸兵庫横丁. 드라마 〈친애하는 아버님께〉의 로고화면으로 사용된 유명한 장소다.

조용한 카쿠라자카 도오리楽坂通り를 들썩이게 하는 야키토리 焼き鳥전문점. 소고기, 돼지고기, 닭고기 부위별로 다양한 꼬치를 즉석에서 구워준다. 몇 년째 숙성된 소스 통에 지글대는 꼬치를 담갔다 빼면 그 맛이 가히 환상적이다.

코너를 도는 곳에 먼지 쌓인 기념품가게가 하나 있다. 매장 안에는 아기자기한 일본 인형과 일본 전통그림 우키요에浮世繪 등을 판매하지만, 바깥에선 구슬, 공기 등 추억의 장난감을 팔고 있다.

#10

오늘의 요리

난 도쿄에서 혼자 식사를 할 때면 '오늘의 요리'를 즐겨 먹었어.
도쿄가 편한 이유 중 하나, 대부분 식당엔 '오늘의 요리'가 있거든.
물론 "오늘의 요리 주세요"라고 말하는 모양새가 지극히 수동적인 사람처럼 보이겠지만, 난 그리 나쁜 기분은 아니었어.
마치 엄마가 정성껏 고민하고 차려준 아침 식탁 같은 느낌이었으니까….

프랑스 학교가 있어서 프랑스 마을로 통하는 카쿠라자카神樂坂는 예쁜 주택가 골목 사이로 프렌치, 이탤리언 레스토랑이 많이 있어. 도쿄 중에서도 지유가오카自由が丘, 나카메구로中目黒, 카쿠라자카神樂坂엔 특히 유럽 스타일의 레스토랑이 많지. 이곳에서라면 굳이 유명한 식당을 찾아갈 필요가 없어. 아무 곳에나 들어가도 대부분의 주방장은 짧게 6개월, 길게 2~3년 동안 유럽 각지에서 요리공부를 하고 왔으니까 말이야. 또 이 레스토랑의 공통점이 하나 더 있다면, 그건 바로 10평 남짓의 조그만 규모에서 주방장과 대화를 나누며 식사를 할 수 있는 소박한 분위기야. 무겁지 않고 자유로운 공기가 참 마음에 들어, 난 매번.

우연히 눈에 들어온 이탈리언 레스토랑 〈HAP〉로 들어갔어.
일요일 한가한 오후였거든. 그래서 그런지 레스토랑 안은 동네 사람들로 북적였어. 그걸 어떻게 알았느냐고? 대화를 들어보면 알지. 옆자리 사람과 첫인사를 나누며 동네 이야기를 하기도 하고, 주방장이 직접 나와서 지그재그 소개시켜주는 분위기였으니까. 나 혼자 머쓱한 표정을 지었어. 하지만 이 정도의 불편함은 상관없다고 생각하고 있어. 그들 역시 낯선 이방인의 출현에 신경 쓰지 않는 눈치였거든. 사람들 대부분은 '오늘의 파스타', '오늘의 추천코스'를 먹고 있었어. 나 역시 '오늘의 파스타'를 시켰지. 메뉴판엔 눈길 한 번 주지 않은 채.

단호박을 직접 갈아 넣은 수프와 새콤한 오렌지 소스가 뿌려진 샐러드, 한치와 각종 야채가 들어간 오일 파스타, 시원한 아이스커피 한 잔. 건강하고 맛좋은 음식들이 순서대로 나왔어. 한 끼를 든든히 먹고 나니 괜히 뿌듯해지는 거 있지. 이런 생각이 들더라고. 내가 원하는 대로 직접 골라가며 세상을 살다 보면 편하겠지만, 세상이 골라주는 대로 삶을 살아보는 것도 그리 나쁘지 않다고 말이야. 사실 내 선택대로 살다 보면 발전이 없잖아. 가끔은 이렇게 타인이 골라주는 대로 보고, 듣고, 먹고, 경험하다 보면 우린 좀 더 넓은 사람이 될 수 있을 거야.

그건 마치 '오늘의 파스타'를 먹고 난 기분과 같겠지.

#11

유카타浴衣

기모노의 일종인 유카타浴衣는 과거 천황이나 귀족들이 목욕 후에 입던 옷이었는데, 메이지 시대 이후 여름 외출복으로 발전했다.

일본인이라면 누구나 손꼽아 기다리는 여름 전통축제 하나비花火에서는 남녀노소 누구라도 곱디고운 유카타를 입고 외출을 한다. 타닥타닥 소리를 내며 맨발에 게다를 신은 모습도, 유카타 무늬와 잘 어울리는 조그만 손가방을 쥔 손도, 부채를 허리춤에 찬 모습도, 뜨겁게 달아오른 한여름 축제의 모습을 대변하고 있다. 밤하늘 가득 수놓인 불꽃을 바라보며 유카타를 입은 남녀커플이 손을 잡고 있는 뒷모습은 어찌나 예뻐 보이는지…. 전통을 이어가는 일본인들의 일상적인 모습이 때론 질투 나게 부러울 때가 있었다.

유카타浴衣는 내게 새롭게 시작하는 연애를 상상하게 하고,
설익은 감정을 주체하지 못한 채 뜨겁게 달아오르기만 한
38℃의 도쿄 온도를 기억케 한다.

#12

'열중'은 해도 '열광'하고 싶지 않아

1989년 일본엔 엽기적인 연속 살인 사건이 벌어졌다.

한 젊은 남성이 자신의 성(性)적 만족을 위해 네 명의 유아를 살해한 사건인데, 당시 희대의 살인마였던 미야자키 츠토무의 방에서 발견된 것은 방 안을 가득 메운 비디오테이프와 만화였다고 한다. 당시 매스컴은 그의 독특한 정신 상태를 주목했고, 이 사건을 계기로 '오타쿠オタク'란 단어는 사람들에게 무섭고 어두운 차별적 용어로 전락하게 되었다.

「두툼한 안경에 배가 잔뜩 나오고 뚱뚱한 사람.
이성 앞에서 우물쭈물 말 한마디 못하고 연애는 꿈도 못 꿔본 사람.
주말이면 일본 최대 전자상가인 아키하바라秋葉原를 배회하는 사람.
심한 경우 사회와 단절하고 무시무시한 범행을 자행할 수 있는 미치광이.」

일본사람들 머릿속에 단단히 박힌 오타쿠オタク에 대한 선입견이다. 하지만 2000년대 들어서며 일본 애니메이션이 세계적으로 인정받게 되자, 매스컴에선 이 오타쿠를 새롭게 평가하기 시작했다. 사실 일본 애니메이션이 성공할 수 있었던 건 '애니메이션 오타쿠'의 활발한 활동 덕이었다.

지금도 여전히 그렇다. 좁은 분야의 문화, 산업까지 깊이 있게 성장시킨 일본에선 오타쿠들이 사회의 원동력과도 같다. 오타쿠가 존재하기 때문에 멀티미디어를 비롯한 게임, 만화, 컴퓨터, 콘텐츠 등의 사업이 무럭무럭 성장할 수 있었던 것이다. 오타쿠에 의해 오타쿠 관련 산업이 크게 발전했고, 이들 취향에 맞는 것들이 더 다양하게 제작되면서 다시 새로운 오타쿠를 양산해내는 시스템을 갖게 되었다.

여전히 오타쿠에 대한 부정적인 시각이 사라진 건 아니지만, 오타쿠를 바라보는 시선이 많이 달라졌다.

무엇보다 오타쿠는 '열광'이 아닌 '열중'의 가치를 우선시한다는 평가를 받고 있다. 콘서트나 축구 경기장에서는 팬들이 열광하다 사상자가 나오는 일이 비일비재한데, 오타쿠의 행사장에선 사상자가 나오는 일이 거의 없다. 심지어 40만 명이나 모이는 코미케コミックマーケット(세계 최대 만화 동인지 제전), 도쿄게임쇼TGS 등에서도 아무런 사건 사고 없이 매번 질서정연하게 행사가 치러지고 있으니 말이다. 이는 오타쿠들 스스로가 '열광'은 타인에게 피해를 줄 수 있다는 인식을 갖고 있기 때문에 가능한 일이다. 사실상 이들은 자기의 흥미를 채워줄 수 있는 일 이외의 것엔 전혀 관심이 없는 사람들이다.

#13
떠나는 사람, 남겨진 사람

떠나는 사람이 미웠다.
조금만 기다려달라고 나를 위로했지만,
그의 부재를 느끼는 것 자체가 싫었다.
기다려야 하는 내가 왠지 청승맞다.

그의 집 가로등 불빛 아래를 서성일 때도,
정지되어버린 핸드폰 번호를 남몰래 눌러볼 때도,
닮은 사람 모습에 한참을 정신 잃고 뒤따라갔을 때도,
난 절대로 떠나는 존재가 되지 않을 거라 다짐했었다.
누군가 사랑하는 사람을 남겨두는 일 따윈 하지 않겠노라고….

정말이지, 떠나는 건 이기적인 일이었다.
남겨진 사람에게 그 자리 그대로 추억할 짐을 모두 떠맡긴 채,
떠난 사람은 새로운 세상을 받아들이느라 그리워할 여유가 없다는 걸 안다.

하지만 이 모든 사실을 알고 있음에도 불구하고,
난 어느새 '떠남'에 익숙한 사람이 되고 말았다.

서울에서도, 도쿄에서도 난 줄곧 떠나는 사람이었다.

東京無線
61-24

#14

죽은 자, 산 자 : 야나카레이엔谷中園

공원처럼 꾸며진 공동묘지인지, 묘지로 꾸며진 공원인지 모르겠어.
죽은 자가 산 자와 함께이고 싶은 건지, 산 자가 죽은 자 곁에 살고 싶은 건지도 모르겠고.

〈야나카레이엔谷中園〉이야, 이곳은.
고풍스런 주택가, 70여 개의 절, 몇백 년쯤 된 거대한 은행나무들 사이로 납골당과 공동묘지가 뒤섞여 있는 곳.
왠지 이곳에선 바람 소리가 웅웅- 귓가에 크게 들리고, 오가는 사람들 표정도 참 을씨년스러워.

인간은 죽음 앞에서 강해질 수 없다지, 그게 누구여도.
생명이 끊어지는 순간 모든 걸 되돌릴 수 없어지니까 말이야.
죽은 자는 말이 없다더니, 〈야나카레이엔谷中園〉 땅속에 잠든 사람들은 생을 끝내고 차분해진 것 같았어.
아등바등 살아가는 우리가 안타까워 보이진 않을까. 어차피 시한부 인생인데 사람에게 상처주고, 사람에게 상처받는 우리가….

葉ボタン
1コ ¥300

#15

세월의 변화

명확한 색깔을 좋아했어. 빨강. 파랑. 노랑. 보라. 하지만 어느덧 난 애매모호한 무채색이 좋아져.
매콤하거나 달아서 혀를 자극하는 음식이 좋았어. 하지만 어느덧 난 구수하게 입 안을 맴도는 음식을 찾게 돼.
입이 떡 벌어지는 최첨단 고층빌딩을 좋아했어. 하지만 어느덧 난 불편함을 감수하고서라도 세월이 흘러 멋스러운 집이 좋아.
카멜레온같이 매력적인 사람이 좋았어. 하지만 어느덧 난 한결같은 얼굴로 은은한 향을 뿜어내는 사람이 좋아져.
수없이 많은 사람에 둘러싸여 있던 내가 좋았어. 하지만 어느덧 난 몇몇 소중한 사람들과 깊은 대화를 나누는 내가 더 좋아.

10살 때와 다른 눈. 20살 때와 다른 눈.
내가 50세가 되고, 100세가 되면 또 다른 눈을 갖게 되겠지.
살아간다는 건, 매번 다른 의미를 부여하게 되니까.
나이가 들수록 좋아하는 것도, 의미를 두는 일도 달라지는 것 같아.

살아온 날보다 살아갈 날이 점점 줄어들면….
그래서 남겨진 삶을 셈할 수 있을 만큼 생이 짧게 남아 있다면….
나도 할머니 할아버지들처럼 지난날을 되돌아보는 데 더 큰 의미를 부여하지 않을까.
지금처럼 새로운 미지의 땅을 찾기보단, 과거로의 시간여행을 좋아하게 될 거야, 분명. 사랑했던 곳을 둘러보기에도 남겨진 시간은 짧을 테니까 말이야.

이제야 알 것 같아.
왜 나이가 들수록 사람들은 낡고 오래된 것을 찾게 되는지.

그래. 살아갈 날이 살아온 날보다 얼마 남지 않았다면….

#16

예쁜 것만 보자

못난 하늘.
못나진 내 얼굴.
못나서 짠한 사람들.
못난이 인형.
못생긴 마음.

못난 걸 봤어.
못난 걸 보고나니 심란해져.
잊었던 기억이 살아 움직일 것 같아.

사실 나, 아직도 가끔은 예전 기억에 가슴 쓸리고
비 내리는 도쿄를 걸으며 눈물 글썽일 때 있지만,
예쁜 것만 보다 보면 상처도 남김없이 치유될 거라는 걸 알고 있어.
봄 햇살을 충만하게 받은 어여쁜 꽃처럼, 내 마음도 많이 평온해졌거든.

그러니. 그러니까 말이야.
예쁜 것만 보자.
예쁜 생각만 하자.
예쁜 사람처럼 무엇도 원망하지를, 누구도 미워하지를 말자.

그러니. 그러니까 말이야.
지금 행복만 믿자.
뒤돌아보고 슬픈 표정 짓지 말자.
내게 찾아올 아름다운 미래만 생각하자.

プリムラ
品名 オブコニカ
¥315
本体 ¥300
税 ¥ 15

#17

에도江戸의 흔적을 좇아, 이세다츠いせ辰

도쿄東京의 또 다른 이름은 에도江戸.

에도江戸는 18~19세기 일본에서 가장 화려했던 도시다.
단정하면서도 현란하고, 로맨틱하면서도 발칙한 문화가 꽃핀 곳.
여전히 도쿄 사람들 마음속엔 에도에 대한 애정과 향수가 짙다.
영원한 노스탤지어nostalgia처럼.

여기는 야나카谷中.
인적 드문 이곳에 에도 시대 말기부터 전통을 이어온 작은 가게가 하나 있다. 〈이세다츠いせ辰〉. 에도 시대 문양의 수공용 색종이 전문점이다.

150년 가까이 목판을 가지고 손수 찍어내는 색종이 종류만도 1,000가지가 넘는다. 에도 시대 아름다운 사계(四季)와 7복신을 숭배하던 풍속, 추억의 놀이라든지 향토완구 등을 모티브로 삼고 있다.
아쉬운 건, 인쇄를 거듭할수록 목판이 마모되어 때때로 어느 문양은 절판되는 경우도 있다는 점이다.

생을 다하면 더는 만날 수 없다는 말에, 짠한 마음으로 색종이를 골라댔다.
아끼는 책 여러 권을 영문도 없이 씌울지언정.
그러고 보면 '그치다'란 단어는 참 사람을 조바심 나게 한다.

그치다

[동사] 1. 『(…을)』 계속되던 일이나 움직임이 멈추거나 끝나다.
2. 『…에』, 『…으로』 더 이상의 진전이 없이 어떤 상태에 머무르다.

이세다츠 いせ辰

◈ Adress : 東京都 台東区 谷中 2-9 谷中三崎坂 地図検索
◈ Tel : 03-3823-1453
◈ Time : 10:00~18:00.

#18

끼리끼리, 우리끼리 동네 야나카긴자谷中銀座

끼리끼리 노는 걸 좋아하는 도쿄東京에서는 구역별로 모이는 사람들도 달라져. 사실 서울도 그렇잖아. 위치별로 강북과 강남. 지역별로 명동과 신천과 압구정. 철저하게 세분화된 문화.
어찌 보면 대도시의 장점이기도 하고 단점이기도 하지.
도쿄 역시 마찬가지야. 심하면 심했지 덜하지 않거든.

하라주쿠原宿 다케시타도오리竹下通り는 노는 걸 좋아하는 10대들의 거리.
시부야渋谷 스크럼블 교차로에서 동서남북 뻗어나간 모든 골목은 20대의 것.
오모테산도表參道부터 아오야마青山까지는 명품을 좋아하는 럭셔리한 30대의 공간.
자유의 언덕 지유가오카自由ヶ丘는 결혼한 미시족들의 동네.
최고의 부촌 롯폰기六本木는 잘나가는 글로벌 인재들의 놀이터. 시모키타자와下北는 가난한 아티스트의 집결지. 반면 다이칸야마代官山와 나카메구로中目黒는 돈 있는 아티스트의 집결지.

할머니, 할아버지들을 위한 동네도 있었으니,
그 대표적인 장소가 바로 야나카긴자谷中銀座와 스가모巣鴨야.

어르신들의 하라주쿠라고 불리는 이곳에 젊은 우리가 갈 일 있겠냐고 말

할지도 모르지만, 사실 야나카긴자谷中銀座 나 스가모巣鴨 를 걷다 보면 시간이 흘러도 변치 않은 삶의 방식을 엿볼 수 있어.

야나카긴자谷中銀座 를 걸으며 발견한, 도쿄의 낡은 것들.

모양은 투박하지만 할머니가 직접 만들어주신 모찌.
까다로운 전통 방식의 손두부. g단위로 판매하는 동네 쌀가게.
촌스럽지만 정겨운 미용실과 이발관. 싸구려 커피숍.
겨울 별미 야키이모やきいも(군고구마).
친구 분과 함께 자전거를 타고 지나가는 할아버지.
한참 마을버스를 기다리는 할머니.
양장점 너머로 돋보기 쓰고 바느질하는 할머니 모습까지…
모든 게 참 정겨워.

#19

지금 시각 2:00 AM. 시부야渋谷

차가운 겨울비가 소리 없이 도쿄를 적시는데,
호텔방에 앉아 가만히 창밖만 바라보고 있을 수가 없었다.
그대로 있다간 마음의 잔여물이 흘러내릴 것 같았다. 이 비와 함께.
택시를 잡아타서 무작정 '시부야'를 외쳤다. **지금시각 2:00 AM.**

텅 빈 시부야渋谷
오로지 불빛 비추는 곳이라곤 초대형 멀티비전이 바삐 돌아가는
〈Q-FRONT〉빌딩 밖에 없었다.

한밤중 시부야는 낮의 들썩이던 아우성을 잊어달라며, 내게 배시시 미소지었다. 난 알았다며 고개를 끄덕였다.
겉은 화려하고 속은 텅 빈 것 같아서 줄곧 탐탁지 않았던 시부야지만, 비에 젖은 시부야는 유독 더 외롭고 쓸쓸해 보인다. 온갖 잘난 척, 도도한 척 혼자 다 하더니 오늘은 왜 이렇게 기운 없는 얼굴인지….

강했던 사람이 약한 모습을 보일 때,
지켜보는 사람 가슴은 철렁 내려앉기 마련이다.
물론이다. 도시에도 표정이 있었다.

PAJABOO

#20

사랑이 소화가 안 된다

내가 바라보는 방향으로 햇살이 비추는데,
너는 그 햇빛을 등진 채 나만 바라보느라
점점 시들시들해지고 있었다는 걸 난 미처 몰랐다.

너는 그랬을 거다, 아마.
앞을 보고 있는데 뒷걸음질치며 뛰고 있는 기분.
네가 가고 싶은 방향과 정반대 방향으로 속도를 냈으니 얼마나 두려웠을까.
그때 내가 뒤에서 너를 잡아줬더라면, 아님 등 뒤에서 널 포근히 안아줬더라면, 너는 쩍쩍- 갈라질 정도로 바싹 마르진 않았을지 모른다.

딱지 진 네 입술을 보며 난 그제야 내 행동을 후회했다.
내 기준의 세상에서, 내 사랑이 아닌 네 사랑만 운운했던 것을.

기쁜 우리 젊은 날.
기쁜 우리 지난날.
그 뒤로 난 사랑이 소화가 안 된다.

#21

신주쿠의 재발견 : 고르뎅요코초

신주쿠新宿는 미로 같다. 한때 난 신주쿠의 단면만 보고 이곳을 '도쿄에서 가장 부패한 동네'라고 여겼다. 길거리에서 환각제를 팔기도 하고, 가출 청소년이 우글거리는데다, 끔찍한 사건 사고가 비일비재하게 일어나는 장소이기 때문에 말이다. 하지만 사실 신주쿠는 알면 알수록 더 관심 갖고 싶어지는 곳이다. 전 세계 어디에도 신주쿠만큼 다채롭고 번잡하며 은밀한 곳은 없다. 때문에 난 언제부터인가 틈만 나면 신주쿠를 정처 없이 돌아다니는 버릇이 생겼다. 물론, 안전을 생각해서 '밤'이 아닌 '낮'에. 열심히 구석구석 걷다 보면, 신주쿠는 일본의 흩어진 조각들을 한 곳으로 흡입시켜 놓는 거대한 소용돌이를 연상케 한다. 난 이런 신주쿠가 좋다.

신주쿠新宿 중에서도 가장 음습하고 낡아빠진 곳은 〈고르뎅 요코초〉이다. 1950년대 과거가 그대로 멈춰 있다.
당시 암시장이었던 이 일대에 윤락행위를 겸한 음식점들이 생겨난 게 시초. 1950년대 말에 매춘방지법이 생기면서 〈고르뎅 요코초〉엔 3~4평 정도의 좁고 허름한 술 가게가 늘어서게 된 것이다.
오래되어서 멋스러운 건지, 멋스럽게 오래 지켜온 건지… 아무튼 〈고르뎅 요코초〉는 신주쿠의 숨겨진 명소가 맞다. 여전히 〈고르뎅 요코초〉에선 시대를 풍미하는 작가나 저널리스트들이 밤새도록 술잔을 부딪친다는데, 그들의 고뇌와 낭만이 저 굳게 닫힌 대문 너머로 느껴지는 것만 같다.

ダメ。ゼッタイ。
?
patti smith
dream of life
a film by steven sebring
8.29
気仙

#22

도쿄 소음유발자

"まもなく、 番線に渋谷·新宿方面行きが参ります 危ないですから黄色い線の内側までお下がりください."
잠시 후 1번선에 시부야, 신주쿠 방면행이 들어옵니다. 위험하므로 노란선 안쪽으로 물러서 주세요.

"6番線ドアが閉まります. ご注意ください."
6번선 문이 닫힙니다. 주의하세요.

조용한 도쿄에서 소음을 유발하는 건
특이하게도 '사람'이 아닌 '안내 방송'이다.
백화점이든, 지하철이든, 호텔 로비이든 간에 도쿄는 '이런 걸 하지 말고 저런 걸 경계하라'며 쉼 없이 안내 방송을 한다. 귀 기울여 들어보면 '아부나이ご注意(위험하다)'나 '고쥬-이きけん(주의)', '키-켄きけん(위험)' 등의 단어

를 수차례 아니 수백 차례 반복해서 사용하는 걸 느낄 수 있다.

중요한 건, 대부분의 안내 방송 내용이 초보적인 행동지침이란 것이다. 그럼에도 불구하고 도쿄 사람들은 안내 방송에 너무 중독된 나머지, 이 소리가 없으면 초조함 혹은 외로움을 느낀다고 한다. 물론 도쿄는 매일매일 위험이 도사리고 있는 거대도시가 맞다. 때문에 도쿄 사람들은 그들의 행동 하나하나가 위태로운 모험을 통과하는 과정으로 여기며 살아간다.

그래서일까. 안전을 세뇌당한 이들은 왠지 모르게 자유롭지 못하다.
어딘가 울타리 안에 갇혀 있는 느낌이다.
위험하다, 위험하다, 위험하다… 반복되는 안내 방송으로 도쿄 사람들은 정해진 선 밖으로 나가는 걸 두려워하기 시작했다고 한다.

사실은 말이다. 어쩌면 도쿄가 위험한 게 아니라, 도쿄가 위험하다고 강하게 인식하는 도쿄 사람들이 더 위험한 걸지도 모른다.

#23

무코지마向島, 처음 만나러 갑니다

도쿄에서 보낸 시간을 합쳐보면 어림잡아 9만 6,000시간. 분(分)으로 따지면 57만 6,000분.
엄청난 시간을 도쿄와 함께하고 나니까, '익숙함'은 때론 '식상함'이란 얼굴로 변할 때가 있어.
워낙 빠릿하게 돌아다니는 걸 좋아하는 성격이라, 난 지도 없이도 도쿄를 자유롭게 다닐 수 있어졌거든. 신주쿠와 하라주쿠, 롯폰기와 아자부주반, 도쿄역과 긴자, 지유가오카와 오다이바… 어디도 문제없어. 근데 말이야. 이럴 땐 '익숙함'보다 '신선함'이 확 구미를 당기는 법이지.

시부야 한 서점에서 〈ことりっぷ:co-Trip〉란 책을 샀어.
100쪽가량의 얇은 책이었지만, 책장을 넘기다 보니 내가 여태껏 가본 적 없는 도쿄의 모습이 담겨 있었어.
새로운 도쿄를 만날 수 있단 생각에 심장이 부풀어왔지. 가장 마음에 드는 동네를 골랐어. **무코지마**向島.. 비록 10여 장의 조그만 사진이 전부였지만 '낡은 도쿄'와 잘 맞을 것 같은 느낌이랄까. 이럴 땐 그냥 내 직감을 따르고 싶어져.

무코지마向島.로 향하는 길이야.
사실 난 이때까지도 전혀 예상하지 못했어.
앞으로 내가 발 디딜 곳이 얼마나 근사한 곳일지를.
시간이 박제된 것처럼 순수한 마을. 도쿄에 이런 동네가 있을 줄은 상상도 못했으니까….

効いてる？ お薬のこと
と健康の週間
10月17日(木)～23日(水)
厚生労働省／都道府県／日本薬剤師会／都道府県薬剤師会
薬剤師から
ゲット ジ
GET THE
アンサーズ
ANSWERS
薬のことを
もっと知ろう
この薬の名前は？
何に効くの？
服用する時に
注意することは？
副作用は？
他の薬や食べ物との
飲み合わせは？
あなたのお薬について尋ねて下さい
私たち薬剤師がお答えします

#24

그곳엔 별별 사람이 살고 있다죠

모찌もち를 좋아해.
쫀득쫀득 속이 꽉 찬 달콤한 모찌.
일본의 모찌가게들은 남다른 사연과 역사가 있어.
동네의 조그만 모찌가게를 가도, 그들만의 전통과 개성으로 자존심 대결을 하지.

여기는 무코지마向島.
길 가던 아주머니 한 분에게 〈지만쿠사 모찌志満ん草もち〉 위치를 물었어.
〈지만쿠사 모찌〉는 메이지 시대 초기부터 전통 모찌를 빚어온 곳이야. 1년 내내 신선한 쑥을 따다가 반죽을 하고, 청정지역인 홋카이도 토카치十勝란 지역에서 재배한 팥으로 소를 만든대. 모찌의 풍미를 살리기 위해 천연자료만을 사용하고, 매일매일 만든 모찌가 다 팔리는 대로 폐점해 버리는 도도한 가게. 꼭 한 번 가보고 싶었어.

아주머니는 〈지만쿠사 모찌〉까지 나를 데려다 주기로 하셨어.
구불구불 복잡한 길이어서 초행길인 사람은 찾기 힘들다고 말이야.
그때부터 나와 아주머니의 유쾌한 대화는 시작됐지.

"정말 조용한 마을인 것 같아요.
오래되었는데도 깨끗하고 참 근사해요."
"고마워요. 여기는 시타마치下町에요."
"아, 시타마치! 저 시타마치가 뭔지 알고 있어요."

向島
TEL(611)6831
志満ん草餅
志満ん草餅
志満ん草餅
NISSAN

시타마치下町는 일본 서민 마을을 일컬어. 느린 삶을 잘 보존하고 있는 평화로운 곳이지. 야나카谷中 지역도 그렇고 우에노上野, 아사쿠사浅草 등도 도쿄의 시타마치라고 불리고 있으니까.

그렇지만 이곳 무코지마는 유명한 몇몇 시타마치보다 훨씬 손때가 묻지 않아서 '진정한 서민 마을'이 뭔지를 느끼게 해주는 곳이었어.

"아가씨는 모찌를 좋아해요?"

"그럼요. 일본에 오면 모찌를 꼭 먹는 걸요. 맛있어요."

"무코지마는 예전에 세련된 거리였어요. 그래서 오래된 일본 과자가게나 모찌집이 아직도 곳곳에 남아 있죠."

"아, 그렇군요. 〈지만쿠사 모찌〉의 모찌 맛도 기대돼요."

"그 집 모찌 맛은 정말 맛있어요. 걱정 말아요. (웃음) 근데 어디 머물고 있어요?"

"신주쿠의 한 호텔이요. 이번에 짧게 여행 왔어요."

"네? 정말요? 신주쿠는 여기서 엄청 먼 곳인데…."

"한 1시간 정도 걸린 것 같아요."

"(정적) … 신주쿠엔 별별 사람이 다 살고 있다죠?"

아주머니는 태어나서 한 번도 신주쿠를 가본 적이 없다고 덧붙였어.
말도 안 돼. 같은 도쿄東京 하늘 아래 살면서….

어쩜 아주머니에게 무코지마와 신주쿠는 별개의 도시가 아니었을까? 방대하고 복잡한 거대도시 도쿄에서라면 가능한 일일지도 몰라.
참 재미난 인생살이지. 누군가는 한평생 그 동네를 떠나지 않고 살아가는데, 또 다른 한 사람은 둥그런 지구 한 바퀴를 내 눈으로 직접 봐야 직성이 풀릴 것 같으니 말이야.

아, 결국 모찌가게를 찾아냈냐고?
그럼! 아주머니의 친절한 도움으로
〈지만쿠사 모찌〉의 근사한 쑥떡을 먹고 말았지.

맛은 환상 그 자체였어. 태어나서 이렇게 쫀득쫀득한 모찌는 처음 맛봐.
입 안 가득 배어나는 쑥 향기는 또 어떻고!
먹는 순간 탄성이 터져 나오지 않을 수가 없었어.

지만쿠사 모찌 志満ん草もち

- Adress : 東京都 墨田区 堤通 1-5-9
- Tel : 03-3611-6831
- Time : 10:00~17:00 수요일休.

#25

훗날을 기약하는 일

살면서 그런 곳 하나쯤 있지.
자주 갈 순 없는데 언제나 마음은 닿아 있는 곳.
틈만 나면 갈 기회를 엿보는데 쉽게 가지지는 않는 곳.
어느 날 문득 이 세상에 홀로 남겨진 기분이 들 때. 갑자기 모든 의욕을 잃을 때. 인생이 바닥으로 곤두박질 칠 때. 행여 그런 날이 오게 되면 특별한 준비 없이도 무작정 가고 싶은 그런 곳 말이야.

정말 가까운 사람에게도 알려주고 싶지 않은 비밀스런 나만의 장소. 그 목록에 난 또 하나를 올렸어.
무코지마의 〈코구마 こぐま〉에 들어서는 순간.

이름이 앙증맞기도 하지? 〈코구마 こぐま〉. 우리말로 발음하면 '고구마' 같은데, 일본어로는 '새끼 곰'이란 뜻이야.
새끼 곰이 가게 안에서 손짓이라도 하는 걸까. 호기심 가득한 마음으로 드르륵– 나무문을 열었어. 손님 하나 없이 휑한 카페. 〈코구마 こぐま〉는 쇼와 2년 다시 말해 80년 전 목조 주택을 개조한 곳인데, 무코지마 向島 에서 우수디자인상까지 받은 유명한 건물이라고 해. 오래된 건물을 잘 활용하고 있으니 칭찬받아 마땅하지.

약국이었대, 원래는. 그렇잖아도 첫인상은 다소 딱딱하고 보수적인 느낌이었어. 하지만 그 안에 중학교 책상과 걸상을 아기자기하게 배치하고, 책장 가득 헌책들을 꽂아두고, 허름한 타자기와 빛바랜 사진들, 조용히 통통– 소리를 내는 가스스토브까지 채워 넣으니까 정겹고 따스해지더라고.

책이 가장 많이 꽂혀 있는 곳을 선택했어.
스탠드 불빛이 환한 책상에 앉았지.
이름도 재미난, '병아리콩 카레 세트ひよこ豆のカレーセット'를 주문했어.
껍질 깐 옥수수가 송송 박혀 있는 카레라이스와 당근샐러드, 진한 커피 한 잔이 전부였지만 모든 게 완벽한 느낌이랄까.

마음에 새겨놨다가 꼭 다시 찾아오고 싶었어.

드르륵- 열리는 나무문은 바람이 불면 덜컹덜컹 춤을 춰 줄 테고,
사람이 많이 찾지 않는 한가로운 공간은 내게 마음껏 공상의 시간을 선사해 주겠지.
손님이 식사를 마칠 때까지 주방에서 나오지 않는 사장 아저씨의 배려 덕에 난 자유롭게 웃고 울 수 있을 거고, 만화책에서부터 유명 예술가의 화보까지 수백 권의 책들은 내 무료함을 달래줄 수 있을 거야.

어디 그뿐이야.
딱 적당한 양의 한 끼 식사. 주문과 동시에 원두를 갈아서 핸드드립으로 내려주는 신선한 커피. 음악조차 틀어놓지 않은 잠잠한 공기. 딱 내 몸에 맞는 조그만 책걸상.
나를 만족시켜주던 이 모든 요소들이 다 생각날 것 같아.
몸도 마음도 힘들어지는 날엔 더더욱.

코구마 こぐま

- Adress : 東京都 墨田区 東向島 1-23-14
- Tel : 03-3610-0675
- Time : 10:30~18:30. 화,수요일 休 .

#26

하토노마치鳩の街

인적 없는 무인세탁소.
달달달- 골동품 드럼세탁기.

5평 규모의 동네 미용실.
촌스러운 아줌마 펌.

낡은 사진관.
먼지 쌓인 필름통과 번거로운 수동카메라.

한겨울 오뎅가게.
엄마 손잡고 온 아이는 열심히 꼬치 오뎅 먹는 중.

비어 있는 가게.
그 안에 채워진, 가난한 예술가의 근사한 전시품.

고작 다섯 사람 정도 들어갈 수 있는 작은 바Bar.
동네 아저씨들의 쉼터.

붉은 등 훤히 비추는 정육점.
절판된 구식 계량기.

……

이곳은 서민들의 동네 무코지마向島에서 제일 번화한 거리.
하토노마치鳩の街.

오래된 옛길을 한참 헤매고 나서야 발견해낼 수 있었지만,
가던 길을 포기하지 않은 내 선택에 감사했다.

나머지는 모두 당신 상상.
단, 당신이 어떤 상상을 하든 간에 이곳은 당신이 상상한 그 이상일 것이다.
낡은 도쿄東京**의 진수. 단언컨대.**

#27

변해가는 세상,
너 같은 사람

지갑을 열어 보이던 너는 배시시 웃었어.
발그레 달아오른 얼굴. 슬쩍 내 눈치를 보던 너.
쥐고 있던 지갑에 내 시선이 멈췄어.
너덜너덜해진 네 지갑이 혹시 부끄러운 걸까 싶어서,
난 아무렇지 않은 듯 웃어줬지.
마치 무슨 일이 있었냐는 표정으로.

그건 모를 거야.
사실 낡은 지갑을 갖고 다니던 너를 보며,
오히려 너를 더 좋아하게 되었단 걸.
쉽게 버리고 쉽게 바꾸는 사람보단 이런 네가 더 안심이 되는 법이니까.
나를 향한 네 사랑은 적어도 유행처럼 쉽게 식어버리진 않을 것 같았어.

변해가는 세상 속에서, 난 줄곧 너 같은 사람을 기다리고 있었나 봐.
지갑도, 양말도, 벨트도, 가방까지도… 구멍이 나고 너덜너덜 해어질 때까지 안 버리는 사람.

그런 사람이라면 호기심 가득 찬 동그란 눈망울로 아무 의심 없이 다가갈 수 있을 것 같았어.
그런 사람이라면 우리 사랑이 낡고 초라해져도 '사랑은 사랑으로 의미가 있는 법'이라며 내 손 놓지 않아줄 것 같았으니까.
가슴 아픈 사랑 한번 안 해봤다면 거짓말이잖아. 다시는 이별을 위해 존재하는 사랑 같은 건 하고 싶지 않아.

이별이 횡행하는 시대.
사랑을 지켜주는 사랑을 만나고 싶어.
지평선처럼 끝도 없이 펼쳐질 미래를 함께 꿈꾸고 싶어. 이젠 정말로.

#28

권태기가 찾아오면

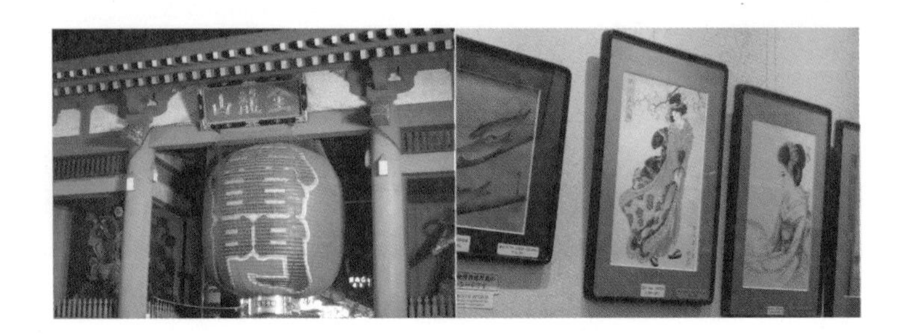

열렬히 사랑한 사람과도 권태기는 찾아오는 법이야.
혹자는 이런 권태기를 이겨내지 못하고 포기해버리기도 하지만, 사랑에는 정해진 모습이 있는 게 아니잖아. 권태기라고 해서 그들 사이에 사랑이 없다고 말할 순 없어. 명확한 방법이 있는 건 아니지만, 사실 말이야. 권태기는 어떤 식으로든 슬기롭게 넘어가야 할 문제라고 생각해.

같은 곳을 몇 차례 여행하다 보면 여행에도 권태기가 찾아와.
도쿄를 들락날락 거릴 때마다 사람들은 묻지.
그렇게 도쿄가 좋으냐고….
물론 갈 때마다 당장이라도 달려가고 싶은 장소도 있지만, 어떤 곳은 가급적 피하고 싶은 곳도 생겨.

이제와 고백하자면 아사쿠사浅草가 그랬어.
'도쿄의 인사동'이라 불리는 아사쿠사浅草에 권태를 느낀 거지.

처음엔 안 그랬는데 언제부터인가 아사쿠사를 가면 마음이 불편했거든. 뭔가 인위적이고 조작된 분위기랄까. 센소지草寺로 들어가는 나카미세

TOYS
平成本堂大営繕
ご寄進受付中

도오리仲見世どおり를 걷다 보면 기념품을 반드시 사야 될 것 같은 의무감이 생겨서 싫었어. 그럼에도 불구하고 아사쿠사를 내 집 드나들 듯 자주 왕래했던 건, 도쿄가 초행길인 사람들을 안내하기 위해서였지. 도쿄를 처음 간 사람들에게 아사쿠사는 일본의 집약된 문화를 단시간에 가장 많이 보여줄 수 있는 곳이기 때문에 말이야.

뭔가 묘약이 필요했어. 우스꽝스런 '장소 권태기'를 이겨내기 위해선.
진부한 느낌을 안고 매번 아사쿠사를 찾는 건 싫잖아. 기왕이면 즐겁게 가고 싶지.

그렇게 해서 내가 선택한 방법은, '밤의 아사쿠사'를 찾아가는 일이었어. 나카미세 도오리를 비롯해 아사쿠사 일대는 저녁 6~7시만 되면 일제히 문을 닫거든. 항상 '낮의 아사쿠사'만 찾아갔던 나는 모든 상점이 셔터를 내린 저녁 8시, 무작정 아사쿠사를 걷기 시작했어. 신기하게도 마음이 열리기 시작하더라, 다시. 이런 느낌이었다고나 할까. 짙은 화장에 화려한 얼굴을 하고 매일 똑같이 웃어 보이던 사람이 어느 날 갑자기 화장기 없는 얼굴로 수수하게 다가와 생전 보여준 적 없는 표정을 짓는 느낌. 새록새록 신선했어. '밤의 아사쿠사'는 왠지 더 편안하고 포근해 보였으니까….

#29

모순덩어리 일본인

일본인은 최고도로 싸움을 좋아하면서도 동시에 얌전하며, 군국주의적이면서도 동시에 탐미적이며, 불손하면서도 예의 바르고, 완고하면서도 적응성이 풍부하며, 유순하면서도 귀찮게 시달림을 받으면 분개하며, 충실하면서도 불충실하며, 용감하면서도 겁쟁이며, 보수적이면서도 새로운 것을 즐겨 받아들인다. 그들은 자기 행동을 다른 사람이 어떻게 생각하는가에 대해 놀랄 만큼 민감하지만, 동시에 다른 사람이 자기의 잘못된 행동을 모를 때는 범죄의 유혹에 빠지고 만다. 그들의 병사는 철저히 훈련되지만 또한 반항적이다.

– 루스 베네딕트 〈국화와 칼〉 中

"일본 사람은 정말 겉 다르고 속 달라?" 누군가의 질문에 난 답했다.
"아니. 내가 만난 일본인들은 안 그랬어. 같이 웃어주고. 같이 울어주고."
"그래? 그럼 솔직하게 마음을 다 나눴어?" 질문이 이어졌다.
"음… 생각해보면 나는 솔직했는데 그들 속마음이 어땠을까, 모르겠어."

"뭐야. 일본인들은 엄청 개방적이라면서?" 또 대답을 해야 했다.

“글쎄. 나랑 친한 일본인들은 보수적인 사람이 더 많았는데….”
“그래? 의외네. 동거 문화가 발달해 있다며. 성적으로도 개방적이고.”, “아, 응. 사귀는 사이끼리 부담 없이 동거하는 경우가 많지. AV(Adult Video)문화도 엄청나게 발달해 있고.”

“**뭐야.** 참, 일본인들은 정말로 남을 많이 의식해? 잘 배려하고?” 질문은 계속됐다. “응. 대중교통만 이용해도 단번에 느낄 수 있어. 절대 덴샤電車 안에서 핸드폰 통화를 하는 사람이 없거든. 길 가다가 어깨라도 부딪치면 ‘스미마셍すみません~’ 하면서 10번씩 머리를 조아려.”
“그렇구나. 근데 남이 뭘 하는지는 관심이 없다던데?”, “그러게. 남을 의식하기는 하는데 남이 뭘 하는지는 관심이 없더라고. 덴샤 안에서 누가 코를 파든, 소리를 지르든, 물구나무서기를 하던 관심을 안 보여.”

“**뭐야.** 일본에서는 진짜 철저하게 더치페이 해?” 또 답을 했다.
“아니. 난 일본인 친구가 밥 많이 사줬는데?”
“그래? 전체 비용을 인원수대로 나눠서 낸다던데?”, “응. 그건 맞아. 베쯔베쯔べつべつ 문화가 정말 발달해 있지. 따로따로 문화.”

“**뭐야.** 네가 말하는 건 믿을 수가 없어. 너 왜 자꾸 왔다 갔다 해.”
나 또한 갈팡질팡한 얼굴로 중얼거렸다.
“그러게 말이야. 나도 내가 왜 이렇게 대답하는지 모르겠네. 근데 말이야. 내가 본 일본인들은 진짜 그래. **뭐야, 이것 참!**”

#30

도쿄. 봄여름가을겨울 아니, 봄여름겨울가을

도쿄의 봄은 어떤가요?

도쿄의 봄은 한국보다 일찍 찾아와서 참 일찍 끝나요.
사쿠라가 바람을 타고 넘실넘실 세상을 떠돌 때.
그날의 도쿄는 너무 아름다워서 누구와도 쉽게 사랑을 할 수 있을 것 같죠.

도쿄의 여름은 어떤가요?

도쿄의 여름은 습하고 더워서 불쾌지수가 높아지죠.
하지만 유카타를 입고 하나비花火(불꽃축제)를 보러 가는 발걸음에 설렘이 가득 담겨요.
도쿄의 여름밤은 위험하죠. 지금까지 비밀로 해두었던 내 마음이 나도 모르게 밖으로 튀어나와 버릴지 몰라요.

도쿄의 겨울은 어떤가요?

도쿄의 겨울은 시리도록 차갑진 않아요. 냉랭한 바람이 부는 건 아니니까요.
하지만 아쉬운 점이 있다면, 도쿄에선 겨울에 눈을 보기가 쉽지 않죠.
도쿄에서라면 눈보다는 비를 많이 보게 될 거예요. 우산을 잊지 말아요.
마음도 단단히 붙들어 매고요.

그럼 도쿄의 가을은 어떻죠?

축복의 계절이죠. 하늘이 예쁜 도쿄에서 '가장 예쁜 하늘'을 만날 수 있는 시기니까요.
곱게 물든 단풍과 은행잎이 모두 떨어지기 전에
요요기 공원도 가고, 칸다 고서점 거리도 걷고,
오래된 신사도 서둘러 가세요.
단, 둘이 가서 혼자가 되어 돌아오진 마세요.
생각이 많아진다고 쓸쓸함을 애써 자처할 필요는 없으니까요.

#31

시모키타자와下北沢를 지켜주세요

도쿄 시모키타자와下北沢에는 독특한 공기가 흐른다.
교집합을 찾아낼 수 없는 개성 강한 사람들이 묘하게 융화되는 곳.
모두 다 다른 얼굴을 하고 있는데, 거리의 악사도, 헌책방 주인도, 클럽의 밴드도 그냥 하나의 그림 같다.
가난해서 초라해 보이는 사람들 가운데에는 빈털터리지만 행복해 보이는 사람들이 보이고, 근심·걱정 하나 없이 대충대충 살아가는 사람들 가운데에는 또 미친 듯 화끈하고 열정적인 사람들이 가득하다. 광기 어린

사람들의 맑은 눈빛과 투명한 영혼을 마주하다 보면 내 심장 박동소리도 덩달아 빨라진다.

만약 당신이 시모키타자와下北沢에 갔다면, 신기한 풍경도 일상이 될 수 있다.
삐뽀삐뽀- 소리가 울리자 기찻길이 열리고 자동차와 사람들이 바삐 지나다닌다. 눅눅하고 퀭한 냄새 풍겨대는 중고물품가게가 삼삼오오 짝을 이루고, 길거리에서 큰 소리로 만화책을 읽어주는 괴짜 아저씨부터 낡은 기타 둘러매고 거리공연에 한창인 뮤지션, 몇 년째 허름한 소극장 무대에 서는 연극배우, 고양이 할머니를 무릎 위에 앉혀놓고 반나절 이상을 일광욕만 즐기는 요상한 아저씨까지 다 만날 수 있다.
중고 LP판가게를 지나 꼬질꼬질 싸구려 우동집도 지나면, 제멋대로 개성 넘치는 잡동사니가게 너머로 '당신의 과거를 찾아드립니다.'라는 간판을 걸고 타임머신을 파는 가게도 있을 것만 같다.
하지만, 이런 시모키타자와下北沢가 곧 없어진단다.

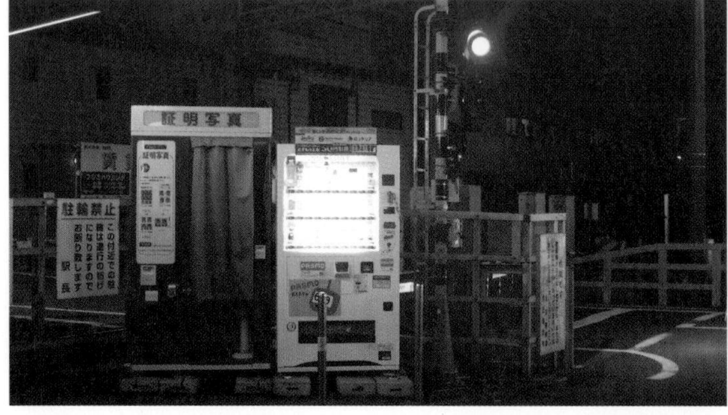

재개발지역으로 선정됐고 곧 최신식 아파트와 빌딩이 들어설 준비를 하고 있단다.

뭔가 독촉전화를 받고 마감원고를 준비하는 사람처럼, 난 카메라 셔터를 조급하게 눌러댔다.

지금 찍는 이 시모키타자와 풍경이 내가 기억하는 마지막 모습이 될지도 모른다는 아찔한 생각에….

소중한 것들은 소중한 가치를 모르는 사람들에 의해 파괴되고 소멸되어진다. 우리 사는 이 땅이 오로지 돈의 가치로 매겨진다는 게 참 서글펐다.

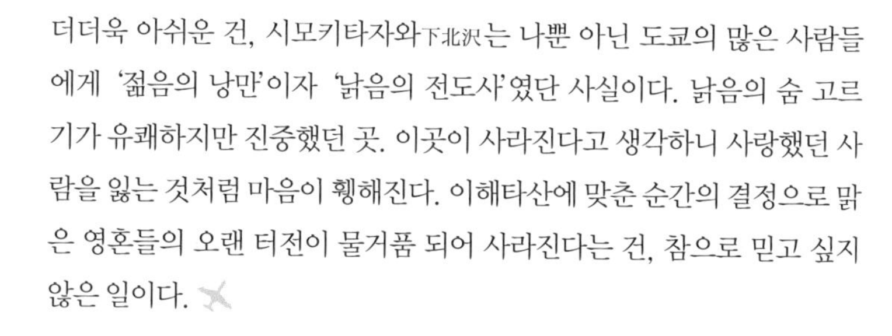

더더욱 아쉬운 건, 시모키타자와下北沢는 나뿐 아닌 도쿄의 많은 사람들에게 '젊음의 낭만'이자 '낡음의 전도사'였단 사실이다. 낡음의 숨 고르기가 유쾌하지만 진중했던 곳. 이곳이 사라진다고 생각하니 사랑했던 사람을 잃는 것처럼 마음이 휑해진다. 이해타산에 맞춘 순간의 결정으로 맑은 영혼들의 오랜 터전이 물거품 되어 사라진다는 건, 참으로 믿고 싶지 않은 일이다.

#32

중고 LP판
중고 책

중고 레코드가게 〈Disk Union〉에 안치돼 있는 LP판. 시모키타자와下北沢 헌 책방에 놓인 책들. 지금은 모두 죽어 있는 상태야.

물론 LP판이 되었든 책이 되었든,
세상에 뿌려지는 순간 누군가의 선택에 의해 생명을 부여받게 되지.
첫 번째 주인에 의해.
하지만 그의 손을 떠나 다음사람 손으로 넘어가기까지는 죽어 있는 것과도 같아. 아무도 들어주지 않고, 아무도 읽어주지 않는다는 건 이들 생(生)의 목적을 잃은 것과 같을 테니까.

그래서 난 중고 LP판이나 헌 책을 고르는 일을 '죽어 있던 사물을 소생시키는 작업'이라고 생각해.
이럴 때 '산다Buy'는 단어는 적합하지 않아.
오히려 '살리다spare★'란 표현을 쓰고 싶지.

중고 LP판을 '산다'가 아니라, LP판을 '살린다'.
중고 책을 '샀다'가 아니라, 책을 '살렸다'.

spare★ : (특히 남들은 피할 수 없었던 상해・죽음 등을) 피하게 해 주다. 면하게 해 주다.

disk union
disk union
MY WAY MY LOV
THE BEATLES

lockjaw
SPLIT)

SCHOOL FRIEND
GIRL ANNUAL
THE BUMPER BOOK
PONIES
SANTA'S SURPRISE BOOK
THE KING'S
GOOD PRICE
¥100

#33
고함

우리를 한탄한다.

젊은 우리는 중도하차가 왜 그리 많은가.
조금이라도 나와 맞지 않다고 생각하면…
조금이라도 흥미를 잃었다고 생각하면…
조금이라도 어려움에 봉착하면… 우리는 포기가 참 빠르다.

자존심이 없는 거다, 이건.
중간에 포기해버리면 몸도 마음도 편해질지 모르지만, 지난 우리 노력은 부질없는 일이 되지 않던가.
우리의 간절함과 불굴의 의지는 오간 데 없어진다.
한낱 뜨겁게 달아오르고 차갑게 식어버리는 미운 오리 새끼처럼.
백조들이 비웃고 있다. 등 뒤에서.

한 젊은이가 노래를 부르며 기타를 치고 있었다. 여기는 시모키타자와下北沢.
난 6mm 카메라로 그를 찍으며 가까이 다가갔다.
그는 노래를 부르다 말고 빤히 쳐다보며 말한다.
"노래 잘 못 해요. 실력 없는 아마추어거든요."
하지만 그는 언제 그런 말을 했냐는 듯, 최선을 다해 목청껏 노래를 불렀다.
조금은 어설플지 모르지만, 한 소절 한 소절 정성을 다해 부르는 마음이 느껴진다.

우리도, 우리도. 그렇게 살면 되는 거다.
한 소절 한 소절 그가 노래 부르듯,
정성을 다해 하고 싶은 일을 계속 하면 되는 거다.
그러다 보면 어느 날 우리에게 빛나는 미래가 찾아오는 거다.
생각보다 일찍 찾아올 수도 있겠지만, 예상보다 늦게 찾아올 수도 있다.

뭐 어떤가. 우린 아직 젊은데….
포기하지 않는 자는 반드시 결실을 맺게 되어 있다.

#34

Never Ending Tokyo

도쿄에서 나는 여행자였다. 유쾌하고 발랄하며, 즉흥적이고 유혹적인….
반면 도쿄에서 나는 불완전한 여행자였다. 난 이미 도쿄 여행자 이전에 도쿄 생활자였으니까….
애써 초행길을 찾아가며 새로운 도쿄를 돌아다닌다 한들 난 도쿄 울타리 안에 있었다, 변함없이.
스쳐가는 풍경에 홀연해질 수 없었던 건, 덜컹이는 내 추억들이 발목을 잡고 있었기 때문이었다.

골목길 2층의 허름한 레스토랑이 하나 눈에 들어왔다.
심장이 조여들고 걸음이 무거워졌다. 그 앞을 2,3번쯤 서성거려본다.
거리의 낯선 사람들과 어깨를 몇 번이나 부딪쳤는지 모른다.
비좁은 골목길을 왜 자꾸 왔다 갔다 하냐며 찌푸린 얼굴로 날 바라보는 사람들 시선이 느껴진다.

추억이, 기억이 몰려왔다.
몇 년 전 레스토랑 안에서 추억놀이를 하던 내가 아직도 그 안에 있다.
마주앉은 사람을 향해 빙그레 미소도 짓고, 화덕에 구운 마르게리타 피자

맛에 환호성도 지르고, 통통 튀는 재즈 선율에 어깨도 들썩이며…. 지금보다 철이 없었지만, 작은 일에도 까르르 웃어대던 밝고 화사한 내가 아직 그 안에 있다.

'마음을 찍는 카메라'가 있었으면 좋겠단 생각을 했다, 줄곧.
마음을 찍어놓을 수만 있다면 지난 행복을 오롯이 다 간직할 수 있었을 텐데. 눈부시게 아름답던 내 젊은 날의 도쿄가 하나라도 지우개질 되는 게 용납 되질 않는다, 아직까지는.

「도쿄에서의 시간은 그림자처럼 내 뒤를 따라 걷고 있어.
한밤중에 자던 사람을 깨워 새벽이 올 때까지 도쿄 이야기를 끊임없이 들려주지. 그런 날엔 다시 잠들 희망을 포기하게 만들어.
도쿄에 가서는 어떻고. 도쿄의 지난 도쿄까지 날 따라와 혼잣말로 중얼중얼– 많은 걸 회상하게 해.

사무치게 그리운 날들.
하지만 내게 도쿄가 여전히 아름다울 수 있는 건,
함께 한 지난날이 행복해서만은 아니야.
앞으로 살아갈 날들이, 다가올 도쿄가
지금보다 더 행복할 거라 믿고 있기 때문이야.」

Epilogue

벚꽃이 사르르 녹아내릴 때 이 책을 구상했는데, 어느새 해가 바뀌고 흐드러진 벚꽃이 또다시 사르르 녹아내리는 4월, 원고에 마침표를 찍었습니다. 지금 창밖으론 가로등 불빛 사이로 벚꽃이 더 하얀빛을 뿜어내고 있네요. 유난히도 춥고 길었던 겨울이 지나고 드디어 봄이 왔습니다.

끝을 맺으며 고백하건대, 〈동경 하늘 동경〉 첫 번째 에세이가 세상에 공개되고 나서 여러 종류의 책을 제의받았습니다. 제 눈엔 한없이 부족해 보이지만, 많은 분들이 앞으로의 가능성을 믿어주신 결과겠지요. 하지만 〈동경 하늘 동경〉에서 온전히 전하지 못했던 제 감성에 미련이 많이 남았나 봅니다.

망설임 없이 빈티지 일본 감성 에세이 〈우리 흩어진 날들〉을 선택했습니다. 감성을 판다는 것이 얼마나 어려운 일인지를, 고생한 만큼 보상받지 못할 수 있다는 걸 알면서도 가장 '강한나'다운 글을 쓰고 싶은 욕심이 앞섰으니까요. 돌이켜 생각해보면 정성껏 팬레터를 보내준 수많은 독자 덕분에 과감히 용기를 낼 수 있었던 것 같습니다. 잘할 수 있는 일, 잘하고 싶은 일, 잘해야 하는 일. 이 세 갈래 길을 하나의 방향으로 합치는 일은 여간 어려운 게 아니니까요.

사실은 첫 번째 경험이 있어 좀 쉬울 줄 알았습니다.
하지만 정말 쉽지 않은 작업이었습니다.
영원히 봄이 오지 않을 것 같은 혹독한 겨울처럼, 원고의 끝이 보이질 않았습니다.

한 단어 한 단어, 한 줄 한 줄… 아무에게도 말하지 못했던 제 가슴속 이야기를 풀어내는 데는 '고해성사'를 하는 듯한 예민한 노력이 필요했습니다. 오랫동안 가슴에 꽁꽁 묶여 있던 감정들이 끄집어내려 할 때마다 몸을 비틀며 완강하게 거부했으니까요. 심장이, 마음이, 온몸의 세포 하나하나가 가시를 세워 콕콕 찌르는 것 같은 아픔이 있었습니다. 가슴으로 이 모든 걸 품지 않고선, 한 줄의 글도 쓸 수 없던 날이 허다했으니까요.

정말이지 꼬박 1년을 〈우리 흩어진 날들〉로 많이 울고 웃었습니다. 미련스런 의지와 청승맞은 고집, 집착에 가까운 끈기, 몹쓸 열정, 거기다 울렁대는 가슴을 갖고 태어나지 않았더라면, 저는 아마 이 책을 끝내지 못했을 겁니다. 그리고 그보다 더. 옆에서 저를 응원해준 귀한 사람들과 두 번째 이야기를 재촉하며 격려 메시지를 보내준 독자가 없었다면, 아마 제 외로운 고행은 몇 걸음 떼지 못하고 주저앉아 버렸을지 모릅니다.

다시 한 번 기도합니다.
진심은 통한다고, 좋은 책 한 권 완성하기 위해 최선을 다한 제 마음이
독자들에게 그대로 전해지길….

2010. 04月
강한나 Kang

Special Thanks to.

참 좋은 분들을 만났습니다. 그분들과 작업하는 내내 저는 진심으로 행복했습니다. 큰나무 출판사 한익수 사장님과 주형선 팀장님. | 엄청나게 많은 양의 글과 사진을 한정된 페이지에 예쁘게 그려내느라 고생 많으셨을 씨디자인 조혁준 실장님과 강영 차장님. | 마음을 나누는 게 얼마나 근사한 일인지 당신들을 통해 배웁니다. 이젠 가족과도 같은 내 사람들… 일본과 나를 긴밀히 연결해주는 든든한 인연 안도 이사오安藤功. 표지 사진을 근사하게 찍어준 〈VIEW STUDIO〉 박용만 포토 실장님. | 마음까지 착한 예쁜이 지원군 〈레이첼〉 메이크업 윤희 씨와 헤어 지미 씨. | 큰나무 출판사와 인연을 맺게 해주셔서 감사합니다, 김영만 대표님과 김익수 작가님. | 까다로운 추천사를 유쾌하게 응해준 정연이, 성호 오빠, 일영 오빠. 정성껏 써준 글들로 제 책이 더 반짝입니다. | 이 책 중간에 들어갈 사진 화보를 위해 도쿄에서 함께 동분서주해준 B.D. 잊지 않고 있어요. 1년 전, 당신의 응원 덕분에 이 책을 쓰기로 다짐했던 것도. | 싸늘하게 차갑던 지난가을과 겨울. 내 마음을 살찌우고 내 눈을 아름답게 해준 나무 한 그루가 있었습니다. 그 나무에게도 고마움을 전하고 싶어요. | 독자들도 내 낡은 사랑의 주인공을 궁금해하겠죠. 행복하세요. 행복해지세요. 당신. | 휘청대는 순간마다 곁에서 저를 응원해준 내 사람들도 고생 많았습니다. 이젠 빈자리 느끼게 안 할게요. | 꿈꾸는 대로 살아가느라 딸 역할, 동생 역할 너무 못하고 지냈습니다. 하지만 내 꿈의 마지막은 당신들입니다. 언제나 간절한 얼굴로 나를 응원해주는 우리 가족.